Montparnasse 1934

Kunihiko Murai &
Toshihiro Yoshida

モンパルナス1934

村井邦彦×吉田俊宏

blueprint

モンパルナス１９３４　目次

我々は後ずさりしながら未来に入っていく

――ポール・ヴァレリー

モンパルナス1934

エピソード1　カンヌ　一九七一年一月

霧に包まれた真冬のヒースロー空港を発って三時間余り。コバルトブルーの地中海が雲間からのぞくと、着陸態勢に入った機内のあちこちから感嘆の声が上がった。

タンタンは黙って海を見つめている。南仏の明るい陽光が彼女の白い顔をプラチナ色に染めていた。

ニースのコート・ダジュール空港を出たタクシーはタンタンと花田美奈子さんと僕を乗せ、西に向かう海岸通りをのろのろと走った。ゴロワーズかジタンのような黒煙草とすえたワインのにおいが染みついた旧型のプジョーだ。

タンタンを心配して一緒に来てくれた美奈子さんが「臭くてたまらない」と言うから、僕はプジョーの窓を全開にした。

銀座の文壇バー、ラ・モールのマダムで、マキシム・ド・パリをはじめ数々のレストランをプロデュースした美奈子さんは、タンタンこと川添梶子《かじこ》さんの親友であり、良き理解者であり、僕と同じようにキャンティの常連でもあった。

「ああ、カンヌだわ。何年ぶりかしら」

アンティーブ岬を過ぎてカンヌの街並みが見えてきた時、タンタンがようやく口を開いた。美奈子さんが僕の顔を見て微笑み、何度かうなずいた。「いい調子、うまくいっているわね」と目顔で語っている。

川添浩史《ひろし》さんが一九七〇年一月に亡くなった後、タンタンの落ち込みようは尋常ではなく、一年たっても回復の兆しは見えなかった。彼女はこのまま死んでしまうのではないか。僕は本気でそう思っていた。

少しでも気晴らしになればと考えて、毎年一月に南仏カンヌで開かれていた国際音楽産業見本市「ＭＩＤＥＭ《ミデム》」に行こうと誘った。彼女が珍しく素直にうなずいてくれたのは、カンヌが川添さんとの思い出の土地だったからに違いない。

僕らはロンドンで一泊してから南仏に向かったのだった。

尻上がりにエンジンの調子を上げた旧型のプジョーは、クロワゼット大通り沿いにあるマジェスティック・ホテルに予定より早く到着した。アラン・ドロンとジャン・ギャバンが共演した映画「地下室のメロディー」で、大金持ちの実業家になりすました大泥棒のギャバンが泊まったのもこのホテルだった。

「ボンジュール、ムッシュー・クニ。また会えてうれしいよ。一年ぶりだね。きれいな女性を二人も連れて、今度はずいぶん華やかな旅じゃないか」

フロント係のダリオが笑顔で迎えてくれた。

僕は前年、初めてＭＩＤＥＭに参加してマジェスティックに泊まったのだが、このイタリア系の気のいい男とすっかり仲良くなっていた。僕は二十五歳で、ダリオは二十四歳。お互いに若いというだけで意気投合できるのは若者の特権だった。彼のおかげで今回の予約もすんなり取れたのだ。

チェックインの手続きをする間もなく、タンタンは海が見たいと言って歩きだした。美奈子さんも荷物を放り出して後を追った。

やれやれ。僕が肩をすくめると、ダリオが真っ白な歯を見せて「後は僕に任せて。ムッシュー・クニも行った方が良さそうだ」と背中を押してくれた。

マジェスティックのプライベート・ビーチに出ると、美奈子さんが一人でベンチに腰かけていた。

「タンタンは?」

「あっちよ」

タンタンは毛皮のコートを肩にかけ、波打ち際を歩いていた。僕の気配を背中で感じたのか、長い髪をなびかせてくるりと振り向いた。

「あの人はね、シローはねえ、カンヌが大好きだったのよ」

川添浩史さんの本名は紫郎《しろう》で、近しい人や古くからの友人はシローと呼んだ。後妻となったタンタンも同じだった。

黒髪が潮風に揺れていた。毛皮の下のニットのワンピースがタンタンの体のシルエットを浮き彫りにしている。僕は彼女の彫刻の師エミリオ・グレコの作品「湯浴みする女」を思い出した。タンタンがモデルをつとめ、グレコが連作した裸婦像で、その一つが日本橋白木屋の前に置かれていた。

グレコはタンタンに弟子以上の感情を抱いていたらしいが、彼女は師を尊敬してはいても、男として見る気はなかったようだ。

タンタンはグレコ門下で一緒に彫刻を学んでいた年下のイタリア人と結婚した。しかし嫉妬深い夫の暴力に耐えきれず、まだ二歳にもならない娘を残して逃げ出してきたのだ。

「いったんホテルに戻って着替えようよ。MIDEMの会場でアイク&ティナ・ターナーのコンサートがあるんだけどさ、ドレスコードがブラックタイなんだ」

僕の声が届かなかったのか、聞こえないふりをしているのか、タンタンはアルビノーニのアダージョを小さな声で口ずさんでいる。彼女の大好きな曲だった。

タンタンがこうして歌う時は、いつもの落ち着いた低い話し声から一転して少女のように高く澄んだ声になる。「六本木の女王」などと書き立てている週刊誌の記者たちは、こんな川添梶子を見たら仰天するに違いない。

そろそろ日が暮れる。僕たち三人はMIDEMの会場、パレ・デ・フェスティバルの前で開門を待っていた。幅の広い階段の上にホールの入口がある。

「あら、ここじゃない？　ほら、川添さんや勅使河原《てしがはら》さんたちが並んで写っていた写真よ。ここで撮影されたんじゃないの」

美奈子さんが足元を指さした。

パレ・デ・フェスティバルは毎年五月に開かれるカンヌ国際映画祭の会場でもあった。

川添さんは一九六四年に勅使河原宏監督の映画「砂の女」を紹介するためカンヌを訪れ、持ち前の社交術を駆使して審査員特別賞受賞に大きく貢献している。

監督や主演の岸田今日子さんだけでなく、後に小澤征爾さんと結婚するモデルの入江美樹さん、まだ女優の卵だった二十歳の加賀まりこさんといったキャンティの常連たちを引き連れてカンヌ入りした川添さんは、全員に和服を着せてマスコミの注目を集めたのだった。映画誌か何かに載った「砂の女」一行の集合写真は僕も見たことがあった。

「あの写真ね。そうそう、この場所だと思うわ。シローにとってカンヌは自分の庭みたいなものだったの。パリ留学中も毎夏カンヌに来ていたそうよ。勅使河原さんと一緒に大勝負に出る舞台にカンヌを選んだのは必然だったんだわ」

アイク&ティナ・ターナーの登場前に会場をどよめかせたのは、客席の最前列に陣取ったエディ・バークレイと彼の仲間たちだった。ドレスコードを笑い飛ばすようにバスローブ姿で現れたのだ。

僕はエディとは旧知の仲だった。そもそも作曲家として忙しい毎日を送っていた僕がアルファミュージックを始めたのも、川添さんに紹介されたバークレイ音楽出版社から「コム・ダビチュード」の日本の出版権を買ったのがきっかけだった。ポール・アンカが「マイ・ウェイ」という英語の歌詞をつけ、フランク・シナトラの歌で世界的に大ヒットする前の話だ。

「何よ、あの人たち」

美奈子さんが眉をひそめた。

「僕がお世話になっている人だよ。クインシー・ジョーンズやミシェル・ルグランのレコードを出している会社の社長さ。目立つのが好きで、いつも突飛なことばかりやって喜んでいるんだけど、ちょっとあれはやりすぎだね」

周囲の喝さいを浴びてエディはご満悦だった。

終演後、バークレイ・レコードの夕食会に招かれた。カンヌを見下ろす小高い山にあるムージャンという町にできた新しいレストラン、ムーラン・ド・ムージャンが会場だ。

バークレイ・レコードの幹部やアメリカのベル・レコードの社長、さらにシルヴィ・バルタンのようなスター歌手もいる中で社交の中心になったのは、日本から来た神秘的な美女タンタンだった。彼女はフランス語、英語、イタリア語を自在に操り、ここにいる老若男女を魅了していた。

ところが栗色の髪の若い女性が挨拶《あいさつ》に来て「マルタです」と名乗ったとたん、タンタンの表情が一変した。

「失礼ですけど、お年はいくつかしら」

タンタンが尋ねた。そのくらいのイタリア語なら、僕にも分かる。

「マルタさんはね、お母さんがイタリア人で、お父さんはフランス人なんですって」

やがて頼んでもいないのにタンタンが通訳を始めた。

「彼女が子供の頃、お父さんはローマから出ていってしまって、お母さんに育てられたそうよ」

どこかで聞いたような話だと僕は思った。

「ねえ、マルタさん。お父さんの消息は分かっているの」

「パリで再婚して家庭を持ったと聞いていますが、それ以上のことは……」

マルタはうつむいた。

「お父さんに会いたくないの？」

「私は八歳だったからパパのことはあまり思えていないし、今のパパを実の父親と思っているから」

「そう。マルタさんは今、幸せなのね？」

「もちろんよ」

タンタンは優しい言葉をかけたが、今にも泣き出しそうな哀しい目をしていた。

僕にはもちろんその理由が分かった。

タンタンがミラノに残してきた一人娘の名前はマルタだった。

飯倉片町でキャンティを始める前、川添夫妻は西新橋で「マルタ」という名のイタリアンレストランを開いていた。娘を思い出さない日は一日としてなかったに違いない。タンタンがカンヌまでついてきたのは、少しでもミラノに近づきたかったからかもしれない。

翌日、タンタンの希望でラ・メール・ブッソンを訪れた。川添さんと一緒に何度も来たことがあるという。小柄な奥さんが料理の腕を振るい、背の高い亭主と若い息子たちが給仕する小さなレストランだ。

タンタンが選んでくれたのは魚のスープ、タンポポのサラダ、ルージェという小ぶりの赤い魚を焼いた料理だった。ワインはマルセイユ産のカシの白を注文した。

「これが典型的な南フランスの料理よ」

タンタンが言った。

まだ夕食には早い時間で、客は僕たちだけだった。店主夫妻も隣のテーブルに腰かけ、川添さんの思い出話を始めた。

「カンヌ映画祭でシローが応援していた『砂の女』は芸術的な映画だったねえ。日本にはあんな砂漠があるのかね。ちょっとカフカを思い出すシチュエーションだったなあ」

背の高い亭主がなかなか博識なところを見せた。

「原作者は安部公房さんという小説家で、川端さんに続いてノーベル文学賞を獲ってもおかしくないって誰かが言ってたわ。キャンティにもよくいらっしゃるのよ」

タンタンが言った。

「安部さんには確かにカフカの影響があると僕も思うよ。いきなり砂漠の蟻地獄の底にある家に閉じ込められて未亡人と一緒に暮らさなきゃいけないなんて、普通は考えられない不条理な状況だからね。起きたら虫になっていたっていうのと同じさ」

僕が口をはさんだ。

「初めてあの映画を見た時、蟻地獄の底に住んでいる砂の女なんてバカバカしいと思ったの。だって何の自由もないのよ。でもねえ、最近は分かる気がするの。砂の女の気持ちが。彼女は亭主も娘も亡くしてしまって、最後のとりでになったあの家を一人で守っているのよ。もしかしたら、砂の女は私かもしれないわね」

タンタンの話は冗談なのか本気なのか分からなかった。

「梶子さんが砂の女なら、蟻地獄の家はキャンティってことになるんじゃない？」

美奈子さんが言った。

僕はリアクションに困って、グラスに残っていたカシの白ワインを飲み干した。

その夜、僕は一人でホテル・マルティネスのバーに出かけた。MIDEMに参加している欧米のレコード会社や音楽出版社の人々、特に若手が毎晩集まることで知られるバーだ。その夜は二百人を超える若者がいたかもしれない。バーに入りきれない人たちがロビーにまであふれかえり、反響した若い男女の話し声がワーンと大きな雑音の塊になって聞こえてくる。朝の三時すぎまで自己紹介と友達の紹介を繰り返し、帰る頃には友達の友達の、そのまた友達が数珠つなぎになって、みんなが知り合いになってしまうのだ。

バーの片隅で、僕はマルタと再会した。

「やあ、マルタ。昨晩は悪かったね。タンタンが急に黙ってしまってさ」

彼女はイタリア語だけでなく、実は英語もフランス語も話せることが分かった。僕らは英語で話した。

「ううん。事情は後で聞いたわ。ねえ、マダムに伝えて。本当は私、パパに会いたいって。ずっと会いたくて、パパのことを考えない日はなかったって。嘘をついてごめんなさい。私、ずっと強がって生きてきたのよ。クニ、きっと伝えてね」

彼女はローマのコロッセオを思わせる茶色い瞳に涙を浮かべていた。

僕は夜のクロワゼット大通りを大股でホテルに急いだ。風が強くなってきた。マジェスティックの白亜の建物の五階に一つだけ明かりが点《つ》いている。僕の隣の部屋だ。

部屋に戻って窓を開けると、隣の広いバルコニーでタンタンが煙草をふかしていた。

「まだ起きてたの？」

「あなた、私たちを置いてどこかに行っちゃうんだもの」

「ＭＩＤＥＭの若い連中が集まるバーに行ってくるって言ったじゃない」

風がますます強くなった。南仏名物のミストラルというやつだろうか。

「あら、そうだったかしら」

彼女はもう一本の煙草に火を点けようとするのだが、ミストラルにあおられてなかなかうまくいかない。ようやく点いた煙草をふかして、か細い声で歌った。

「悲しみのない　自由な空へ　翼はためかせ……」

僕の作った新曲を覚えてくれたようだ。

「ねえ、私、ここから飛べるかしら」

彼女はさっと煙草をもみ消して、いきなり手すりの上に身を乗り出した。

「ちょ、ちょっと待ってよ」

手を伸ばしても隣のバルコニーまで届きそうにない。

「さ、さっきマルタに会ったよ。タンタンに言づてがあるんだ」

「マルタ？　どこで？」

タンタンは急に真顔になった。

「さっき行ってきたホテル・マルティネスのバーだよ。きのうの夜に会ったよね、エディの部下の女の子」

彼女を落ち着かせるため、ゆっくり話した。自分の声が少し震えているのが分かった。

「言づてって、何？」

「本当はパパに会いたいって。毎日、パパのことを思わない日はないのに、ずっと強がって生きてきたって」

タンタンは僕を見たまま笑い始めた。

「あなた、そんなことを言うために戻ってきたの。きれいな娘だったじゃない。服のセンスも悪くない。一緒にカジノにでも行ってくれればよかったのに」

ミストラルが彼女の黒い髪とパジャマの上から羽織った毛皮のコートをはためかせている。

「ああ、寒い。カンヌってこんなに寒かったかしら ね」

風がひゅうひゅう鳴っていた。

「もう寝た方がいいよ」

「ねえ、パリには車で行きましょう」

「えっ、もう航空券を三人分確保しちゃったよ」

「車がいいの」

やれやれ。またタンタンの気まぐれが始まった。急に車でどこかに行きたいと言いだすのはこれが初めてではない。逆らっても無駄だということは分かっていた。

「はいはい、分かりました。じゃあ車を用意しておきます」

彼女はまた煙草に火を点けようとするのだが、ミストラルがそれを許さない。

「タンタンは本当に車が好きなんだね」

「男の人みたいに車そのものに興味があるわけじゃないのよ」

彼女は急に饒舌《じょうぜつ》になった。

「あちこち旅をするのが好きなの。吾妻徳穂《あづまとくほ》さんたちと一緒に車でヨーロッパやアメリカを回ったんだけどね、楽しかったな。アヅマカブキの公演が終わるでしょう。ホテルに泊まって、翌朝またすぐに次の町に向けて出発するわけ。同じ場所にとどまっていないのよ。目の前の景色が毎日変わっていく。それがだんだん当たり前になってくるの。不思議な感覚だったわ。でも、私はあの旅で生まれ変わった気がしたのよ」

タンタンはアヅマカブキを率いてミラノを訪れた川添さんと知り合い、暴力を振るう夫から逃げ出す覚悟を決めた。人生のどん底にいた彼女は、母国から来て別世界を見せてくれた川添浩史という紳士に自分の未来を預けたのだろう。

「カンヌからパリまで九百キロ以上ある。時速百キロで飛ばしても九時間はかかるよ。運転手は僕しかいないから、これは体力勝負だなあ」

「あなた、若いんだからそのくらい何でもないでしょう。しっかりしなさいよ」

「はい、はい。じゃあ、おやすみ」


翌々日、ダリオが中型のベンツを手配してくれた。

「ムッシュー・クニ、ずいぶん荷物が増えたねえ」

ダリオの言う通り、もうトランクは満杯だ。昨日のマダム二人の買い物の量がすさまじかったからだ。しかし、どうしてもこのベンツで今日中にパリまでたどり着かなければならない。やれやれ。

「よし、これで大丈夫だ」

ダリオがベルボーイと三人がかりで美奈子さんの大きなスーツケースを三つともベンツの屋根にくくりつけてくれた。

「ありがとう、ダリオ。また来年のMIDEMに来るから部屋を頼むよ。次はたぶん一人だ」

沿道の山側に立ち並ぶオリーブの木々が風に吹かれ、コート・ダジュールの陽光を浴びた無数の葉は銀白色に輝いている。

「ねえ、ねえ、もっとスピード出ないの。これベンツでしょう。シトロエンにもあっさり抜かれちゃったじゃない」

ようやくリヨンを過ぎた頃、美奈子さんが言った。

「これだけ荷物を積んでいるんだから無理だよ。美奈子さんのスーツケースを振り落としても良ければすっ飛ばすよ」

「一つでも落としてごらんなさい。そなた、切腹、ハラキリよ」

美奈子さんが歌舞伎の調子をまねて言った。

「ねえ、物騒なこと言わないでよ。三島さんの事件を思い出しちゃうじゃない」

タンタンが言った。三島由紀夫が自衛隊の市谷駐屯地で割腹してから、まだ二カ月しかたっていなかった。

「美奈子さん、三島さんは最近、ずっと変だったのよ。明らかにおかしかった。以前はキャンティにもあの人を尊敬するお客さんがたくさんいたんだけど、だんだん敬遠されるようになって……。そうそう、一年ぐらい前かな、丸山明宏さんが言ってたの。三島さんには二・二六事件の青年将校の霊が憑《つ》いてるって」

「あの人、霊感があるって噂だから、それ本当かもしれないわよ」

「いやだ、やめてよ」

タンタンが悲鳴を上げた。

「あのね、あの事件の前の日か、前の前の日だったか、僕は三島さんに会ったんだよ」

僕はバックミラーを見ながら言った。

「本当？」

美奈子さんが運転席まで身を乗り出して叫んだ。

「うん。六本木の俳優座の裏にミスティってジャズクラブがあるでしょ。その上の階に雀荘とサウナがあって、僕はよくサウナの方に行くんだけどさ、夜の遅い時間に一人で入っていたら来たんだよ、三島さんと『楯の会』の森田必勝が。三畳ぐらいのサウナに三島さんと森田と僕の三人だけだよ。想像できる？　参ったよ。二人とものすごく興奮していて、異様な雰囲気だったなあ」

「あなた、よく生きて帰ってこられたわね」

タンタンが例の冗談とも本気ともつかない調子で言って、時速百キロで流れていく外の景色を眺めながら「キャビアが食べたいわ」とつぶやいた。

「えっ、キャ、キャ、キャビア？」

美奈子さんと僕は同時に声を上げた。

「キャビアが食べたいわ」

タンタンが同じ言葉を繰り返した。

こんな片田舎にキャビアなんてあるわけがないと思ったが、前方の案内板に「ボーヌまであと十キロ」と表示されているのを目にして、僕はひらめいた。ボーヌは有名なブルゴーニュワインの産地だから、きっとキャビアを出すレストランだって一軒や二軒はあるに違いない。高速を降りて町に入り、最初に見つけたレストランの前でベンツを止めた。

「キャビア、あるって。さあ、降りて、降りて」

その時のタンタンの喜びようといったらなかった。あの童女のような無邪気な笑顔を見たら、誰だってわざわざ田舎町のレストランに立ち寄ったことを後悔しないだろう。タンタンはそういう女性だった。

キャビアの店を出たところで雨が降り始め、タンタンが定宿にしていたシャンゼリゼの裏にあるロード・バイロンというホテルに着いたのは夜の十時すぎだった。

屋根に載せていた美奈子さんのスーツケースは三つともびしょ濡れで、一つは中まで水が入ってしまった。僕はハラキリを覚悟したが、そこは大物の美奈子さんだ。「まあ、雨だもの。仕方がないわね」の一言で済んでしまった。

「カンヌもいいけど、パリに来ると落ち着くのよ」

ホテルのロビーでタンタンが言った。

「シローと何度一緒に来たか分からないわ」

「川添さんがパリに留学したのは昭和九年でしたよね」

僕が言うと、タンタンがまた饒舌になった。

「そう、一九三四年ね。えーっと、あの人は二十一歳かな。モンパルナスがシローの縄張りで、いろんな人と知り合ったって言ってたけど、詳しくは聞かなかったわ。だって、ちょっと妬《や》けるじゃないの。でも、モンパルナスの経験があの人を大きくしたのは間違いないわね。もっと聞いておけばよかったわ。何があったのか」

タンタンは僕の目をじっと見て続けた。

「ねえ、あなた、シローの歴史を調べてよ。あの人のことだから、きっとすごい経験をしているはずよ。何といっても後藤象二郎《しょうじろう》の孫なんだから。そんな人の歴史が埋もれてしまったらもったいないじゃない。あの人、本の一冊も書かずに逝ってしまったでしょう。あなた、頼むわよ。いつか必ず。約束よ」

タンタンはその三年後に亡くなった。

エピソード2

マルセイユ　一九三四年夏

「さあ、いよいよマルセイユだ」

川添紫郎は甲板で地中海の風に吹かれていた。

「ええ、横浜を出てから一ヵ月ね」

森田富士子とは香港をすぎたあたりで仲良くなった。彼女も一等の客だった。一等の切符を手にした若い日本人は二十一歳の紫郎と二十歳の富士子だけで、後は初老の夫婦やヨーロッパに帰る白人ばかりだ。

すっかり小麦色になった紫郎とは対照的に、彼女はほとんど日焼けしていない。

「富士子さん、今日はあの日と同じブラウスだね」

「あら、私の服装まで覚えているの？」

「忘れるわけないさ。その長い髪を女剣士みたいに後ろで結んでいたよね」

遠くから汽笛が聞こえる。カモメが騒いで、紫郎の声も大きくなった。

「気合を入れる時に結ぶのよ」

「あの時の君はまるでジャンヌ・ダルクだったたな」

二人の乗ったフランス船には恐るべき階級制度が存在していた。一等は個室、二等は四人部屋、三等は大部屋だった。一等、二等の船室は喫水線より上にあるため丸い窓から海が見えるのだが、喫水線の下にある三等に窓はなく、しかもエンジンルームに近いから船が走り始めるとひどい騒音と熱気に悩まされる。

二等の甲板にプールがあった。一等の客は自由に使えるが、二等の客が使える時間は限られていた。三等の客にいたってはプールへの立ち入りさえ禁じられていた。

あの日、あまりの暑さに耐えかねたのか、三等の若い客がこっそりプールに入ってきた。プールサイドに寝そべっていた紫郎はその男をぼんやりと眺め、見かけない顔だなと思っていた。すると一分もしないうちに船員が三人も飛んできて上流階級への闖入《ちんにゅうしゃ》者を引きずり出してしまった。

紫郎は半身を起こして身構えた。握りしめた拳に力が入る。あの夜を思い出して、怒りと恐怖が同時に襲ってきた。合羽坂《かっぱざか》の屋敷に特高が乗り込んできたあの夜……。

「ひどいやつらだ」

以前の紫郎なら迷わず突撃していったはずだ。どうした、紫郎。正義はどこにある。見て見ぬふりをするのか。もう一人の自分がいきり立った。

紫郎は額の汗をぬぐって腰を上げた。

立ち上がった紫郎の前を大股で颯のように横切り、船員たちの前に立ちはだかった背の高い女性がいた。それが富士子だった。インド洋と同じ色をしたスカートに純白のブラウスが良く似合っていた。

「その人を放してあげて。代わりに私が三等に行きます。それで文句はないでしょう」

富士子は海面に砕け散る荒波のように言い放った。紫郎は北斎の「神奈川沖浪裏」を思い出した。

あの背の高い女性とは少しだけ言葉を交わしたことがあった。森田富士子と名乗り、パリで絵の勉強をすると言っていた。か弱いお嬢さんだろうと思ったが、とんだ勘違いだったようだ。

「ま、待ってくれ。三等には僕が行こう。僕も一等の客だ」

紫郎は富士子と船員の間に割って入った。

近くで見ていた赤ら顔のフランス人が「ブラボー」と叫んだのを合図に、周囲の客から拍手と歓声が巻き起こった。正義に対する喝さいではなく、退屈しのぎの野次馬だろうと紫郎は思った。

「放っといてくれ。一等の客に同情されるなんて、冗談じゃないぜ」

船員に腕をつかまれた若い男が叫んだ。彼は自ら進んで連行され、三等の甲板に放りだされた。

「あの人ね、捕まった男の人。あの後、また会ったのよ。スエズ運河を通った日だったかな。三等の食堂まで下りていったら話しかけてきたの。ありがとうって言われたわ。本当はうれしかったって」

「へえ、そう。それにしても富士子さんはなぜあんな啖呵《たんか》を切ったの？」

「うーん。嫌いなのよ、ああいうの。三等だけ差別して、しかも暴力的に排除するなんて。ねえ見て、マルセイユの港よ」

「うん、やっと着いたね。富士子さん、君はデュマの『モンテ・クリスト伯』を読んだことはあるかい」

「モンテ・クリスト？『巌窟王《がんくつおう》』ね。もちろんよ」

「あそこに見えるのがイフ島だよ。主人公が無実の罪で入れられた牢獄がある」

紫郎は多くの船が行き交う先に浮かぶ白亜の要塞をにらみつけた。

「あら、ずいぶん怖い目をするのね」

「君には何もかも話してしまいたくなるね」

「ねえ、聞かせて」

「ここじゃ、まずいな」

紫郎は彼女の耳元に近づいてささやいた。長い黒髪からレモンのような香りがした。

「ずっと僕を見ている男がいる。後ろのベンチで本を読んでいるやつさ。気づいたのは三日前だけど、そういえば前から見張られていた気がするんだ。特高かもしれない。きっとそうだ。いつも薄ら笑いを浮かべているけど、目は笑っていない。あれは特高の目だ」

「痩《や》せぎすの三十ぐらいの男でしょ。カラスのように黒い服ばかり着ている」

「あいつ、知ってるの？」

「知らないわよ。私も薄気味の悪い人だなと思っていたの」

「場所を変えよう」

紫郎は富士子を連れて二等の甲板に下りた。

「あいつ追いかけてきたかな」

「大丈夫みたいよ。ねえ、話して。特高警察がどうしたの。誰か捕まったの？」

「捕まったのは僕さ」

紫郎は二年前、一九三二年の出来事を富士子に打ち明けた。

彼は早稲田第一高等学院の学生だった。映画や演劇に入れ込むうちに、左翼運動にかかわるようになった。仲間には後に映画監督として大成する谷口千吉《せんきち》や山本薩夫《さつお》、フジサンケイグループのトップになる鹿内《しかない》信隆らがいた。

「仲間たちが僕の家なら大丈夫だろうと考えてマルクスやレーニンの本をたくさん隠していたんだよ。床下につるしたりしてね」

「なぜシローの家なら見つからないと思ったの」

「僕はね、後藤象二郎の孫なんだ」

「後藤って、あの幕末維新の？」

「そう。まあ、わけありでさ、いろいろあって僕は土佐藩の筆頭家老だった深尾家に引き取られて、養子として育ったんだ。深尾の親父は今や大阪商船の副社長で貴族院議員でもあるから、そんな人の屋敷なら官憲の手も及ぶまいと彼らは思ったんだな」

「でも、特高に踏み込まれたのね」

「誰かが密告したのか、そのあたりは今もって謎なんだけどね。床下から『共産党宣言』とかがわんさと出てきたから動かぬ証拠だよ。それであのプールの男と同じように家から引きずり出されて、牛込署の留置場にぶち込まれたわけさ。こん棒で殴られて拷問されるって聞いていたから、連行される時にセーターを三枚も重ね着していったんだ」

深尾家は娘淑子の結婚相手、小島威彦《たけひこ》に相談した。小島は哲学者の西田幾多郎を慕って東京帝大から京都帝大哲学科に移り、京大大学院を出た秀才で、文部省の国民精神文化研究所哲学研究室の助手をしていた。

「威彦さんは牛込署まで飛んできてくれて、その足で正木亮《まさきあきら》という知り合いの検事に会いにいったんだよ。正木さんは『モンテ・クリスト伯』の主人公を監獄送りにした検事とは正反対の素晴らしい人なんだ。『囚人もまた人間なり』が持論でね。威彦さんほどのインテリが『最も尊敬する先輩』に挙げるだけのことはあるよ。正木さんが手を回してくれて僕は不起訴になり、翌日に釈放されたんだ」

釈放の条件は「川添をフランスに留学させること」だった。

「あなたはラッキーな人ね。さすが後藤象二郎の孫ってところかな。ところで、大人しくフランスに旅立ったんだから、もう特高が川添紫郎をマークする必要はないんじゃないの」

「そう思っていたんだけどね。しつこいやつらだ。まだ僕を疑っているんだよ、きっと。フランスで共産党の連中と合流するんじゃないかとかさ。僕はマルキシズムより映画に興味があるんだ。本当さ。映画や演劇の方が世界を変えられるんじゃないかという気さえしているんだ」

「あら、ずいぶん理想主義なのね」

「理想がなくちゃ、現実は変わらないさ。このままカンヌに行く予定だったんだけど、特高さんなら先刻ご承知だろうな。よし、予定を変更しよう。富士子さん、一緒にパリへ行っていいかな？　道中で僕の考えを話すよ」

紫郎がそう言った瞬間、船が大きく揺れた。どうやら着岸したようだ。富士子は目を見開き、困った顔をして首を振っている。

エンジンが止まった。

「富士子さん、僕と一緒では嫌かい？　あの特高のカラスはきっと先回りしてカンヌ行きの汽車に乗るはずだ」

マルセイユの空は地中海と同じくらい青く、雲は一つもなかった。しかし、紫郎の心には濃い霧がかかっていた。石灰質の白い丘の上にそびえ立つノートルダム・ド・ラ・ギャルド・バジリカ聖堂の鐘楼が青空に浮かんで見えるが、観光などしている暇はない。一刻も早くカラスの尾行から逃れなければ。


紫郎はマルセイユ・サン・シャルル駅の柱の陰で手洗いに行った富士子を待っていた。駅の外からアコーディオンの調べが聞こえてきた。「サ・セ・パリ」だ。

パリ行きの汽車の出発時刻が迫っているのに、富士子はまだ戻ってこない。もう十分以上も待っている。

「遅いな、富士子さん……」

と、その瞬間、紫郎は息をのんだ。改札の向こうに、小走りする富士子の後ろ姿がちらりと見えた。長い髪を後ろで結んでいる。カラスがひたひたと後を追っていた。

「ふ、富士子さん！」

走り出そうとした紫郎を「パルドン、ムッシュー」と駅員が呼び止めた。

「悪い、急いでいるんだ」

駅員は強引に紫郎を押しとどめ、紙きれを手渡した。日本語の走り書きがある。

「ごめんなさい。追われているのは私です。説明している時間はありません。あなたはカンヌへ行って。どうかお気をつけて。フジコ」

紫郎は紙きれと動き出す汽車を交互に見ながら、しばらく息をするのも忘れていた。


ジェノヴァ行きの汽車がマルセイユを出発した。空いている席にどっかりと腰を下ろして、紫郎は大きく息を吐き出した。自分はすべてを打ち明けたのに、富士子はなぜ話してくれなかったのか。あのカラスのターゲットは自分ではなく、富士子だった。もう追ってはこない。どこか安堵している自分に腹が立った。

紫郎を乗せた汽車は海岸沿いを東に向かってゆっくりと走っている。延々と続く海岸にはゴツゴツした岩が露出して、穏やかな地中海の波に洗われていた。初夏の強い日差しを受けた波がキラキラと輝いている。

内陸に入ると小さな谷や丘の斜面のいたるところにツルバラの森が見えてきた。ツルバラは生垣や壁をはい上がり、屋根や樹木に広がって赤や白の花を咲かせている。その周りにはオレンジやレモンの木々が立ち並び、こちらも白い花を咲かせていた。

紫郎は中学の頃に読んだモーパッサンの短編小説「ロンドリ姉妹」を思い出した。主人公は紫郎と同じようにマルセイユからジェノヴァ行きの汽車に乗ってコート・ダジュールの海岸線を走るのだ。モーパッサンはこう書いている。

「まさに薔薇の楽園であり、オレンジやレモンの花咲く森だ」

「ここは香りの王国でもあり、花々の祖国でもある」(※)

愛読した本に描かれていた情景がこうして実際に存在していることに紫郎は胸を打たれた。今までこんなに豊かな自然は見たことがなかった。

「ああ、なんて美しいんだ」

彼は思わずうなった。

汽車はいくつもの丘を上ったり下ったりして、海沿いの崖の上に出た。窓を少し開けると紺《こん》碧《ぺき》の海から潮の香りが入ってきた。日本でも経験のある匂いだが、時折、レモンの花の悩ましい香りも漂ってくる。

富士子の長い髪を思い出した。彼女は髪を後ろに結んでパリ行きの列車に駆け込んだ。「気合を入れる時に結ぶ」と言っていたから、決意の末の行動だったに違いない。

「やあ、どうも」

紫郎の向かいに若い男が座って、にこりと笑った。

「き、君はあの時の」

「なんだよ、幽霊を見たような顔をして」

プール事件の男だった。あの時は紫郎より年下に見えたが、少し年上かもしれない。男は村上明と名乗り、明治大学を休学してイタリアで彫刻を勉強するのだと言った。

「あの背の高い美人と一緒じゃなかったのか」

「船で知り合って、ちょっと仲良くなっただけさ。そういえば、あの後、君からお礼を言われたって聞いたけど」

「お礼だって？　俺が？　まさか。君はあの女のことをどのくらい知っているんだ」

「パリに行って絵の勉強をするという話だったけど……」

「俺はあの女を東京で見たことがあるんだ。明治の一年先輩に林田っていう官憲にマークされているマルキストがいるんだけど、彼と一緒に活動していた妹だ。間違いない」

紫郎はしばらく言葉を失った。

「なんだよ、何も聞いてなかったのか。まあ、話すわけがないか」

「彼女は森田って名乗ったんだが」

「森田だって？　そいつはいいや。林田のはずだ。木を一本植えたんだよ。君に気があるって意味かもな」

村上はクスクス笑って話を続けた。

「あの女はちょくちょく三等の食堂に現れていたんだ。一等の食事は肩が凝るって誰かに話しているのが聞こえた。それは本音だろう。一等は昼も夜もコース料理なんだろう？　ボルドーのワインが一人に一本付くと聞いたぞ。ブルジョワだな。まあ、とにかくあの女は長身の美人だから目立つのさ。何度か見かけて、やっぱり林田の妹だって確信したよ。ヨーロッパ人みたいな大きな目が兄貴にそっくりなんだ。それで問題はそこからさ。遠くからじっと彼女を見ている男がいたんだよ。あの女が来るたびに、毎回、姿を現すんだぜ。怪しいだろう？　にやけた妙な野郎だった」

「痩せぎすの三十ぐらいの男じゃないか？」

「そうそう。なんだ、君は知っていたのか」

「いや、確信は持てなかったんだけど」

「俺は彼女に言ってやったんだよ。妙な男に尾けられているようだから、気をつけろってね。あの女は笑って相手にしなかったけど、心当たりがありそうな顔をしていたな。林田の兄貴の方は特高に捕まったって噂に聞いた。あの痩せぎす野郎、海外に逃げた妹を追ってきたってことか」

それを聞いて紫郎は髪をかきむしり、自分の膝をゴンゴンとたたいた。実はこの村上という男も特高ではないのかと疑ったが、確かめる方法はなかった。

「おい、川添君と言ったな。俺は第六感には自信があるんだけどさ、君も見張られているんじゃないか?」

村上の言葉が紫郎の急所にぐさりと刺さった。汽車は何度かトンネルを抜け、いくつもの岬を越えながら、相変わらず美しい海岸沿いを走っている。

「み、見張られているって?」

「ああ、そうさ。後でゆっくり後ろを見てみろ。向こうの車両に高そうな背広を着て紺のネクタイを締めた四十ぐらいの東洋人が座っている。いや三十五ぐらいかな。恐らく日本人だ。俺が君の前に座った時、一瞬だが驚いたような顔をした。ずっとこっちの様子をうかがっている気がする。フランスの新聞を広げているが、さっきから全くページをめくっていない」

紫郎は村上の注意力と観察力に感心した。

「あの船の客だったのか」

「いや、見かけなかったな。マルセイユで待ち構えていたんじゃないか」

「まさか」

「そもそも君は官憲にマークされる覚えがあるのか?」

「い、いやあ、どうかなあ」

村上を完全に信用したわけではなかった。用心するに越したことはない。

「まあ、いいさ。君は一等に乗るくらいだから、金持ちのボンボンなんだな。三等の船室はひどいもんだぜ。階級社会の縮図だよ、あの船は」

「僕もそう思ったよ。船内の階級だけじゃない。あんたも見ただろう。上海、香港、サイゴン、ボンベイ。どこも西洋の植民地になって、アジア人がこき使われている。白人の天下じゃないか」

紫郎は背広の男の視線を背中に感じながら、声を低くして言った。

「ああ、そうだな。しかし、今では我らが大日本帝国も西洋と同じことをやっているじゃないか。アジアを植民地にして……」

村上が急に口をつぐんだ。紫郎は目で「どうした？」と訊《き》いた。

「背広野郎がにらみやがった。バチンと目が合った。あの眼光、ただ者じゃないぞ」

村上が下を向いて靴ひもを直すふりをしながら小声で言った。汽車が速度を緩めている。フレジュス駅に到着したのだ。確かここには古代ローマの円形闘技場があるはずだ。

「ちょっと試してみるか」

紫郎がそう言うと、村上は低い声で何をするつもりだと訊いた。

「心配するな。君に迷惑はかけない」

短い停車時間が終わる頃、紫郎はリュックを背負って窓からひらりと外に飛び出し、改札に向かっていった。もう列車は動き始めている。十秒ほど遅れて背広の男が汽車から飛び出してきた。

「驚いたな。本当に出てきた。よし、見ていろ」

紫郎はさっと身をひるがえし、猛然と汽車を追い始めた。後ろを見ると背広の男も必死に走っている。

「韋駄天《いだてん》シローをなめるなよ」

早稲田高等学院時代は百メートルを十一秒台で走った。サッカーでは五人抜きでゴールを奪い、野球で塁に出れば二盗、三盗は当たり前で、本盗を決めたこともある。

汽車がホームを離れる寸前、紫郎の指がギリギリのタイミングで最後尾の車両の手すりにかかった。

けたたましい蒸気の音と背広の男を残し、紫郎を乗せたジェノヴァ行きの汽車は颯爽《さっそう》と走り去った。

「おいおい、ずいぶん無茶をするんだな」

息を切らしながら席に戻ってきた紫郎に向かって、村上があきれたように言った。窓から身を乗り出して一部始終を見ていたという。

「あの男、本当に僕をマークしていたんだな。ありがとう。君が教えてくれなければ、どうなっていたか分からない」

「川添君、いったい君は何をやらかしたんだ。特高に追われるなんて。いや、あいつは特高にしては背広の質が良すぎる気もするけどな。おい、君は本当に留学生なのか？」

「もちろんだ。映画の勉強に来たんだ」

紫郎はそれ以上答えず、フレジュスから隣の席に乗ってきた老人と女の子に話しかけた。

「ボンジュール、ムッシュー。お孫さんですか」

「ああ、ジュリエットっていうんだ。あんた方は中国人かね？」

「いえ、日本人です」

「おお、ジャポネ。私はヒロシゲの浮世絵を一枚持っているよ。昔、ロシアに勝った時は驚いたが、国際連盟から脱退するなんて、どうなっているんだい、あんた方の国は。さっぱり分からんよ」

南仏なまりの田舎の老人だからと高をくくっていたわけでもないが、ちゃんと新聞を読んでいる紳士らしい。村上が横で耳をそばだてているから、左翼運動をやって祖国を追い出されてきましたとは言えなかった。

「ジュリエットちゃん、年はいくつだい？」

紫郎は話題を変えて女の子に言った。彼女は三本の指を立てて「三つ」と答え、お菓子を二つ差し出した。

「えっ、僕たちにくれるの？　メルシー」

カリカリと噛みくだくと、口中にアーモンドの香りが広がった。

「セ・ボン。これは何というお菓子ですか」

「クロッカンっていうんだ。南仏の名物さ」

老人がうれしそうに言った。

「君たちはどこまで行くんだい？」

「僕はカンヌ、彼はジェノヴァまで行くんです」

老人はジェノヴァと聞いて急に下を向き、何やらブツブツとつぶやいて舌打ちをした。ムッソリーニという単語だけ聞き取れた。

「ああ、すまない。独り言だ。カンヌはもうすぐだよ。ほら、今日の海は格別に青いぞ。海に寝そべっているような格好の島が二つあるだろう。サント＝マルグリット島とサン＝トノラ島だ。サン＝トノラのワインはうまいぞ。ああ、日本人はワインを飲むのかね？　ブドウの酒だよ」

紫郎が笑って「船で毎日飲んでいました」と答えると、横で村上がふてくされた顔をして肩をすくめた。三等の食堂ではワインは出ないのだった。

カンヌの街並みが見えてきた。広い入り江を囲む山々のあちこちに白亜の別荘が点々と建っている。紫郎が泊まる家は古い港の近くにある豪壮なアパルトマンだと聞いていた。父親代わりの深尾隆太郎が手配してくれた。

深尾はフランスに留学する紫郎のために二通の依頼状を送っている。一通は駐フランス大使の佐藤尚武、もう一通がカンヌに暮らしている伊庭《いば》簡一《かんいち》宛てだった。

簡一は住友家の発展に尽くした伊庭貞剛《ていごう》の次男だが、フランス女性と結婚し、カンヌに住んでいるのだ。

深尾は紫郎の留学期間を六年と定め、まず南仏カンヌで伊庭家の指導を受けてからパリに出るようにと言いつけていた。

「村上君、ありがとう。君のことは忘れないよ。イタリアで彫刻を勉強して、ミケランジェロの神髄を感じてくるって言っていたね。僕もフランスでこの国の文化をたっぷり吸収してくるつもりだ。お元気で」

「うん、君も元気で。またいつか会える気がするよ。ああ、それからあの背広野郎に気をつけることだな。さっきはうまく行ったが、あいつはただ者じゃない。しつこくカンヌまで追ってくるかもしれないぞ」

紫郎は村上と長い握手を交わし、老人と孫娘に別れを告げて汽車を降りた。駅にはレモンとオレンジの花の甘い香りが漂っていた。また富士子の顔が浮かんできた。

アコーディオンの伴奏に乗って歌声が聞こえる。紫郎の知っている歌だった。行きつけの早稲田の喫茶店でよくかかっていた。パルレ・モア・ダムール。「聞かせてよ愛の言葉を」だ。初めて富士子に会った時、誰かに似ていると思ったのだが、あのレコードのジャケットに写っていたリュシエンヌ・ボワイエという歌手に似ているのだった。富士子は今ごろどうしているだろうか。特高のカラスに捕まってしまったのか。

「やあ、川添さんですね？」

カンヌ駅の改札を出ると、彫りの深い顔立ちの若い男が陽気に話しかけてきた。年は紫郎と変わらないように見える。

「僕はマルセル。伊庭マルセルです」

「川添紫郎です。シローと呼んでください。わざわざ迎えに来てくれたんだね。ありがとう。お世話になります」

マルセルの笑顔には、南仏の太陽と同じように裏表のない底抜けの明るさがあった。紫郎は一瞬にしてカンヌという街が好きになった。

（※）「ロンドリ姉妹」の引用は「脂肪の塊／ロンドリ姉妹～モーパッサン傑作選～」（モーパッサン著、太田浩一訳、光文社古典新訳文庫）より

エピソード3　マルセル

「家まで歩いて十分くらいかかります。長い旅で疲れたでしょう。大丈夫ですか？」

カンヌ駅を出たところでマルセルが言った。

「もちろんだよ。僕は足には自信があるんだ」

紫郎はマルセルの日本語が少しぎこちないのに気づいた。若者同士、もっとくだけて話してもいいはずだが、微妙な調節はきかないようだ。

「この先がカンヌのオールド・タウン。ル・シュケと呼びます。迷路みたいな石の道が向こうの丘まで続いています」

マルセルが南西の方角を指さした。

石畳の歩道に張り出したカフェのテラス席で、若い白人のカップルが顔を寄せ合って話し込んでいる。男が気づいて「サリュー！」と声をかけてきた。マルセルはなかなか顔の広い若者のようだ。

「丘のてっぺんに石造りの時計塔が見えるね」

「ノートルダム・ド・レスペランス教会です。百年ぐらい前までカンヌはこの周辺だけの小さな村でした。えーっと、魚釣りの村」

「ああ、昔は漁村だったんだね」

「ぎょそん？」

「漁村。フィッシング・ヴィレッジ」

マルセルが「旧市街」の代わりに「オールド・タウン」と言ったのにならって、英語に言い換えてみた。

「ああ、分かります。漁業のギョに村のソンですね。その通りです」

「マルセルは英語も話せるの？」

ちょうど丘の方から鐘の音が聞こえてきた。

「はい。僕はパリで生まれて小学生のころ神戸に行きました。カネディアン・アカデミーで勉強しましたから、クラスメイトはカナダ人とフランス人が多かった。アメリカ人やオーストラリア人もいました。僕みたいにパパかママのどちらかが日本人という人もたくさんいましたよ」

マルセルの母はフランス人だ。彼の彫りの深い顔は東洋人よりはずっと西洋人に近く、紫郎には西洋人と見分けがつかなかった。ベージュ色の麻のジャケットが良く似合っている。背丈は紫郎とあまり変わらない。

「カナダ系の学校だったら、授業ではフランス語も使うの？」

「はい、英語とフランス語の両方です。日本語も少し習いましたけど、日本語を話すのは一つ年上の姉の方がずっと上手です。彼女は住吉聖心女子学院に通いましたから。神戸で生まれた妹も日本語が上手です。僕は読み書きなら得意なのですが、話すのは兄妹の中で一番下手ですね。女性の方が会話の才能はあると僕は思います」

「ははは、男は口じゃかなわないってことか。同感だ。でもマルセルの日本語はとても丁寧で気持ちがいいし、正確だと思うよ」

「そうですか。ありがとうございます」

夏のカンヌの日差しは想像以上に強く、汗だくになった紫郎は上着を脱いで肩にかけた。マルセルは日焼けしているが、肌は小麦色ではなく、やけどをしたように赤くなっている。

「シロー、ここで左に曲がって坂を下っていきます。僕の家はこの先の古い港の近くにあります」

南に下る坂道に出るとさわやかな潮風が吹いてきた。通りにはブティックやブーランジェリー、ブラッスリーなどが立ち並んでいる。

「ねえ、マルセル、ここはルイ・ブラン通りっていうんだね」

紫郎が道端の案内標識を指さした。

「十九世紀の政治家の名前です。二月革命の人。社会主義者でした」

社会主義と聞いて紫郎はギクッとした。

「あそこです。その角にあるアパルトマンの最上階です」

マルセルが豪壮なアパルトマンを見上げて言った。

「この交差点を覚えておいてください。海に向かう縦の道がルイ・ブラン、横の道はフェリックス・フォール。四十年近く前の大統領の名前です。ドレフュス事件が起きた時の大統領でした」

「ドレフュス事件？　聞いたことがあるような気もするけど」

紫郎は頭をかいた。

「フランス人なら誰でも知っています。ドレフュスという名前の大尉がドイツのスパイではないかと疑われて逮捕されました。ドレフュスはユダヤ人でした。だから逮捕されたのです。後でスパイではないと分かって少佐に昇進しました」

「冤罪だったわけだ」

「えんざい？」

「ああ、日本も冤罪だらけだ。いきなり逮捕されるのは気分のいいものじゃないよ、マルセル」

「シローも逮捕されたのですよね。でも釈放された。ドレフュスと一緒ですね。パパから聞きました」

「いやあ、参ったなあ」

紫郎はまた頭をかいた。

伊庭家のあるアパルトマンはモダンなコンクリート造りで、アール・デコとアール・ヌーヴォーの中間のような植物の装飾があちこちにあしらわれている。紫郎は天井や壁をしげしげと眺めた。鉄筋コンクリートという近代工法とヨーロッパの伝統が見事に融合している。

「ボンジュール、ムッシュー」

エントランスの右の部屋から白髪交じりの痩せたコンシェルジュが独特の節回しで挨拶した。マルセルは日本から来た大切な友人だと紫郎を紹介し、しばらく伊庭家に滞在することになるからくれぐれもよろしくと念を押してエレベーターに乗り込んだ。

「すごいアパルトマンだね、マルセル。丸ビルより立派に見えるよ」

「僕たちがカンヌに来た四年前は新築でした。名前は忘れましたが、オーギュスト・ペレの弟子が設計したと聞いています。最上階の部屋はユダヤ人の大富豪が冬の別荘にするはずでしたが、パパがフランスに戻ってくると知って譲ってくれたのです。二人は長い友人だと言っていました」

エレベーターが最上階に到着した。

広い玄関ロビーに聖母マリアと大天使ガブリエルを描いた「受胎告知」と「神奈川沖浪裏」が並んで掛かっている。北斎の浮世絵を見て、紫郎は船員たちの前に仁王立ちする富士子の姿を思い出した。

「この受胎告知の絵、雑誌か何かで見たことがあるなあ」

「フラ・アンジェリコの『受胎告知』です。イタリアのサン・マルコ修道院の壁に描かれています。家族と一緒に旅行した時に見てきました。とても素晴らしかった。この絵はフィレンツェの店で買ってきたのです」

「そうか、複製画なんだね。そりゃ、そうだよな。本物は壁画だからね」

若い女性が小走りにやってきて、薄暗いロビーが一気に華やいだ。犬が一匹トコトコとついてくる。

「いらっしゃい。初めまして、エドモンドと申します。この子はタロー。神戸生まれの柴犬です」

姉は神戸の女学校に通ったとマルセルは言っていたが、彼女のイントネーションは東京の山の手の令嬢を思わせる。そういう教育を受けたのだろう。ミモザの花のような黄色いワンピースの裾に向かって、タローが盛んにジャンプしている。

「川添紫郎です。初めまして。シローと呼んでください。お世話になります」

タローが尻尾を振って、紫郎の膝のあたりに鼻を寄せてきた。色艶がいい。大事に飼われているのだろう。

「やあ、タロー。シローとタローで似た者同士、仲良く頼むよ」

エドモンドはクスクス笑って「シローさん、お疲れでしょう。こちらでゆっくりなさってください」と促した。

三十畳はあろうかという広い居間に入ると、窓の向こうにカンヌの青い海が広がっていた。汽車の車窓から眺めたサント゠マルグリット島やサン゠トノラ島も見える。

肉づきのいい中年の白人女性が微笑みをたたえて立っていた。

「コニチハ。ワタシ、ガブリエルトイイマス。ヨウコソ、カンヌへ」

伊庭夫人の日本語は全くの片言だった。主人の伊庭簡一はフランス語がペラペラなのだろうと紫郎は思った。フラ・アンジェリコの「受胎告知」の絵を飾っているのは、奥さんがガブリエルという名前だからだろうか。しかし夫人はどちらかといえば処女懐胎を告げる大天使より、告知を受ける鼻筋の通った聖母マリアに似ている。若い頃はこの聖母のように痩せていたのかもしれない。

「シモ〜ン、どうしたの。日本からお客さまがお見えになっているわよ」

エドモンドが声を上げた。

広い居間の奥にあるキッチンの陰から、まだ幼さの残る女の子が半分だけ顔を出し、また引っ込めた。タローが走っていって、彼女のピンク色のスカートの裾をくわえて引っ張っている。なかなか賢い犬だ。

「何をしているの、シモン。こっちに来て、ちゃんとご挨拶しなさい」

エドモンドに促されてシモンがうつむいたまま歩いてきた。竹ぼうきのように、ひょろりと痩せている。

「初めまして。川添紫郎といいます。シローと呼んでね」

「シ、シモンです」

うつむいたままペコリとお辞儀をして、ようやく顔を上げたシモンと紫郎の目が合った。痩せているから大きな目がなおさら大きく見える。彼女の顔は見る見るうちに赤くなり、そのまからくり人形のような動きで回れ右をして、逃げるようにキッチンに戻っていった。タローがトコトコと後を追い、ガブリエルとエドモンドは顔を見合わせてクスリと笑った。

「ところでシローは何歳ですか」

マルセルが尋ねた。

「二十一歳だよ」

「ああ、そうですか。もっと年下かと思っていました。やっぱり日本人は年齢より若く見えますね。僕は二十三歳、姉は二十四歳、妹は十歳年下です」

「私の年まで言わなくてもいいのに」

エドモンドが頬を膨らませ、怒った顔をして見せた。

「さっき、シローに一歳年上の姉がいますと言ったばかりだから、もうばれていました」

マルセルがおどけた。

「シモンは十歳も離れているんだね」

紫郎がマルセルに言った。

「そうなんです。明日があの子の誕生日。やっと十四歳になります」

横からエドモンドが答えた。

「へえー。じゃあ、お祝いをしなくちゃね」

「はい、明日にはパパもベルリンから帰ってきますし、我が家でパーティーです。シローさんも一緒に祝ってくださいますね」

エドモンドが声を弾ませた。

その夜、伊庭家の主人は不在だったが、伊庭夫人のガブリエル、長女エドモンド、長男マルセル、次女シモンと客人の紫郎の五人で食卓を囲み、冷えた白ワインで乾杯した。

「皆さん、しばらくお世話になります。シモンは今日が十三歳の最後の日だね。おめでとうは明日言わせてもらうよ」

シモンがまた顔を赤くしてうつむいた。それを見てみんなが笑った。

「シローサン、コレハシモンガツクッタサラダデス。アナタノタメニツクッタノデス」

ガブリエルが説明すると、シモンは両手で顔を覆ってテーブルに伏せてしまった。足元でタローが心配そうに彼女を見上げている。

「シモン、どうもありがとう。ゆで卵とブラックオリーブと……。この魚はマグロかな」

「ええ、マグロをさっと焼いています。ニース風サラダと呼ばれています。南仏ではマグロがたくさん獲れましたからね」

エドモンドがシモンの代わりに答えた。

「獲れましたというと、最近は？」

「ええ、少なくなってきたそうです。だからニース風サラダにアンチョビを入れる人も増えているようですよ。先日、レストランのサラダにもアンチョビが入っていて驚きました」

「シモンは正統派のニース風サラダを作ってくれたんだね。ありがとう。とてもおいしいよ」

シモンは初めてうれしそうな顔をして小さくうなずいて見せた。

「私がまだ小さい頃、神戸に行く前の冬のことですけど、家族でマルセイユより西のセットという小さな港町まで旅行したことがあるんです。マグロを山のように積んだ船を見ましたから、当時はまだたくさん獲れたのだと思います」

エドモンドが言った。

「そういえば最近読んだ雑誌にポール・ヴァレリーの講演が載っていました。南仏のマグロの話をしているのです。シロー、後で読みますか」

マグロをフォークで突きながらマルセルが言った。

「ありがとう。読んでみたいな。ヴァレリーの『海辺の墓地』という詩集なら持っているんだけどね」

紫郎がグラスのシャルドネを飲み干して言った。

「シローはヴァレリーを読んでいるのですか。素晴らしい。そのお墓もセットの町にあります。地中海を見下ろすような位置にありますから、本当に海辺の墓地ですね」

マルセルがうれしそうに説明した。

「シローサン、コノワインハカンヌノワインデス」

早くも三杯目に口をつけた紫郎に夫人が言った。

「カンヌのワイン？」

「正確に言うと、サン＝トノラ島で造っているワインです。ほら、あそこに見える島」

エドモンドが夕日に染まったオレンジ色の海を指さした。タローが窓に向かって飛ぶように走っていった。

「ああ、サン＝トノラ島のワイン。カンヌに来る途中、汽車で知り合ったおじいさんに教えてもらいました。あの島のワインは絶品だと言っていたけど、本当においしいなあ」

「シロー、このワインは修道士が造っています。あの島全体をシトー修道会が所有していて、島の中にブドウ畑まであるのです。とても良いワインですから、島の外までなかなか出回りません。それを特別に譲ってもらっているのです」

マルセルがそう付け加えた。

長旅の疲れが出たのか、いつもより早く酔いが回り、ワインが二本空いた頃に「お先に失礼します」と言ってベッドにもぐりこんだのだが、いざ寝ようとするとなかなか寝つけない。

マルセルから借りた雑誌を開いた。講演録のタイトルは「地中海の感興」。パラパラとページをめくりながら目に留まったのは、故郷の港町セットで暮らしていたヴァレリー少年が泳ぎに出た日の回想だった。知らない単語がいくつかあったが、東京から持ってきた仏和辞典を引かなくても大意は分かった。

数百匹のマグロが獲れた豊漁の日の翌朝、ヴァレリー少年が浅い海の底で目にしたのは、肉を取り除かれたマグロだった。解体され、大量に捨てられていたのだ。

「ふと足許を見たとき、私は平穏な、明るく透き通っている水の中に、凄惨《せいさん》に美しい混沌が蔵されているのに気がついて身慄《みぶる》いした。何か、胸が悪くなるような赤い色をしたもの、微妙な薔薇色をしたのや、深い、気味の悪い紫色をした塊が、そこに横たわっていた。……そして私はそれが、漁師が海に投げ込んだ昨夜の魚の臓物の全部であることを悟ったのだった[※]」

ヴァレリーの詩人らしい表現によって、紫郎の脳裏に不気味な光景が広がっていった。

彼は夢を見た。普段の夢はモノトーンなのに、その夜は鮮烈なカラーだった。コバルトブルーの海に赤黒い液体が入り混じっていく。美しい地中海でおぞましい殺戮《さつりく》が繰り返されていた。夢の中の紫郎は嫌悪感を抱くのだが、同時に強い好奇心からも逃れられない。彼はコバルトブルーの海に溶けていく赤黒い液体の行方を陶然と見つめていた。

目を覚ますと、まだ四時だった。ずいぶん汗をかいている。「心が嫌悪するものを眼は愛好した」というヴァレリーの一節を思い出し、続きを読んだ。

「私は次に古人の詩が含んでいる酷《むごた》らしい、血腥《ちなまぐさ》い要素について考えた。ギリシアの詩人はいかなる残忍な場面を描くことをも厭《いと》わなかった。……（中略）神話も、叙事詩も、劇詩も、血に彩られている。しかし芸術は、私があの無残な光景に接したときの、透明な水の層のようなもので、それは我々に、いかなることも眺め得る眼を与えてくれるのである」(※)。

死と美は背中合わせなのだと紫郎は思った。美を見いだすためには死をのぞき込まなければならないが、美を見いだせば生きる力が与えられる。では、どうやって死の底から美を見つけ出すのか。それが芸術なのだ。

再び眠りに落ちていきながら、そんなことを考えていた。

「シロー、おはようございます。パンを買いに行きます。一緒に行きませんか」

「おはよう、マルセル。君は毎朝パンを買いに行くのかい？」

「もちろんです。僕は焼きたてのパンを買うために毎朝早起きしています。焼きたてのパンのおいしさは炊きたてのご飯と同じですよ」

紫郎とマルセルはエレベーターで階下に向かった。マルセルはジャケットと同じ薄いベージュ色のパナマ帽をかぶっている。

「それ、なかなか似合っているね」

「神戸で買ってきました。これをかぶっているとカンヌでも評判なのです」

コンシェルジュが昨日と同じ独特の節回しで歌うように挨拶した。紫郎が「ボンジュール、ムッシュー」とそっくりに節をまねて返すと彼は白い歯を見せて笑った。昨日はもっと年寄りかと思ったが、まだ四十代ぐらいかもしれない。

「イザベルの家」という名のブーランジェリーで焼きたてのパンを買った二人は、ついでに買ったクロワッサンをかじりながら、向かいにある市場に入った。

完成したばかりのマルシェ・フォーヴィルは広大な屋内の市場だ。果物や野菜、香辛料、肉類、チーズやハム、魚介類、花などが所狭しと並んでいる。

「赤、緑、黄色、紫、オレンジ……。すごいね。商品の種類じゃなくて、色で区分けして陳列したんじゃないかと思えるくらい見事な配色だ。どこを切っても絵になるんじゃないかな。セザンヌの静物画みたいだ」

紫郎が感嘆の声を上げた。

「この色はまさにポール・セザンヌですね。ただ、セザンヌがいくら天才でも、南仏の光と果物がなければあの絵は生まれていませんよ」

「南仏の光か。確かにここの太陽光線は特別だ」

紫郎は肉売り場の前で立ち止まった。

「いろんな肉があるね。あのぶら下がっているのは何だろう」

「ウサギですよ。白ワインで煮て食べます」

「毛を剥《は》いで売られているわけだね。因幡の白兎みたいだ。マルセル、あのぐにゃぐにゃしたやつは何だか分かる？」

「はい。仔牛の喉《のど》ぼとけ、脳みそ、腎臓、肝臓……」

「ひゃー、つまり全く無駄なく、何でも食べるってことだよな。あっちに見慣れない真っ黒なソーセージがあるね」

「あれはブーダン・ノワール。血で作ったソーセージです。隣にあるのはアンドゥイエットといって、豚の腸に内臓を詰めています。僕はちょっと臭くて苦手です」

マルセルが笑った。

「こっちに並んでいる魚は日本とあまり変わらないね。イワシなんか、東京で食べていたのと全く同じ形だ。しかしこの四角い顔の魚は見たことがないぞ。ずいぶん変わった魚だな。背中に取っ手をつけたら、まるで鞄じゃないか」

紫郎は体の真ん中に弓道の的のような黒斑のある魚を指さした。

「鞄ですか。シローは面白いことを言いますね。サン・ピエールといいます。このあたりでよく獲れる有名な魚です。ムニエルやポワレにするとおいしいんですよ」

「ポワレ？」

「ムニエルは小麦粉をつけてバターで焼きます。ポワレは小麦粉をつけません」

マルセルはフライパンを持つしぐさをしながら説明した。

「サン・ピエールって、聖ペテロだよね。十二使徒の。そんな聖なる名前がつくほど高貴な魚とは思えないけどなあ」

マルセルが笑って、魚売りの男と話し始めた。

「やはり聖書だそうです。マタイの福音書はご存じですか。僕は小さい頃から聖書を読んでいますから、この話も覚えています。イエスがペテロに魚を釣りなさいと言います。ペテロはもともと漁師ですからね。ペテロが魚を釣ったら、口から銀貨が一枚出てきました。そういう話です。サン・ピエールの体に黒いコインのようなものがついていますね。あれはペテロの親指の跡だといわれているそうです」

紫郎は「ふーん、なるほどねえ」と言いながら、横浜港まで見送りにきてくれた親戚の小島威彦や歴史哲学者の仲小路《なかしょうじ》彰から何度も聞かされた話を思い出していた。西洋人の生活にどれほど深く聖書が浸透しているか。そこを理解しなければ、日本人は永遠に西洋人を理解できないぞ、と彼らは言っていた。

海鮮売り場の真ん中で紫郎が立ち止まった。

「どうしました？」

「い、いや、あれはマグロだよね。昨夜、あの雑誌を読んだんだよ」

「ああ、ヴァレリーの講演録ですか」

「地中海が血に染まっていく夢を見たんだ。朝の四時ごろ目が覚めてね」

そこまで話したところで紫郎はぴたりと動きを止めた。

「どうしたんです？　マグロが怖いのですか」

「僕の後ろを背広姿の日本人が歩いているだろう」

紫郎が首を動かさずに小声で言った。

「背広ですか？　日本人？」

マルセルは素早く目だけを動かし、あたりの様子をうかがった。

「いいえ、いませんよ。背広姿も日本人も。いったい、どうしたのですか。背広の悪夢でも見ましたか？」

「あれは悪夢といえば悪夢かな。しかし、おかしいな。あそこのピーマンや玉ネギを売っているあたりから、男がこっちを見ていた気がするんだが」

あの背広男は途中の駅で置き去りにしてやったじゃないか。まさか、翌朝こんなに早い時間からカンヌに現れるはずがない。きっと気のせいだ。

「マルセル、買い物をしたいんだ。近くにお菓子屋さんはないかな」

「甘いものが好きなのですか」

「シモンにプレゼントしたいんだよ」

「それは素晴らしい」

マルセルはパチンと指を鳴らした。

「マカロンがいいでしょう。彼女の大好物ですからね。喜びすぎて倒れるかもしれませんよ。近くに良い店があります。もちろん夜のパーティーまで内緒にしておきます」


その昼、紫郎とマルセルはエドモンド、シモン、それにタローも連れて、カールトンホテルのプライベート・ビーチに出かけた。

カンヌ屈指の高級ホテル、カールトンを買収したフランク・ゴールドスミスが主催する水泳大会が開かれるのだ。伊庭家の主人と親しいユダヤ人の大富豪というのが、そのゴールドスミスだった。

カンヌ在住のフランス人チームとバカンスで長期滞在しているアメリカやイギリス、ドイツなどの外国人チームの対抗リレーが大会のハイライトだ。マルセルの周到な根回しによって、紫郎もフランス人チームの一員として特別に参加が許されていた。

カールトンのプライベート・ビーチには、各国から富裕層が集まっている。ほとんどがヨーロッパかアメリカの白人だ。

「シローさん、頑張ってね。水泳は得意なんでしょう?」

エドモンドが言った。

「僕は走る方が得意だけど、泳ぎもまあまあ自信がありますよ。従兄にずいぶん鍛えられましたからね」

「それは心強いですね。シロー、あなたにアンカーを任せます。フランスチームのみんなが賛成です。相手チームのアンカーはたぶんあの背の高いアメリカ人です。最近、毎日この海で泳いでいます。とても強い相手ですけどシローならきっと勝ってくれますよね」

マルセルがシローの肩をポンとたたいた。

「ああ、任せてくれ」

紫郎の海水パンツはフランス国旗のトリコロール柄。マルセルとおそろいだ。彼がチームの面々に「東京から来たシローです、よろしく」と挨拶して「アレ・フランス！」と叫ぶと、応援団から大歓声が上がった。大半が十代と二十代の女性たちだ。

フランスチームは準備万端になったが、外国チームが騒がしい。どうやらイギリス人とアメリカ人が組んで、ドイツ人を締め出そうとしているようだ。「ヒトラー」とか「ナチス」といった言葉が怒声に交じって聞こえてくる。

紫郎は船員の前に仁王立ちになった富士子を思い出し、彼らに向かって飛び出していった。あわてて止めようとしたマルセルを目で制して、アメリカ人たちとドイツ人の間に割って入った。

「おいおい、ちょっと待てよ。彼はナチスじゃないだろう。みんな仲良くやろうぜ」

紫郎は英語で言った。

「聞いたぞ、おまえ、日本人らしいな。国際連盟を脱退してどうするつもりだ」

百九十センチはありそうなアメリカ人が紫郎を見下ろして叫ぶと、ビーチで見物している富裕層の老人たちが拍手を送った。

「ははは、僕はその日本を追い出されてきたんだ。これから水泳というスポーツをやるんだろう。スポーツに政治は関係ない。それに、ここは自由の国フランスじゃないか」

今度はフランスチームの応援団からソプラノとアルトの大歓声が上がった。

「中国を侵略している日本野郎のくせに、何が自由の国フランスだ」

紫郎につかみかかろうとしたアメリカ人の前に、彼より大きな筋骨隆々の黒人がぬっと現れ、ヘラクレスのように立ちはだかった。優に二メートルはありそうだ。

「ムッシュー、ここで暴力はいけません。侵略という言葉を使いましたね。それはあなたたち白人の専売特許だったのではありませんか。私の先祖はアフリカから連れてこられた。そういう話を今ここでしたいのですか。私は奴隷制度が生まれたのはあなたのせいだとは言いません。あなたはこの日本の方を責め、暴力を振るおうというのですか」

黒人はよく響くバリトンで朗々と語り、イギリス風の英語で教師のように諭した。百九十センチの白人は引き下がるしかなかった。

「シャルル、ありがとう。恩に着るよ」

マルセルが飛んできてフランス語で言った。

シャルルと呼ばれた二メートルの黒人は打って変わって少年のような笑みを見せ、小型船に乗って海に出ていった。

レースは海岸から四十メートルほど沖にある浮き台がスタート地点で、選手たちは海岸と並行して百メートルほど西に泳ぎ、フラッグのある地点でターンして浮き台に戻ってくることになっている。

二メートルの男は折り返し地点に船を停泊させ、フラッグを持つ係のようだ。

「彼はシャルル・デュソトワール。ソルボンヌ大学の法学部の学生です。素晴らしい秀才で、ラグビーの選手でもあります。とてもいい人。僕の友達です」

マルセルが紫郎に耳打ちした。世界は広い。すごい男がいるものだと紫郎は感心した。

結局、ドイツ人は外国チームに加わり、ドイツ、イギリス、オーストラリア、アメリカの多国籍チームになった。

フランスチームはマルセル、ジャン、アラン、シローの4人だ。

第一泳者のマルセルが浮き台から勢いよく飛び込み、戦いの火ぶたが切って落とされた。彼はくるりと身をひるがえし、天を仰いで背泳ぎで進んでいる。速い、速い。早くも相手のドイツ人を体一つ分ほどリードした。

紫郎は波打ち際で声援を送るシモンの姿を見つけた。彼女はすっかり上気した顔で「アレ、マルセル！　アレ、アレ」と叫んでいる。なんだ、あんなに大きな声が出せるんじゃないか。十四歳はこうでなくちゃと紫郎はうれしくなった。

フランスチームと外国チームは抜きつ抜かれつを繰り返し、いよいよアンカーの出番が回ってきた。第三泳者の小柄なアランがもう一つスピードに乗れず、フランスチームは体二つ分ほどリードされている。

シモンの同級生というから十三歳か十四歳だろうが、とてもそんな年齢とは思えない成熟した体つきのフランス人の女の子の一団が大声援を送ってくれている。彼女たちに比べると、シモンはずいぶん幼く見える。

シモン組に負けじと、エドモンドの友達も大声で「シロー、シロー」と叫んでいる。こちらは二十代半ば、完璧に成熟したレディーたちだ。

紫郎が右手を上げ、海軍式敬礼のポーズをとると、シモン組とエドモンド組の両方から歓声が上がり、そろってフランス国歌「ラ・マルセイエーズ」を合唱し始めた。

浮き台にいる外国チームの連中が露骨に不機嫌な顔をしている。

それを察知したマルセルが紫郎に目で合図を送った。紫郎は「分かっている。心配するな」という顔をして、悠々と飛び込んでいった。

先を泳ぐアメリカ人は長い手足をバシャバシャと激しく動かし、力ずくで前に進んでいく。ゆったりとしたフォームの紫郎と大男の差はなかなか縮まらない。

「ああ、シロー、何してるのよ。これじゃあ、追いつけないじゃない」

エドモンドが地団太《じだんだ》を踏んでいる。

黄色いフラッグを持ったシャルル・デュソトワールのいる船の後ろを回って折り返すのがルールだ。

アメリカ人のスピードが急に落ちてきた。紫郎との差は一メートルにまで縮まっている。紫郎は水面から顔を上げ、デュソトワールに「さっきはありがとう」と声をかけて一気に加速した。アメリカ人と並び、さらに抜きにかかる。

「畜生！」

アメリカ人が紫郎の肩に手をかけて引き寄せ、長い左腕を首に巻きつけた。デュソトワールが「やめなさい」と鋭く叫んだが、二人の耳には届かない。アメリカ人が右手で顔面にパンチを食らわせようとした瞬間、紫郎は長い腕の束縛からするりと抜け出した。

「待て、この野郎」

大男が絶叫し、紫郎の体をつかんで力ずくで引き戻す。

「あ、あれ？」

彼の手にはトリコロールの海水パンツだけが残され、紫郎ははるか先を泳いでいた。大差をつけて紫郎がゴールし、素っ裸で浮き台に上がって手を振ると、応援団は大歓声と大爆笑の渦につつまれた。

マルセルがあわててパナマ帽で紫郎の前を隠し、さらにジャンとアランが大きなバスタオルで彼の体を包んで肩に担ぎ上げ、そのまま浮き台の横につけたデュソトワールの船に乗り込んだ。

「シロー、シロー、シロー」の大合唱の中、フランスチームを乗せた船が「カールトン」の看板の立つ栈橋に到着した。英雄たちの凱旋だ。シモンもエドモンドも大喜びで飛び跳ねている。ゴールドスミスの代理人から贈られた優勝賞品はシャンパンだった。

「マルセル、このシャンパンは今夜のシモンの誕生パーティーで開けよう。君の分と合わせて二本あるから、一本は彼にプレゼントしてくれないか」

「彼？」

「シャルルだよ」

「それはいいですね。大賛成です。きっと喜びますよ」

「伊庭さんは今日戻ってくるんだよね」

日本から持参した土産は世話になる家の主人に直接渡そうと紫郎は考えていた。

「パパですか。夕方の汽車でカンヌに着くはずです。ベルリンに行ってヒトラーの様子を見てくると言っていました」

伊庭簡一は住友の二代目総理事、伊庭貞剛の次男だ。アメリカの名門校に留学したが、いったん日本に呼び戻されている。紫郎の養父、深尾隆太郎は「アメリカで遊びすぎたから貞剛さんが怒ったらしい」と言っていたが、真偽のほどは分からない。

簡一の弟、四男の慎一も変わった経歴の持ち主で、住友家が支援していた洋画家、鹿子木《かのこぎ》孟郎《たけしろう》のフランス留学に同伴して親の許しもなくパリに行き、絵の勉強をしている。この四男を日本に呼び戻すため、次男の簡一がパリに派遣されたのだが、呼び戻しに行った本人がパリでフランス人と結婚してしまったのである。

紫郎は深尾から伊庭家の事情を聞かされてはいたが、カンヌに来てから一日半の間に伊庭簡一という人物への興味は何倍にも膨らんでいた。

アメリカ、フランス、ドイツを飛び回り、ユダヤ人の大富豪と親しくなるなんて、日本では考えられない夢の世界だった。紫郎は自分の頭の中にある物差しのスケールが一気に地球規模にまで拡大した気がした。国境を越えていなかければならない。国境は越えるためにある。身支度をしながら、紫郎はそんなことを考えていた。

「さあ、着替えはすみましたね。行きましょう。僕は駅までパパを迎えに行きます。シローはシモンたちと先に帰ってください」

マルセルがみんなを促した。

「待って、タローがいないのよ」

シモンが叫んだ。

「来たわよ。ほら」

エドモンドが笑っている。

タローがトコトコとビーチを駆けてきた。何かをくわえている。伊庭家の愛犬はシモンの足元に来て止まった。いちばん仲良しの彼女に渡すつもりらしい。

タローの戦利品はトリコロール柄の海水パンツだった。

（※）文中の「地中海の感興」の引用は『精神の政治学』（ポール・ヴァレリー著、吉田健一訳、中公文庫）より

エピソード4　アンティーブ〜モンテカルロ

「お帰りなさい、パパ」

ベルリン旅行から帰った伊庭箇一を玄関で真っ先に迎えたのは、次女のシモンと愛犬タローだった。長女のエドモンドと妻のガブリエルが続き、最後に紫郎が挨拶した。

「お帰りなさい、伊庭さん。川添紫郎と申します。お世話になります。いや、もう昨日からお世話になっています。しばらくご厄介《やっかい》になります」

「よく来てくれたね。深尾さんから丁寧なお手紙をいただいて、事情は承知しているよ。かなり昔の話だが、お父上の川添清麿さんにもお会いしたことがある。三菱銀行の役員をされていた頃にね。それから君の実のお父さんにもお世話になったんだよ」

「後藤の？　猛太郎《たけたろう》ですか」

「そうそう、猛太郎さん。お名前の通り、猛烈なお人だったなあ。さすが幕末の志士、後藤象二郎の息子という感じでね。男気のある人だった。あの人の血を引いているんだから、シロー君、君も相当に猛烈な男なんだろうなあ。あっはっは」

白人女性と結婚して外国暮らしをするくらいだから、相当にハイカラな優男なのだろうと想像していた紫郎は、精かんな顔と引き締まった体つきの簡一を前にして、少々面食らった。優に五十を過ぎているはずだが、年齢を感じさせるのは月代《さかやき》を剃ったように後退した額ぐらいで、先のとがった鷲鼻と鋭い眼光は、まさにこの人こそ幕末の志士といった風貌だ。

「そうよ、パパ。本当に猛烈なのよ、シローさんは。驚いちゃったわ。例のカールトンの水泳大会でアメリカ人やドイツ人たちの連合軍をやっつけちゃったんだから」

エドモンドが言った。

「アメリカとドイツの連合軍かい？　そいつは現実にはありそうにない話だな」

「シローがフランスチームに加わってくれて、アンカーで泳いで逆転勝ちしたのよ」

今度はシモンが言った。ようやく彼女が自然に話すのを耳にして、紫郎はうれしくなった。

「ふうむ、そいつは確かに猛烈だ」

簡一が感心したところで、カンヌ駅まで父を迎えに行ったマルセルと半袖の開襟シャツを着た若い日本人が大荷物を抱えて入ってきた。二人とも汗だくになっている。

「おお、暑いところすまんな。まだ夕食まで時間があるし、どうだ、男たちだけで食前酒でも飲まないか。エドモンド、すまないがパスティスとオリーブを用意してくれ」

簡一が言った。

「ああ、シロー君、彼を紹介しておこう。住友の社員の万城目《まんじょうめ》君だ。普段はパリに駐在しているんだが、ヨーロッパを旅する時はいつも同行してくれる。京都帝大の独文科だからドイツ語もできるし、ロシア語も少し分かる。優秀な男だよ」

「シローさん、初めまして。大阪にいた頃は深尾さんにお世話になりました。お困りの際は、何でも言ってください」

万城目は長身を折り曲げるようにして挨拶した。つるんとした童顔だから若く見えるが、三十歳を超えているかもしれない。

広い居間の中央に革張りの大きなソファーがL字形に置かれている。簡一、紫郎、マルセル、万城目の四人が腰かけてもまだ何人分か余裕がありそうだ。

開け放した窓から涼やかな海風が入ってくる。遠くからセミの声が聞こえるが、日本では聞き慣れないノコギリを引くような鳴き方だ。

シモンがパスティスの瓶を運んできた。万城目が手際よく栓を開け、四人分のグラスに琥珀《こはく》色の液体を注いだ。

「シローさん、パスティスはご存じですか」

「いいえ、初耳です。見たところウイスキーのようだけど違うんですね」

簡一とマルセルがニヤニヤしながら紫郎を見ている。

「まだ飲まないでください、シローさん。これを水で割ります。一対五ぐらいが普通ですが、それでよろしいですか」

紫郎が「はい」とうなずくのを確認して、万城目は彼のグラスに水を注いだ。

「あれっ、白くなった」

そう叫んだまま、しばらく不思議そうにグラスを凝視している紫郎を見て簡一とマルセルが笑った。

「シロー君、水を足すと白濁するのがパスティスの特徴なんだよ。昔、フランスではアブサンという香草のリキュールが愛飲されていたんだが、あれはマルセルが小さい頃だったから二十年ぐらい前かな、製造も販売も禁止されてしまってねえ。それで最近、アブサンの代用酒としてパスティスが登場したんだ。南仏ではおなじみの食前酒だよ」

一口飲んで、紫郎は顔をしかめた。

「あはは、苦いですか」

マルセルがまた笑った。

「いや、苦いというか、変わった香りがするね。干し草のような。とにかく初めて経験する香りだよ。しかし、慣れてくると癖になりそうな気もする」

「おっ、いいぞ。シロー君は南仏の食文化に馴染めそうだな」

「あのう、伊庭さん、日本からのお土産があるんです。お帰りになってからお渡ししようと思って、昨日は開封しませんでした」

紫郎は唐草模様の風呂敷包みから画板を取り出し、新聞紙の間にはさんでいた絵を簡一に渡した。

「ほお、これは木版画だね。多《た》色摺《しょくず》りの浮世絵だ。これを私に？　うれしいねえ。どうもありがとう。雪の増上寺に和傘の女性がいて……。うん、朱色と白の対比が見事だ。これは広重？　いや、違うな。しかし、実に素晴らしい」

箇一が感嘆の声を上げた。フラ・アンジェリコと葛飾北斎をロビーに飾るくらいの主人だから、美術に造詣が深いのだろう。

「これは江戸時代の浮世絵ではなく、大正時代に始まった浮世絵のリバイバル運動から生まれた新版画です。作者は川瀬巴水《かわせはすい》。たぶん伊庭さんと同じくらいの年齢ですよ。おっしゃる通り、今様《いまよう》の広重と呼ばれ、風景画を得意にしています」

「新版画ですか。最近作られた新しい浮世絵ということですね」

万城目も雪の増上寺が気に入ったようだ。

「はい。昨年、銀座に店を構える渡辺庄三郎という浮世絵商と知り合いましてね。渡辺さんは自ら版元になって、彫師、摺師という江戸時代の分業体制を復活させたんですよ。風景画の得意な巴水に今様の広重役をやらせ、美人画の得意な画家には今様の喜多川歌麿や鈴木春信になれと言い、役者絵が得意な画家には東洲斎写楽や歌川豊国《とよくに》になれと言って、新版画を次々と海外に輸出しているんです」

紫郎が熱心に説明したが、マルセルは半分も理解できないといった顔でパスティスをちびりちびりとなめている。

「つまり、その渡辺さんは優れたプロデューサーなんだな。インプレサリオだ。まるでディアギレフじゃないか」

「ディアギレフ？」

紫郎は首をかしげた。

「セルゲイ・ディアギレフというロシア人でね。何年か前に亡くなったんだが『バレエ・リュス』というバレエ団を率いてヨーロッパやアメリカを席巻したんだよ」

今度は簡一が解説した。

「バレエ・リュス、つまりロシアのバレエですね。僕は『白鳥の湖』しか知りません」

紫郎が苦笑した。

「クラシックバレエとはまるで違うんだよ。私はパリとモンテカルロ、それにロンドンでも見たんだが、素晴らしかったよ。彼らはいつも新しいことに挑戦していたからね。何しろストラヴィンスキーやサティが新曲を書いて、ココ・シャネルが衣装をデザインして……」

マルセルもその話なら任せておけとばかりに「ピカソやマリー・ローランサンが美術を担当し、ジャン・コクトーが台本を書いたりもしました。僕は実際には見たことはありませんが、ニジンスキーという素晴らしい男性のダンサーがいたんです」と付け加えた。

「ディアギレフは自分では踊らないし、振り付けもしないし、曲も書かないんだ。しかし、芸術に関しては大変な目利きでね。ダンサーのニジンスキーに振り付けをやらせて彼の才能を開花させたり、ストラヴィンスキーの作曲能力にいち早く注目して曲を依頼したりした。ディアギレフがいなければ、何も始まらなかっただろうね。彼のような存在をインプレサリオというんだ。渡辺さんもまさにインプレサリオだ。写楽の時代でいえば、版元の蔦屋《つたや》重三郎《じゅうざぶろう》もそうだな」

簡一の博識と洞察の深さに紫郎は感服した。

同時に「インプレサリオ」という仕事にも強く魅かれた。自分では踊らない、振り付けもしない、曲も作らない。しかし、その人物がいなければバレエの公演は成り立たない。面白いじゃないか。紫郎は今のやり取りを深く心に刻んだ。

「ところでパパ、ドイツはどうでしたか」

マルセルが言った。

二杯目のパスティスを自分で作りながら、簡一は「うーむ」と唸りながら二度、三度と首を振った。

「ドイツの状況は深刻だよ。少なくとも私はそう感じた。SA（突撃隊）の連中が粛清されたという話は世界中に報道されたはずだから、君たちも知っているだろう。あれは衝撃的だったよ。悪逆の限りを尽くしていた暴力組織が壊滅させられて、ドイツ国民はどこかホッとしているような空気だったが、彼らは状況がよく分かっていないんだ」

簡一がぼやいた。

「状況といいますと？」

紫郎が身を乗り出した。

「ヒトラーはSAを持て余していたんだ。それで腹心のSS（親衛隊）とゲシュタポ（国家秘密警察）を動かして、レーム以下SAの幕僚や反ナチス分子を一掃したんだよ。一国の首相が公然と大量虐殺をやったも同然じゃないか」

「伊庭さんはそういう情報をどうやって仕入れるのですか」

「ヨーロッパの各地にいろいろとネットワークがあってね。それ以上は企業秘密だ」

簡一は意味ありげにニヤリと笑ってオリーブをかじった。

「つまり、これからはゲシュタポとＳＳが従来のＳＡ以上に非道の限りを尽くすであろう、ということですか」

「のみ込みが早いね。そういうことさ。ご存じの通り、ヒトラーは昨年、何とかという長い名前の大統領令を強引に決めたね。万城目君、何といったかな」

「はい。あれは確か『ドイツ民族に対する裏切りと反逆的陰謀を取り締まるための大統領令』でしたね」

万城目が即答すると、マルセルが目を丸くして「さすが万城目さん」とつぶやいた。

「総選挙でかなりの議席を獲得した共産党は、その大統領令に則る形で全議席をはく奪されたんだ」

簡一が言った。

「完全にヒトラーの独裁体制が確立されたわけですね」

マルセルが嘆いた。

「いや、完全にというわけではないな。ＳＡという獅子身中の虫を退治した今、ヒトラーにとって頭にのしかかっている唯一の重しがヒンデンブルク大統領閣下なんだ。しかし閣下は最近、とみに衰弱しておられると聞いた。心配だよ」

簡一が溜め息をついた。

男たちの空気がよどんできたのに気づいたのか、タローがトコトコと寄ってきてマルセルの足元にうずくまった。

「しかし、さすがにドイツ国民が黙っていないでしょう」

タローの頭を撫でながらマルセルが言った。

「いや、どうやらそうでもないんだ。なあ、万城目君」

「ええ、つい昨年あたりまでドイツ国内の失業者は六百万人ともいわれていましたが、ここにきて急速に失業率が改善しているんですよ。この勢いなら数年のうちに完全雇用が実現されると私はみています。ドイツの人たちもヒトラーの負の側面をある程度理解し、内心では恐怖を覚えながら、背に腹は代えられないという思いもあるのでしょう」

万城目の話しぶりはラジオのアナウンサーのようだ。

「万城目君、あのヒトラーの演説はすごいよな」

簡一がアナウンスの続きを促した。

「はい。途中で何度もつっかえながら話していますし、話も論理的ではありません。だから決して演説がうまいというわけではないのです。しかも、あのガラガラ声でがなり立てるわけですからね。しかし、催眠術にも似た不思議な効果があるのでしょう。私も何度かヒトラーの演説を聴いたことがありますが、周りにいる聴衆がだんだん恍惚《こうこつ》状態になっていくのが分かるのです。大勢集まれば集まるほど、その効果は高いようですね。とても危険ですよ、ヒトラーという男は」

万城目がきっぱりと言った。

「問題はだね、シロー君。国際連盟を脱退して世界の孤児になっているのが、そのヒトラーのドイツと我が大日本帝国の二国だけということだ。まさか世界大戦が二度あるとは思わないが、なんだか嫌な予感がするんだよなあ」

日の落ちかけたカンヌの海を見ながら、和歌を吟ずるような節をつけて簡一が言った。


「誕生日おめでとう、シモン」

大人たちは南仏バンドール産の赤ワインで、主役のシモンはミントシロップを水で割ったマンタローで乾杯した。

「さあ、十四歳になった感想をどうぞ」

マルセルに背中をたたかれたシモンは顔を赤くした。

「えーっ、感想？　み、皆さん、どうもありがとう。やっと十四歳になりました。今日をもちまして、もう子供扱いはおしまいにしてください」

みんなが声を上げて笑った。

「シモン、パパからのプレゼントだ。どうだい、子供扱いなんてしていないだろう？」

ココ・シャネルの麦わら帽子だった。

「わあ、かわいい」

シモンの顔にパッと花が咲いた。少女から大人になろうとしている彼女にとっては最高のプレゼントだったようだ。

「実は今回、パリにも行ってきたんだよ。シャンゼリゼ通りの住友の事務所で万城目君と合流して、カンボン通りのシャネルまで出かけて……。なあ、万城目君」

簡一が目配せすると、万城目は少々うろたえた顔をして「あっ、はい」と答えた。

万城目は芝居が下手だなと紫郎は思った。麦わら帽子は万城目がパリで買ってきて、ベルリンで簡一と合流した際に渡したのだろう。エドモンドが紫郎の目を見て「あなたも気づいたのね」という顔をしてクスクス笑った。

ディナーの主菜は子羊のもも肉のロースト、ジゴ・ダニョーだ。付け合わせの茹《ゆ》でたインゲンが鮮やかな緑の輝きを放っている。前菜のメロンとポルトに始まって、南仏の新鮮な野菜のサラダなど、すべて出張料理人のシェフが腕を振るったという。

リッツ・ロンドンで働いていたが、引退して故郷のカンヌに戻ってきてからは時折伊庭家に出向いて料理をさせてもらっているとシェフが自己紹介した。

さすがにジゴの焼き加減は絶妙だった。薄いピンク色に染まった肉を薄めにスライスして、ロースト中に出た肉汁をたっぷりかけて食べる。芳醇《ほうじゅん》な赤ワインにぴったりだ。フランスの食生活の豊かさに紫郎は感心した。

「パパ、パリの大使館の様子はいかがでしたか」

マルセルが神妙な面持ちで切り出した。

「ああ、いや、ちょっと時間がなくてなあ。今回は大使館に寄る時間まではなかったんだ。すまん、また今度ゆっくり話してくるよ」

簡一が珍しく狼狽《ろうばい》している。パリに行ったというのが嘘だとしても、あんなにあわてる必要はなさそうに思えるが。

「マルセルは絹江さんのお気持ちを知りたいのです。まだご存じなかったかしら？」

エドモンドが紫郎を見た。

「いえ、何も……」

「エドモンド、余計なことは言わないでください。僕はそんなつもりで尋ねたのではありません」

マルセルが声を荒らげて顔を赤くした。こういうところはシモンに似ている。やはり兄妹だ。そうか、マルセルはパリの大使館に勤める役人の子女に恋をしているのか。紫郎はますます伊庭家の人たちに親近感を覚えた。

「ねえねえ、そろそろカールトンに行きましょうよ」

シモンはもう待ちきれないといった顔をしている。

昼間の水泳大会と同じように、今夜はゴールドスミス主催のダンスパーティーが開かれるという話は、紫郎もマルセルから聞かされていた。

ロンドンやパリなどヨーロッパ各地をツアーしているアメリカのビッグバンドに、モンテカルロやマルセイユ、ニースなどコート・ダジュールの各地から選抜されたミュージシャンが加わって演奏するとあって、カンヌの若者の大半が集まるらしい。これまで夜間の外出は許されなかったが、今夜は十四歳になった記念に初めて華やかなパーティーに参加できるのだから、シモンがはやる気持ちを抑えられないのも無理はない。

「その前にもう一つお楽しみがあるわよ」

エドモンドがケーキを運んできた。真っ赤に熟した大きなイチゴが生クリームの間からいくつも顔を出している。

「わあ、フレズリね。おいしそう」

シモンがはしゃいだ。やはりまだ十四歳だ。

「ねえ、シモン。僕からも君にプレゼントがあるんだけどな」

紫郎はピンク色のリボンを付けた円い箱をシモンに渡した。

「わあ、素敵。ジャン＝ポール・エルメの包装紙だから、開けなくても分かるわ。マカロンね。ああ、どうしよう。私の大好物なのよ。シロー、どうもありがとう。開けるのがもったいないわ」

彼女が途中まではがした包装紙を元に戻したり、またはがしたりを繰り返している間に、大人たちは水泳大会の賞品のシャンパンを開けてもう一度乾杯し、甘いフレズリに舌鼓を打った。

シローはマルセル、エドモンド、シモンと連れだってカールトンホテルに向かった。タキシードと蝶ネクタイはマルセルから借りたのだが、ぴったりと彼の身体にフィットしていた。エドモンドはミモザのような黄色、シモンはラベンダーのような薄紫のドレスを着ている。二人ともドレスと同じ色のリボンが良く似合っている。

「やあ、エドモンド。かわいいドレスだね」

上着からはみ出しそうな分厚い胸板をこれでもかと突き出した短髪の若い男が寄ってきた。

「ごめんね、フィリップ。お待たせしちゃって」

どうやら彼女のボーイフレンドのようだ。

「シロー、紹介するわ。フィリップよ。リヨン大学の学生なの」

「アンシャンテ。シローといいます。シロー・カワゾエ。日本から来ました」

「アンシャンテ。フィリップです。フィリップ・ガルティエ。昼間の水泳の話はアランから聞いたよ。僕は泳ぎが苦手でね。もっともダンスもあまり得意じゃないんだが」

フィリップは自分の言い草がおかしかったのか、高らかに笑った。なかなか気持ちのいい男じゃないか。品のいいエドモンドにお似合いだと紫郎は思った。

「シモン、遅かったわね」

今度はシモンの同級生らしき少女がやってきた。

少女というより、もう一人前のレディーだ。そういえば昼間の水泳大会にも来ていた。紫郎はカミーユと名乗った少女に挨拶して、ダンスパーティーの会場に乗り込んだ。

日本のホテルなら大宴会場と呼ばれるであろう大きな部屋の向こうに、庭へと続くテラスが広がっている。庭に設置されたステージでは十五人ほどのビッグバンドが軽快にスイングするジャズを演奏していた。

室内の各所に設置された丸テーブルでワインを飲む若者もいれば、テーブルとテーブルの間の広いスペースで手を取りあって踊っているカップルもいる。テラスに出てバンドのすぐ近くで踊っているのは、踊りに自信のある連中ばかりのようだ。

フィリップがエドモンドの手を引いて最前列に出て踊り始めた。マルセルもカミーユの手を取って後を追った。やれやれ、マルセルが妙な気をきかせてくれたようだ。

「僕でよかったら踊りませんか」

シモンは下を向いたまま「はい」と答えた。

彼女の痩せた体は軽々と持ち上がる。ふわりと宙を舞うと周囲から歓声が上がった。

「みんなが君に注目しているよ。ラベンダーのドレスが似合っているからなおさらだ」

「シローはダンスがお上手ね。東京ではよく女の人と踊っていたの？」

やれやれ、まだ十四歳だが口だけはもう一人前だ。

「社交ダンスというのをちょっとやったことがあるんだけど、すぐにやめてしまったよ。決まった動きをしなくちゃいけないなんて面白くないからさ」

紫郎とシモンの近くに、動きの激しいペアが接近してきた。背の高い男が、背の高い女をはるか上空に抱え上げてクルクル回している。「ブラボー」の声がかかる。水泳でやっつけたアメリカ人だった。

「ねえ、シロー、あの人よ。昼間の……。何だか嫌味な人。私、ああいう人、大嫌い」

シモンが小声で吐き捨てるように言った。

「うん、あのアメリカ人だね」

紫郎は答えながら、マルセルの動きを目で追っていた。彼はバンドのドラマーと話し込んでいる。紫郎も知っている男だった。

「君がドラマーだなんて知らなかったよ、シャルル」

「やあ、シローさん。このバンドのドラマーが急に来られなくなったと聞いて、助っ人を申し出たんですよ」

デュソトワールはビートをキープしながら話した。

「シロー、さっきシャルルと打ち合わせをしました。いい気になっているアメリカ人をダンスでもやっつけてやりましょう。君と僕で踊るんです。とても激しく。あのアメリカ人がまねできないようなダンスを。君ならできますね？」

マルセルがウインクして、デュソトワールに合図を送った。

大男は急速にテンポアップして、激しいリズムを打ち鳴らし始めた。ピアノとベースがすぐに追随すると、トランペットやサックス、トロンボーンもぐんぐん熱量を上げていく。

「えっ、マルセル、君と僕で踊るのかい？」

「そうです。昼間の泳ぎのように、激しく、美しく」

「よーし、太鼓の乱れ打ちの中で大暴れしようってわけだな。マルセル、チャンバラ映画を見たことがあるかい？」

「もちろん。大河内伝次郎の丹下左膳《たんげさぜん》が好きでした」

「いいぞ。それじゃあ僕はバンツマ、阪東妻三郎だ。よし、行くぞ、丹下左膳」

紫郎はテラスの中央に躍り出て、刀を手にした格好で上段に構えた。マルセルは下段に構えて対峙する。何事が起きたのかと、あっと言う間に二人を囲む人垣ができた。

シモンとカミーユが「サムライの決闘よ」と叫んだのを合図に、紫郎のバンツマとマルセルの伝次郎が激しい立ち回りを始めた。

ワン・ツー・スリー・フォー、ワン・ツー・スリー・フォー……。刀を合わせては後ずさりし、相手の刀を跳び上がってかわしては斬《き》りつける。ワン・ツー・スリー・フォー……。一見すると適当に暴れているようだが、二人はデュソトワールの刻むビートを聴きながら、正確に動いていた。

マルセルの鋭い突きを紫郎はとんぼ返りで受け流し、着地した瞬間に突き返す。さらに丸いテーブルの上に片手をついて側転する。そんな早業の連続に、周りの若者たちもダンスを忘れて熱狂している。

「マルセル、こんな時に言うのも何だけど、丹下左膳の映画を作っている日活の初代社長は僕の親父なんだよ」

紫郎は息を切らしながらマルセルに耳打ちした。

「猛烈の猛太郎さんですね」

「そうさ。なんだか猛烈に血が騒いできたよ。マルセル、柔道はできるかい？」

「神戸で習いました。栗原民雄先生に憧れて……」

「よし、いいぞ、それなら僕は鬼の牛島、牛島辰熊《たつくま》だ」

紫郎がマルセルの上着の襟をつかんだ瞬間、マルセルは真後ろに身を捨て、右足を紫郎の腹に押し当てて彼を空中に放り投げた。必殺の巴《ともえ》投げだ。海老反りの姿勢で宙を舞った紫郎はそのまま直立して着地した。

すぐさま前方の壁めがけて猛然とダッシュして、壁面を天井に向けて一歩、二歩と走った後、またとんぼ返りして着地してみせると、大歓声が巻き起こった。

いつしかバンドの面々も次々と演奏をやめて二人の格闘技ダンスに見入っていた。今やバックの音楽はデュソトワールのドラムとリーダーのピアノだけだ。

「よし、そろそろ息が上がってきた。マルセル、最後は歌舞伎だ。弁慶と牛若丸。知っているよね？　二人で見得《みえ》を切って、飛び六方《ろっぽう》で退場しよう」

紫郎の目論見は見事に当たり、会場は喝さいの嵐だった。

シモンとカミーユが二人に寄ってきて、自分たちの手柄のように周囲に向けて手を振っている。向こうでエドモンドとフィリップが大笑いしていた。

「シローさん、あんなダンスは見たことがありません。実に素晴らしかった。ああ、それからシャンパンをいただきました。せっかく水泳で勝ち取った賞品なのに……。ありがとうございます。あなたのことは忘れませんよ」

デュソトワールが握手を求めてきた。

「いえいえ、昼間はろくにお礼も言えずに失礼しました。あなたはラグビーの選手で、法学を修める学生でもあると聞いていましたが、ドラムをたたかせてもプロ級なんですね」

紫郎は尊敬の念を込めて言った。

「遊びでやっているだけですよ。ちゃんと習ったことはありません。決まりきったことを習うのは法律だけで十分です」

デュソトワールは明るく笑った。この男にはかなわないなと紫郎は思った。あのアメリカ人はいつの間にか姿を消していた。


一週間後の七月十四日、紫郎は伊庭家の人々と地中海沿岸のアンティーブに向かった。カンヌから東へ、車で三十分もかからない。古代ギリシャの植民地アンティポリスとして始まり、古代ローマ帝国に併合された時代もある。二千年以上の歴史が塵のように降り積もった要塞都市だ。

細い石畳が迷路のように続く旧市街を抜け、アンティーブ岬の突端近くにあるヴィラ・クローエに到着した。簡一の友人、フランク・ゴールドスミスが夏の別荘にしている白亜の大邸宅だ。

正門から庭園に至るアプローチはオリーブの並木道になっている。よく手入れされた庭園には清楚な白いバラが咲き乱れ、その先の小さな林に囲まれた一角はラベンダー畑になっている。最盛期を迎えた薄紫の可憐な花々が甘い香りを放っていた。

「ようこそ、皆さま」

カールトンの水泳大会の表彰式でゴールドスミスの代理人として登壇した背の高い中年の白人が一家を出迎えてくれた。彼は紫郎に顔を寄せて「あの日は素晴らしい泳ぎでした。そしてダンスも」と小声で言った。ダンスパーティーも見にきていたようだ。

カンヌの伊庭家の三倍はあろうかという広い居間は、室内で椰子の木を育てられそうなほど天井が高く、大劇場の緞帳《どんちょう》と見まがうような長いカーテンがかかっていた。窓際に置かれた人間の腰の高さほどの伊万里焼《いまりやき》の大壺がひときわ目を引いた。

「カンイチ、よく来てくれたね。さあ、ゆっくりしていってくれたまえ」

柔和な笑みをたたえた堂々たる体躯の白髪の紳士が現れ、優雅な英語で言った。

「フランク、シロー君を紹介しよう。日本で世話になった人の息子だ」

「初めまして。すでに、あなたの噂で持ち切りですよ、シローさん」

「は、初めまして。シロー・カワゾエと申します。私の噂ですか？」

「ご活躍はすべて報告を受けています。鼻持ちならないテキサスの石油会社の息子を日本のサムライが懲らしめてくれたというので、私の知人たちも大喜びなんですよ」

あの背の高いアメリカ人は石油会社の御曹司《おんぞうし》だったのか。

ゴールドスミスはドイツのフランクフルトで生まれ、英国で育ったが「ビールだけはドイツ製に限る」と冗談めかして言い、ミュンヘンから取り寄せたという白ビールで乾杯となった。

「伊庭さんはどうやってゴールドスミスさんと知り合ったのですか」

紫郎は屋敷の主人に気を使って英語で簡一に尋ねた。

簡一はゴールドスミスと目を合わせてクスクスと笑い、お互いに「お前から説明しろ」と何度か押し問答した挙げ句、簡一が答えることになった。

「ユダヤ系の人たちは世界中にネットワークを持っている。とても優秀な人が多いから、そのネットワークは強力だ。分かるね？　日本人が国際的な舞台でビジネスをするとなると、いろんな障害にぶつかるんだ。黄色人種というだけで露骨に嫌な顔をする欧米人も少なくない。そんな中でうまくやっていくには、欧米社会に顔のきく良きパートナーが必要になる」

「それは分かります。しかし、パートナーになるきっかけや理由が必要ですよね」

紫郎は食い下がった。

「うーむ、きっかけか。種を明かすと君は笑うだろうなあ。ほら、あの唐獅子《からじし》牡丹《ぼたん》をあしらった古伊万里《こいまり》さ。話せば長くなるが、住友家が持っていた陶磁の大壺を欲しがっている英国人がいるというので、私が手配したんだ。それから個人的に親しくなった。それだけの話さ。友達関係の始まりなんて、そんなものだろう？　しかしね、日本人とユダヤ人の関係をさかのぼれば、高橋是清翁とジェイコブ・シフの関係に行き着くんだ」

「日露戦争の際に日本の外債を引き受けてくれた人ですね」

「そうですよ、シローさん。ユダヤ人を迫害していた帝政ロシアを大日本帝国が倒してくれる。シフが日本に融資したのは、それを期待してのことでした。しかし、最近はヒトラーのせいでドイツが大変なことになっている。国際連盟から脱退してしまいましたしね。そして日本も。何という皮肉でしょう」

ゴールドスミスは肩をすくめた。

「ねえ、フランク。つい先日、ベルリンに行ってきたんだが、いよいよドイツの雲行きが怪しくなってきたよ。ヒトラーに待ったをかけられるのはヒンデンブルク大統領閣下だけだと思うのだが……」

簡一が嘆いた。

「閣下はもう相当なご高齢だ。長くはあるまい」

ゴールドスミスがポツリと言った。

横で神妙に聞いていたエドモンドとシモンが同時にあくびをして、あわてて嚙《か》み殺した。ゴールドスミスは見逃さなかった。

「暗い話ばかりで申し訳ありません、お嬢さま方。今夜はヨットを用意しているのです。カンヌの沖から花火を見物しましょう」

「あら、それは素敵ですね、ゴールドスミスさん。今日はパリ祭ですものね」

エドモンドの声がいつもより半音ほど高くなった。


アンティーブ岬の東、カンヌとは反対側に位置する港に停泊しているゴールドスミスのヨットは全長五十メートルの大型船で、船長、船員、コック、給仕など、スタッフだけで十人以上もいた。客人は伊庭一家のほか、英国人のようなアクセントのフランス語とフランス訛りの英語を話す中年の某伯爵《はくしゃく》夫人、アメリカの財閥から嫁いできたばかりの若い某侯爵《こうしゃく》夫人、ゴールドスミスが支援しているというソ連出身のユダヤ系の若い画家がいた。

ヨットに乗って地中海から陸側を眺めると、アンティーブの街の向こうにアルプスの山々が見える。まるで舞台の書き割りのようだ。

船はアンティーブ岬を回って西に出て、カンヌ沖のサン＝トノラ島近くに停泊した。紫郎はマルセルやエドモンドと一緒に泳いで遊んだが、シモンは水着になるのが恥ずかしいと言って、ずっとデッキにたたずんでいた。シャネルの麦わら帽子がよく似合っていた。

まだ日の暮れる前から夕食が始まった。ルージェという小ぶりの赤い魚をゼリーで固めた冷製の前菜を食べながら「日本でいえば煮こごりですね」と紫郎が日本語で言うと、簡一は「懐かしいねえ」とうなずいたが、シモンはもちろん、ガブリエルやエドモンド、マルセルも煮こごりを知らなかった。

メインはローストビーフで、サン＝トノラ島の赤ワインが何本も開けられた。

「おい、人を馬鹿にするのもいい加減にしてくれ。冗談じゃないぜ。君は自分がよほど偉いと思っているようだな」

昼間から美人の侯爵夫人にしつこく言い寄っていたソ連の画家が、急に英語で怒鳴り始めた。もうワインに酔ったのか、赤い顔をしている。

「大きな声を出さないでください。皆さんに失礼ですよ」

侯爵夫人がぴしゃりと言った。

「君は僕がソ連から追い出されてきた無名の貧乏画家と知ったとたん、鼻で笑ったね。僕がどんな絵を描くのか知りもしないで。画家の価値は名前が売れているかどうかで決まるのかい？君にとっては、絵なんてどうでもいいんだろうな」

　男は完全に酔っている。どうやら昼間から飲んでいたようだ。

「ニコラ、いい加減にしなさい」

　穏やかなゴールドスミスが珍しく声を荒らげた。

「ニコラさん……とおっしゃるのですね。あの絵はあなたが描いたのでしょう？」

　紫郎が壁に飾られている油彩の抽象画を指さした。サイズの異なる大きな灰色の正方形が三つ、同じサイズの小さな赤い正方形が五つ、いくつかが重なるように描かれている。背景はゴッホが描いた夜空のような藍色《あいいろ》だ。最も大きな灰色の正方形には無数の細い亀裂が縦横に走っていて、その裂け目の向こうは黄色に塗られている。

「君は日本人だと言っていたな。確かに、あれは僕の作品だが、いったい君に何が分かるっていうんだ」

　男が語気を強めた。

「何が分かるかと言われれば、何も分かりませんよ。しかし絵というのは分かる、分からないではない。感じるものでしょう」

　紫郎は絵の前まで大股で歩いていった。

「僕はね、ここに入ってきた時から、この亀裂の向こうの黄色がいいなと思って、ずっと眺めていたんですよ。重苦しい世界に裂け目ができて、向こうに明るい希望が見える。そんなふうに感じるんです」

若い画家は押し黙ったまま、しばらく紫郎を見つめていた。

「シローさん、私も全く同感です。この絵には光明がある。だからここに飾ったのです。ニコラ、どうだ。分かってくれる人はいるじゃないか。自分を信じて、もっとどんどん描きなさい。続けていれば、きっと道は開ける」

ゴールドスミスの言葉を聞きながら画家は泣いていた。

「シローさん、皆さん、聞いてください」

ゴールドスミスが改まった口調で語り始めた。

「彼が描いているような抽象や象徴を旨とする前衛的な絵画は、ソ連では高く評価されていたのです。ところがここ数年、権力を掌握したスターリンが前衛芸術を弾圧するようになりました。多くの芸術家が職を失っただけでなく、不審死を遂げたり、捕まって処刑されたりした芸術家もいると聞いています」

若い画家はうなだれたままだ。

「スターリンは西のナチス、東の日本を非常に警戒しているらしいね、フランク。ベルリンの知人はそう言っていたよ」

「その通りだよ、カンイチ。国際連盟を脱退した二つの国にはさまれる形になったからね。私の得ている情報では、スターリンはこの状況を打破するために英国やフランス、それにアメリカとの関係改善に動くらしい。ひょっとすると、ソ連は国際連盟に加盟するかもしれない」

二人の情報はかなり正確なのだろうと紫郎は思った。世界大戦が終わって十六年しかたっていないのに、また歴史が大きく動き始めている。マグロの血に染まる地中海のイメージが頭をよぎった。不吉な予感だった。

北の空が急に明るくなり、一拍遅れてドーンという音が聞こえた。

「始まったわよ、花火」

シモンの声を合図に一同がぞろぞろと甲板に出ていった。

カンヌの浜辺から二百メートルほど沖にいくつもの発射台が設置され、海側からも花火を楽しめるように工夫されている。いつの間にかゴールドスミスのヨットの左右に、数多くのヨットが停泊してパリ祭の花火を楽しんでいた。

色とりどりの花火も、花火の明かりに照らし出される侯爵夫人の横顔も、あでやかで、なまめかしく、美しかった。ソ連から逃れてきた青年の憂鬱《ゆううつ》をあざ笑うかのように。

紫郎は画家に同情している自分に気づいて溜め息をついた。

翌日は紫郎とマルセルの二人でバレエ・リュス・ド・モンテカルロを見に行くことになった。ディアギレフが一九二九年に亡くなると、間もなくバレエ・リュスも解散したのだが、モンテカルロ歌劇場のバレエ芸術監督を務めていたルネ・ブルムとロシア歌劇団を経営していたバジル大佐がモンテカルロを本拠地とする新生バレエ・リュスを旗揚げしたのだ。ルネ・ブルムは社会党の下院議員レオン・ブルムの弟で、同じユダヤ人ということもあってゴールドスミスとは旧知の間柄だった。

「ルネ・ブルムはディアギレフほどじゃないが、なかなかのインプレサリオだよ。しかも明日はストラヴィンスキーの『春の祭典』をやるらしい。見ておいて損はない」

簡一に勧められ、紫郎は「行きます」と即答した。

モンテカルロは地中海沿岸のイタリア国境近くにあるモナコ公国の中心地区だ。モンテカルロ歌劇場は十九世紀にパリのオペラ座を手がけたシャルル・ガルニエによって設計されている。紫郎とマルセルはゴールドスミスが急きょ用意してくれたタキシードに身を包み、開演前にルネ・ブルムを訪ねた。

ゴールドスミスの名前を係員に告げると、すぐにブルム本人が飛んできた。広い額、長くとがった鼻、口ひげ。風貌は何度か新聞で目にした兄のレオン・ブルム議員によく似ていたが、口ひげは兄よりきれいに整えてあると紫郎は思った。

「ようこそ、フランクから連絡を受けています。あなたは日本から来たそうですね。日本の文化は素晴らしい。一度でいいから歌舞伎や日本舞踊を見てみたいものですよ」

ブルムのフランス語は教科書のように端正だった。

「僕の母はダンサーで、日本舞踊もできます」

マルセルが「えっ?」という表情で、シローの顔を見た。紫郎は構わず続けた。

「僕はインプレサリオに興味があります。あなたはディアギレフに勝るとも劣らぬインプレサリオだと聞きました」

「いやあ、それは光栄ですね。ディアギレフは格別にすごい人でしたよ。私も何とかバレエ・リュスを復活させて頑張っていますが、彼の代わりは誰にも務まりません」

ブルムはすっかり気を良くしたようだ。

「ディアギレフさんのどこがすごかったとお考えですか」

紫郎は何かを尋ねずにはいられなかった。何かをつかみかけている自分に気づいていたからだ。

「あの人は天才を見つける天才でした。ニジンスキーやストラヴィンスキーをはじめ、みんなそうですよ。ディアギレフがいなければ彼らの才能は埋もれていたかもしれない。それに金儲けを考えない人でしたね。儲かる演目をやろうという気持ちなんて微塵《みじん》もなくて、上質な新しいバレエをやることしか考えていなかった。世の中うまくできたもので、彼がお金に困るとパトロンやパトロネスが現れた。社交界の女王ミシアやココ・シャネル。挙げていけば切りがありません」

ブルムは肩をすくめて微笑んだ。


ストラヴィンスキー作曲の「春の祭典」が始まった。

紫郎が生まれた一九一三年にパリのシャンゼリゼ劇場で初演された作品だが、当時はあまりにも前衛的すぎて「不可解」と受け取られ、不平の声を上げる観客が続出して客席はパニック状態に陥ったといわれる。

確かに、ダンサーたちの動きは紫郎の知っている「白鳥の湖」のエレガントな踊りとは正反対だった。軽やかに跳躍するのではなく、足を踏みしめ、時に地を這《は》うような動きをする。エキゾチックな衣装も目を引いた。ストラヴィンスキーの音楽は変拍子と不協和音の嵐で、動と静の落差の激しさに紫郎は圧倒された。

二十一年前の観客の多くが「不可解」と拒否反応を示したのもうなずけるが、それ以上に、こんな前衛的な演目をシャンゼリゼ劇場のこけら落とし公演にぶつけたディアギレフの度胸と才覚に、紫郎は改めて惚《ほ》れ惚れしたのだった。

「シロー、さっきお母さんはダンサーですと言いましたね。シローのママは芸者さんではありませんか」

終演後、ロビーでマルセルが訊いた。

「そうだよ。新橋芸者の中でも、おもんといえば知らぬ人はいない。本人がそう言っていたんだけどね。日本舞踊や三味線の音楽が昭和の時代になってもちゃんと残っているのは、芸者衆の存在も大きいんだよ」

「なるほど。このモンテカルロ歌劇場で日本舞踊を披露したら、みんな腰を抜かして驚くでしょうね」

マルセルがおどけると、紫郎は急に真顔になった。

「ここで日本舞踊を？　グッドアイデアだ。いいぞ、マルセル」

紫郎は彼の肩をつかんで大きく揺さぶりながら「いいぞ、いいぞ」と繰り返した。

一九三四年九月末、紫郎は荷物をまとめてカンヌを発った。前日からしくしく泣いていたシモンは「パリにいる間、毎夏、必ずカンヌに来るよ」という紫郎の言葉を信じて、ようやく笑顔で見送ってくれた。

紫郎はすっかり見慣れた紺碧の地中海を車窓からぼんやりと眺めていた。

八月にドイツのヒンデンブルク大統領が逝くと、ヒトラーは大統領職を廃し、自らが首相と大統領を兼務する「総統《フューラー》」の地位に就任した。十日ほど前には「ソ連、国際連盟に加盟」のニュースをラジオで聴いた。世の中は箇一やゴールドスミスが言った通りに動いているようだ。パリは大丈夫なのだろうか。

マグロの血のイメージが再び頭をよぎった。

パリのリヨン駅に降り立ったとたん、紫郎は身を震わせた。コート・ダジュールとは打って変わって、すでに秋本番になっているパリの気温がそうさせたのではない。

あの背広の男の影が改札の向こうに見えたからだった。

エピソード5

エッフェル塔

巨大なガラス屋根に覆われたリヨン駅は思いのほか薄暗かった。「あの駅はほこりと鉄のにおいがする」と誰かが言っていたが、煤《すす》けたガラスを支えている鋼鉄の骨組みを見上げて、確かにそうだなと紫郎は思った。

改札の向こうにいるピンと背筋の伸びた東洋人は、やはりあの時の背広男に違いない。黒縁の眼鏡をかけた男と話し込んでいて、まだこちらには気づいていないようだ。紫郎は階段を上った先にある「ビュッフェ・ド・ラ・ガール・リヨン」の看板に目を留めた。

「よし、あの店に入ろう」

ネオ・バロック様式の絢爛《けんらん》たる内装がいきなり目に飛び込んできた。天井や壁には風景画が何十枚も飾られている。「リヨン駅食堂」という店名に半ばだまされた。まるでヴェルサイユ宮殿かルーヴル美術館じゃないか。

バーのカウンターに座った紫郎は「アン・ドゥミ」と注文した。生ビールを頼む時はこう言えばいい、とマルセルに教わったばかりだった。

「アルザスのビールでよろしいですか」

痩せた中年のバルマンだ。

「もちろんです。アルザスは大麦も水も世界一だと聞きました」

「ホップも世界一です」

バルマンがうれしそうに言った。

「ああ、うまい。フランスはアルザスをヒトラーに渡すわけにはいきませんね」

「私はアルザスで生まれました。アルザス人はフランス派ばかりと思われているかもしれませんが、実はドイツ派も少なくありません。私はフランス語もドイツ語も話しますし、どちらの国にシンパシーを感じるかと言われると答えるのは難しい。しかし、あなたの言う通り、ヒトラーに支配されるようなことがあったら一大事です」

背広の男が入口でメートル・ドテルと話しているのが見えた。さっき話し込んでいた黒縁眼鏡はいない。一人で入ってきたようだ。

「ムッシュー、僕は日本から来たシローといいます。あなたに頼みがあります。明日、必ず取りにきますから、これを一晩だけ預かってもらえませんか」

紫郎は足元のトランクを指さした。

「もしや、あの方に追われているのですか」

バルマンは入口の方向を注意深く見ている。

「あなたは勘がいい。さすがアルザス人だ」

「私はエルメ。アルベール・エルメ。あなたの後ろの廊下の先に扉が二つあります。左の扉から厨房《ちゅうぼう》に入ってください。そのまま真っすぐ進めば裏口に出られます。日本の記者だと名乗ればいいでしょう。三日ほど前、日本の何とかという新聞社の特派員がカメラマンを連れて取材に訪れたばかりですから、追加取材だといえば誰も疑いません。いいですね、シローさん。左側の扉ですよ。成功を祈ります」

シローはエルメに礼を言い、小さなリュックから取り出した手帳を左手に、ペンを右手に持って、小走りに厨房へと向かった。

「ボンジュール。先日は相棒がお世話になりました。日本のジャーナリストです。少し追加取材がありまして。お騒がせして申し訳ありません。いやいや、そのまま働いていてください。すぐに済みます」

紫郎は忙しく働く男たちの一人ひとりに声をかけながら、堂々と厨房の真ん中を歩いた。気に留める者など一人もいなかった。

まだ若そうなギャルソンが料理を手にして、紫郎の脇を風のように通り過ぎていった。食欲をそそる香りを残して。あれはオニオングラタンだと紫郎は思った。

ギャルソンが厨房を出ようとした瞬間、前の扉が勢いよく開いた。背広の男だ。出会い頭に若いギャルソンと衝突しかけたのだが、男は素早く立ち止まって左にかわした。ギャルソンも男をよけようと不器用に動いたから、またぶつかりそうになり、互いに右へ、左へ……を繰り返すうち、バランスを崩したギャルソンの手から皿が滑り落ちて大きな音を立てた。厨房の全員が一斉に二人を見た。男は右側の扉から入ろうとしたらしい。あれは厨房からの出口だったのだ。

「あちちち。ごめんなさい。大丈夫ですか、怪我はありませんか？」

背広の男の声を初めて聞いた。端正なフランス語だ。男はよろけて倒れそうになったギャルソンを抱きかかえて守る代わりに、オニオングラタンを盛大に浴びていた。

三十六計逃げるに如《し》かず。紫郎が急いで裏口のドアに手をかけた時、後ろから鋭い声が飛んできた。

「か、川添君、待ちたまえ」

紫郎の体に電流が走った。あの男は自分の名前を知っている。しかし、待てよ。居丈高《いたけだか》な特高が「川添君」などと呼ぶだろうか。「オイ、コラ、カワゾエ」が相場だろう。

しかし考えている暇はない。捕まったら最後だ。見ていろ、また振り切ってやるまでだ。ピンチなのに、わくわくしている自分に気づいて、紫郎は何だかおかしくなった。

リヨン駅を飛び出して、しばらく走った先に一台だけ小型のタクシーが停まっていた。紫郎はドアを開けてシートに倒れ込んだ。

「追われているんだ。どこでもいい。突っ走ってくれ」

明らかに違法な白タクだと分かったが、構ってなどいられない。

「追われているだって？」

「ああ」

「女か？」

「いや」

「警察か？」

「たぶんね」

「ははは、上等だ。相手はメルセデス・ベンツの新型だな。あいつは楽に百五十キロ以上出るぞ」

三十歳ぐらいに見える鼻の高い白人の運転手がバックミラーを見ながら言った。

「えっ？」

驚いて振り向くと、背広の上着を脱いでYシャツ姿になった男がピカピカの新車に乗り込もうとしていた。ハンドルを握っているのはさっきの眼鏡の中年男だ。背広男の運転手らしい。

「頼む、飛ばしてくれ」

「よしきた。こいつは面白くなってきたぞ。ルノーの底力を見せやる」

運転手がアクセルペダルを全力で踏みつけると、ルノーのエンジンはゴホゴホと咳《せ》き込み、一瞬ためらうような素振りを見せたが、早くしろと後ろから巨人に蹴り飛ばされたかのように、悲鳴を上げて急発進した。紫郎は背中が座席に張りつくのを感じた。

「あ、危ない」

目の前にトラックが迫り、紫郎が思わず叫んだ。

「ひゃっほー」

運転手が右に急ハンドルを切ると、タイヤが甲高い音をたて、すれすれのところでトラックをかわした。ルノーはすぐに体勢を立て直し、猛犬のような唸り声を上げて広い通りを突っ走った。

「おいおい、さすがに飛ばしすぎじゃないのか」

「大丈夫だ。今は神様より、俺を信じろ」

ベンツも後ろについてくる。

「ほお、やっぱり速いぞ、あのベンツは。それにあの運転手の腕もなかなかのものだ。しかし、ルノーのタクシーがドイツ車に負けるわけにはいかないんだよ。何といってもマルヌのタクシーだからな」

「マルヌのタクシー?」

「二十年前の世界大戦の話さ。ドイツ軍がマルヌ川の辺りまで迫ってきた。それでパリのタクシーが集められたんだ。六百台だったかな。一台に五人ずつ乗せて、夜中に二往復して、五十キロ離れたマルヌの前線まで六千人の兵隊を送り込んだ。それでドイツ軍を追い払ったんだ。そのタクシーの大半がルノーだったわけさ。マルヌのタクシーはフランスの誇りなんだよ」

前方に見えていた金の像を頂く塔が見る見るうちに大きくなる。ルノーが塔の脇を猛然と走り抜ける瞬間、鳩の群れがバタバタと飛び去った。

「さっきの塔の辺りがバスティーユ広場。監獄があった場所さ。フランス革命はあそこで始まったんだよ。さあ、俺たちの革命はこれからだ。ベンツのやつ、本当に速いぞ。直線では不利だな」

運転手はプラタナスの並木道から急ハンドルで左に曲がり、飛ぶように橋を渡った。

「右を見てみろ」

「ああ、ノートルダム大聖堂だね」

「あっちはシテ島、こっちはサン＝ルイ島だ」

「つまり、ここはセーヌ川」

「その通り。これからセーヌ左岸に入るぞ」

運転手が右に急ハンドルを切ると、紫郎は体ごと左に吹っ飛び、窓ガラスに頭を打ちつけた。


「おい、お客さん。大丈夫か」

何十秒、いや何分かたったのだろうか。紫郎は朦朧《もうろう》とした視界の焦点を合わせようと、何度か頭を振った。ルノーは相変わらず唸り声を上げ、先を走る車を次々と追い抜いている。

「目が覚めたかい。ここは右岸のフォッシュ通り。正面に見えるのが凱旋門《がいせんもん》だ。あそこで右に行くから、今度は頭をぶつけないように頼むよ。ベンツはアルマ橋を渡った辺りで振り切ったつもりだが、この直線でまた追いついてくるかもしれない」

「それじゃあ、切りがない」

「ははは、まあ見ていろ。ところで、あんたは中国人かい？」

「いや、日本人だよ」

「日本人か……。俺はアロン。パリ生まれのモーリス・アロンだ」

「僕はシロー・カワゾエ。いつからタクシーの運転手をやっているの？　これは違法のタクシーだよねえ」

「おいおい、はっきり言ってくれるね。俺はパリの高等師範学校を出て、大学で哲学の講師をやっていたんだ」

「エリートというわけか」

「そのエリート様が、この不景気で白タクの運転手さ。しかし、なかなか面白い商売だぞ。何しろ……」

アロンがバックミラーを見て舌打ちをした。ベンツが猛スピードで迫ってきていた。

「飛ばすぞ」

「君を信じるよ、モーリス」

「信じる者は救われるさ」

アロンがさらにアクセルを踏み込むと、ルノーはまた咳き込むような音を一つたてた後、さらに加速した。

「俺は四年間ベルリンに留学していた。六月に戻ってきたんだ」

けたたましいエンジンの音に対抗して、アロンはほとんど怒鳴るように話している。

「ベルリンでも哲学の勉強を？」

「いや、マルクス主義とファシズムの研究をやった。そのうちにナチスの脅威が身に迫ってきて、パリに逃げ帰ってきたんだ。俺はユダヤ人だからね」

「マルクス主義はファシズムに対抗できると思う？」

紫郎の質問に答える間もなく、アロンはほとんど減速せずに凱旋門に突進し、ぎりぎりのところでハンドルを右に切った。のろのろと走っていた車がルノーを避けて急停止し、もう一台は一回転して別の車に激突する寸前で止まった。

この凱旋門を中心に十二本の通りが放射状に延びている。ルノーはタイヤをきしませながら右にカーブした。地面をとらえているのは左側の車輪だけで、右側の車輪は何センチか宙に浮いているに違いないと紫郎は思った。ルノーはマロニエの並木にはさまれたシャンゼリゼ通りを直進した。

「シロー、さっき何と言った？」

「マルクス主義はファシズムに……」

「そうだった。ファシズムも共産主義も同じだよ」

「なぜ、そう思う？」

「ヒトラーを信じるのがファシズム、スターリンを信じるのが共産主義。その下には鉄壁の軍隊と官僚組織が形成される。ヒトラーやスターリンを信じない者は逮捕され、どこかにぶち込まれる。乱暴にいえば、そんなところだろう？」

「乱暴すぎるね」

「乱暴なのはあいつらの方だ。今に分かるよ。とにかく、どちらも個人の自由が保障されていない。それが最大の問題さ。シロー、あれがルーヴル美術館だ」

ルノーはルーヴルを左に、セーヌを右に見ながら飛ぶように走った。

「個人の自由か。なるほどね。僕は日本で……」

そこまで話したところで、紫郎の視界から前の道がフッと消えた。鳩の群れを蹴散らし、マロニエの落ち葉を大量に巻き上げながら、ルノーは正確に九〇度の角度で左に折れ曲がった。そのまま狭い門をくぐり抜けてルーヴルの中庭を猛然と突っ走り、さらにもう一度門をくぐって広い通りへと躍り出た。

「えっと、シローは日本で何をしたって？」

アロンが叫んだ。

「左翼運動にかかわって逮捕された。仲間が僕の家に隠しておいたマルクスやレーニンの本が見つかってしまったんだよ」

紫郎も負けずに叫んだ。

「あははは。そいつはいい。共産主義もダメだが、逮捕するやつはもっとダメだ。どんなにダメな本であろうとも、その本を書いたり、売ったり、読んだりする自由は保障されなくてはいけない。その自由がない社会はすべてダメなんだよ。シロー、正面の奥に見えるのがオペラ座だ」

「やっぱりモンテカルロ歌劇場に似ているね」

「ああ、設計者が同じだからな。シローはモンテカルロに行ったことがあるのか？」

「カンヌの知人の家に三カ月ぐらい泊めてもらっていたんだ。コート・ダジュールのあちこちに行ったよ。ところでモーリス、あのオペラ座の地下には、本当に湖があるのかい？」

「シローは『オペラ座の怪人』を読んだんだな。俺は見たことはないが、本当らしいぞ。パリの地下は採石場だったんだ。この街の地面の下にどれだけの穴や坑道があるか分かったもんじゃない」

ルノーは再びタイヤをきしませながら右に曲がり、すぐに左に折れた。道を渡ろうとした年寄りの男がブレーキもかけずに突進してくる車に驚いて尻もちをついた。バゲットと果物が歩道に転がった。

「おいおい、モーリス。今のは危なかったよ」

「言っただろう、俺を信じろって。のろのろ歩きの爺《じい》さんをよけるなんて朝飯前さ」

「あんたもファシストと同じだな」

「一緒にするな。ファシストはよけたりしない」

二人はバックミラーで互いの目を見て笑った。

「それにしてもシローは逮捕されたっていうのに、よくフランスに来られたな」

「フランス留学が釈放の条件だったんだ」

「日本では左翼の活動家をフランスに留学させるのが流行《はや》っているのか？　俺が白タクを始めた頃に乗せた日本人の若い女も同じようなことを言っていたな」

アロンがまた怒鳴った。

「日本人の……若い女だって？　どんな女だ。名前は訊いたのか？」

「なんだよ、心当たりがあるのか?」

「富士子って言っていなかったか。フジコ・モリタだ。いや、フジコ・ハヤシダと名乗ったかもしれない」

「いやあ、名前までは訊かなかったなあ。俺は紳士だからな。長い黒髪と大きな目が印象に残っているが。誰か偉い人に結婚を迫られて困っているとか、そんなことを言っていたな。結婚すれば、お兄さんを解放してやるとか。それは卑怯《ひきょう》なやり方だなって、俺も怒った覚えがある」

長い黒髪と大きな目の日本人か。間違いない。富士子だ。彼女の兄貴は左翼運動で逮捕されたと村上明が言っていたから、話の辻褄《つじつま》も合う。すると彼女を追っていた痩せぎすの男は誰なのだ。特高警察ではなかったのか。

「その女をどこで降ろした?」

「シローと同じようにリヨン駅で乗せて、日本大使館まで送ったよ」

「た、大使館?」

「ああ、知り合いがいると言って……」

五十メートルくらい先の左手の路地からベンツが飛び出してきた。

「ちっ、なぜ分かったんだ。先回りしやがった」

アロンが急ブレーキをかけると、紫郎は助手席の背もたれに頭を打ちつけた。

アロンはすぐさまギヤをバックに入れ、猛スピードで後退しながらクラッチを踏み、今度はローに入れた。そのままアクセルをべったりと踏み込んで、右の細い道に突っ込んでいった。

「よし、モンマルトルの丘で勝負をつけてやる。くねくねと曲がった道なら、俺のハンドルさばきと小型の車体が物を言うはずだ」

ルノーはほとんど車一台分の幅しかない路地を全速力で疾走した。軒先に放置されていた植木鉢をよけた瞬間、トタン塀を竹ぼうきでこすったような音がしたが、スピードを緩めずに路地を抜けていく。

曲がりくねった石畳の細い坂道を上ったところでルノーは急停止した。

「モーリス、どうした？　きっと、まだ追ってくるぞ」

「アイデアがある。やつらは頭もいい。俺たちが頂上のサクレ・クール寺院を目指していると予想しているはずだ。ひとまずそこの路地に隠れてベンツをやり過ごす。ベンツが坂を上っていったら、こっちは一目散に坂を下りていくのさ」

「うん、名案だ。君に任せたよ」

ところがアロンがギヤをバックに入れようとしてもシフトレバーが何かにつかえてうまく入らない。彼はクラッチを踏みつけままアクセルを踏み込んだ。エンジンの回転数がぐんぐん上がっていく。すると氷をガリッと嚙み砕いたような音を立ててレバーが動き、ようやくバックに収まった。

「よし、隠れるぞ」

アロンはルノーを勢いよく後退させ、細い路地の奥に入っていった。外に張り出していたカフェの椅子を二つばかりなぎ倒したが、店から誰か出てくる気配はなかった。

「ここなら見つかるまい。ところでシロー、あのベンツのやつらは本当に警察なのか。わざわざ日本からあんた一人を追ってきたっていうのか？」

「うーむ。たぶんフランスに駐在している特別高等警察の関係者じゃないかと思うんだけどね。とにかくマルセイユからカンヌに行く時も同じ男に尾行されたんだ」

「警察が本気で追っているのなら、カンヌで拘束できたはずだ。何かの理由で監視しているのかもしれないな」

「か、監視ねえ」

「実はあんたも結婚を迫られているんじゃないのか」

「あの男にか？」

紫郎は笑った。

向こうの通りをベンツが走っていくのが見えた。後部座席にいる例の男はYシャツの上に薄手のコートを羽織り、正面をにらんでいた。こちらに気づいた気配はない。紫郎はフーッと大きく息を吐いた。

「よし、引き返そう。この後は人の多いところに行くといい。追っ手から姿を隠すには人ごみに紛れるのがいちばんだ」

アロンは再びアクセルを踏み込んだ。

ルノーはモンマルトルの丘を下り、グラン・パレとプティ・パレの間を抜けてアレクサンドル三世橋を渡り、エッフェル塔近くの路地に入っていった。街路樹はすでに半分ほど葉を落とし、灰色の空に向かって針金のような枝を伸ばしている。ベンチで一休みする老夫婦がぼんやりと近くの教会の十字架を眺めていた。

ルノーは小さな自動車修理工場に入った。ガソリンと鉄とカビの匂いがする。さっきの教会からくぐもった鐘の音が聞こえてきた。

「さあ、降りよう。古くからの友人がやっている工場だ」

ルノーの車体には数本の釘で引っ掻《か》いたような傷がついていた。

「申し訳ない。ずいぶん傷がついてしまったね。いや、このぐらいの傷で済んでよかったと言うべきかな」

紫郎がいちばん大きな傷を指さした。

「気にしないでくれ。シロー、実は俺も追われた経験があるんだ。いや、追われていると思った経験というべきかな」

「ドイツで？」

「ああ、ナチスにね。俺はユダヤ人で、パリに逃げ帰ってきたって言っただろう」

「追われていると思ったら、実際はそうではなかったということ？」

「それがよく分からないんだ。実はまだ追われているのかもしれないし、ずっと監視されているのかもしれない。不気味だろう？　だからシロー、あんたの話を聞いていたら他人事とは思えなくなったんだよ」

アロンは車の傷をずっと撫でている。そうしていれば、やがて傷は消えてなくなると思っているかのように。

「そういうことか。君は将来、哲学者になるのかい？」

「どうだろう。高等師範学校の同級生にサルトルっていう男がいるんだが、きっとあいつは哲学者になるだろうな。しかし頭は切れるのに、融通がきかないんだよ。あることを信じたら、それを疑おうとしない」

「一本、筋が通っていて、常にブレないのは良いことじゃないのか」

「世の中は常に変化する。ブレない人間なんて、世の中が見えていない愚か者だ」

「世の中が変わっても、変わらない真理もあるはずだよ」

「俺は少年時代に世界大戦を経験しているんだ。親父は戦死した。もう戦争なんてこりごりだと思ったよ。平和がいちばんんだ。これは疑いのない真理だよな」

「僕もそう思う。平和がいちばん。戦争なんて真っ平ごめんだ」

「そうだよな。俺は軍縮を進めて、世界から軍隊を一掃すれば平和が訪れると信じていた。しかし、ドイツに行って現実を知ったよ。圧倒的な軍事力を持った連中が、しかも正義とか人間の尊厳とか、個人の自由とか、そんなことなど全く意に介さない連中が問答無用で善良な市民を拘束するんだぞ。ただユダヤ人だというだけでね。誰がこの身を守ってくれるんだ。フランスの警察か？　ヒトラーがフランスに攻め込んできたら、すべて蹂躙《じゅうりん》されてしまうだろうな。

そんなことはあり得ないって、誰が言える？」

アロンが政治家の演説のような調子でまくしたてた。

「つまり、フランスはドイツに負けない軍事力を持つべきだと考えているわけだね」

「言いたくはないが、そういうことさ。平和がいちばんだと思っているのに、全く矛盾した話だが、哲学者も現実を見据えて臨機応変に考えなくてはならないってことかな」

アロンは肩を落とした。

「それは哲学とはまた違う話じゃないのかな」

「ああ、そうかもしれん。哲学とは何か……。折に触れて原点に立ち返り、そこから考え始めるのが哲学者のいいところかもしれないが、結局、いつもそうやって現実から離れていくんだ。今やそんな悠長な議論をしている暇はないんだよ」

「あのスピード狂の運転もそのせっかちさから来ているんだね」

紫郎が笑った。

「参ったなあ、シローには負けたよ。チェックメイトだ」

アロンも笑った。

アロンが「料金は要らない」と頑固に言い張ったから、紫郎は折れるしかなかった。代わりに「いつか君の著書が出たら必ず買うよ」と約束し、固く握手を交わして別れてきた。

紫郎は修理工場を一人で切り盛りしているというアロンの友人テオからもらったベレー帽を

目深にかぶり、上着も脱いでセーターに着替えている。「シロー、まるで別人だ。これなら、もしあのベンツ男に見つかっても遠目には分からない」とアロンが太鼓判を押してくれた。その言葉を信じることにしよう。

紫郎はゆっくりと歩いてエッフェル塔に向かった。「フランス革命百周年を記念するパリ万博のシンボル塔として造られた」と記した立て看板を見て、彼は唸った。パリ万博？　エッフェル塔は完成から四十五年もたっているのか。

当初はシンボルとして石の塔を建てる予定だったが、エッフェルという男の鉄塔案が大逆転で採用されたのだと書いてある。もともとエッフェルは鉄の橋を造る名人だった。

つまり水平な橋を垂直に立ててみた、ということか。

発想の転換が大切だと分かってはいるが、実践するのは簡単ではない。エッフェルはうまくやったなと紫郎は思った。フランスがアメリカに贈った「自由の女神」の鉄の骨組みもエッフェルが手がけたという。

展望室に昇るエレベーターの行列に、背の高い黒髪の女性が並んでいた。地味な色のカーディガンを着て、長いスカートをはいている。あの背丈、自由の女神に負けない真っすぐな立ち姿、何よりもあの長い黒髪。マルセイユで別れてから三カ月たっているが、後ろ姿だけで彼女と分かる。

「富士子さん、久しぶり」

ところが振り向いた女性は別人だった。

「あら、あなたの言葉、日本語ね？」

女性がフランス語で言った。

「し、失礼しました」

紫郎もフランス語で謝った。

年齢は富士子と変わらないように見えるが、切れ長の目、薄い唇、丸い鼻。顔立ちはまるで違う。どうやら日本人ではないようだ。

「フジコって日本女性の名前よね？」

「ご、ごめんなさい。人違いでした」

「私はフジコさんによく似ているのね？」

「え、ええ、まあ……」

「私はアグネス。アグネス・ホー。香港から来ました」

「シロー・カワゾエです。船で一緒になった女性と間違えてしまって。ホーさん、大変失礼しました」

「アグネスと呼んでくれていいわよ、シローさん。あなたもエッフェル塔は初めて？　一緒に見物しませんか」

紫郎はパリで彫刻の勉強をしているというアグネスと一緒にエレベーターに乗り込んだ。展望室から見えるのは凱旋門、ルーヴル美術館、オペラ座、モンマルトルの丘。ルノーとベンツのカーレースが何日も前の出来事のように感じられた。

それにしても、こんな塔が東京に建てられたら、畏《おそ》れ多くも宮城《きゅうじょう》（皇居）を見下ろすことになってしまうなと紫郎は思った。

「この塔を建設する時、多くの知識人から反対の声が上がったそうよ。モーパッサン、デュマ、グノー、オペラ座を設計したガルニエ……。美しい景観を保ってきたパリに奇怪な鉄の塔など言語道断、無用な怪物だって」

「実際に完成してみると、反対の声は消えていったんだろうね」

「最初は観光客が大挙してやってきたけど、だんだん下火になって、一時は取り壊される寸前だったそうよ」

「えっ、そうなの？」

「高い塔は無線電信に役立つと分かって生き延びたらしいわ。結局は軍事目的ね。それまでの軍事通信の主役は何だったか分かる？」

「えーっと、何だろうな。早馬じゃあ、古すぎるか」

「伝書鳩ですって」

「ああ、なるほど。鳩から電波か。飛躍的な進歩だ。そういえばラジオ放送が始まったのもエッフェル塔のおかげらしいね」

アロンからの受け売りだった。

「ありがとう、シロー。一人でこんな賑やかなところに来ちゃって、ちょっぴり寂しかったの。

おかげで楽しかったわ」

　アグネスが手を差し出した。

「こちらこそ、いきなり声をかけてしまって」

　紫郎は右手で握手を返し、左手で頭をかいた。

「いいのよ。日本にもあなたのような人がいるのね」

「ファシストばかりだと思っていた？」

「さあ、どうかしら。シローー、フジコさんに会えるといいわね」

「えっ？」

「その人のこと、好きなんでしょう？」

「い、いや、そんな……」

「長い黒髪で、私ぐらいの背丈の女性よね。年齢も私と同じくらいなんでしょう？　日本人はパリにたくさんいるけど、そういう条件なら限られてくるわね。あの女性かな。ラ・クーポールで二、三回見かけたことがあるのよ」

「ラ・クーポール？」

「モンパルナスのカフェよ。私も時々行くの。また私に会いたくなったらラ・クーポールを探してみてね。まあ、あなたの目当てはフジコさんでしょうけど」

　アグネスが目尻を下げて笑った。

　紫郎は「ラ・クーポール」の名を心のメモに太字で記した。

シテ・ユニヴェルシテール駅を出ると、目の前が東西に走るジュルダン通りだ。通りの北側はモンスーリ公園で、南側に留学生向けの学生寮が集積するシテ・ユニヴェルシテール（国際大学都市）の広大な敷地が広がっている。紫郎は寮に腰を落ち着けるつもりはなかったが、適当な住み家《か》を見つけるまでここに滞在しようと決めていた。

公園のマロニエの木々は大半が色づき、落ち葉が風に舞っている。大学都市に続く石畳の道は薄暗く、寒々としていた。日本館はすぐに見つかった。「お城のような建物」とマルセルから聞かされていたが、城というよりは観光地の温泉宿にも見える。和風を意識しすぎて、和風のパロディーになっているような建物だ。

広い玄関ホールには藤田嗣治画伯の巨大な馬の絵が掛かっている。画伯は昨年日本に帰国したと新聞で読んだ。紫郎とは入れ違いになったわけだ。

食堂に入ると、若い男がコーヒーをすすりながら本を読んでいた。男前というよりは童顔の優男だ。男が顔を上げた。

「やあ、こんにちは。留学生の方ですか」

「ええ、そうです。初めまして。東京から来た川添紫郎と申します。しばらくここに泊めてもらうつもりです」

「井上清一と申します。日本館の誰かに話を通してありますか。あいにく、この時間は係の人が出払っているもので」

「東京の知人から連絡が行っていると思います」

「ああ、それなら安心ですね。お疲れでしょう。お好きなところに座っていてください。コーヒーを淹《い》れてきますよ」

この井上という男には不思議な魅力がある。初めて会ったのに、何年も苦楽を共にしてきた仲間のように感じる。単に彼が人懐こいからではない。基本的な波長が同じなのだと紫郎は直感した。何もかも彼に話してしまいたくなった。富士子に会った時と同じように。

紫郎は井上の横に座り、大きな柱時計を眺めながら話し始めた。左翼活動をして捕まり、パリ留学を条件に釈放されたこと、特高らしき男に尾行され、さっきまで車で追い回されていたこと……。いくつかを省略しながら、しかし事細かに打ち明けた。

身を乗り出して、何度もうなずきながら耳を傾けていた井上は、紫郎が長い話を終えると、フーッと長く息を吐いた。

「ああ、ごめんなさい。長々とつまらない身の上話をしてしまいましたね」

紫郎が苦笑すると、井上は大きくかぶりを振った。

「い、いや、違うんです。同じなんですよ」

「同じ？」

「そう、全く同じなんです。僕は熊本の五高に通っていたのですが、やはり左翼運動で捕まって釈放された。その条件がパリ留学だったんですよ」

「ほ、本当に？」

「本当ですよ。それで建築を学ぶという名目でパリまでやって来たんですから」

井上は楽しそうに笑いだした。

「それは愉快だなあ。実に愉快だ。井上さん、これからよろしく。僕のことはシローと呼んでください」

「シローさん、僕は友人からイノと呼ばれています」

「イノ、僕はシローでいいよ。さん付けは不要だ。同志じゃないか」

「うん、分かった。シロー、これからよろしく。ところで君はパリで何を勉強するの？」

紫郎は十秒ほど沈黙し、窓の向こうのプラタナスの木々を見つめながら「映画だよ」と言って、冷めかけたコーヒーを一気に飲み干した。

エピソード6

ポン・ヌフの大天使

「ねえ、マルさん。外に出てみるのも悪くないだろう？　東京と違ってパリの空はいつもどんよりとくすんでいるけどさ、こうして風に吹かれながらモンパルナスの街を歩いていると、胸の中でくすぶっていたモヤモヤなんて道端の枯葉と一緒にどこかへ吹き飛んでしまう。そう思わないか？」

紫郎は並んで歩いている男の肩をポンとたたいた。プラタナスの枯葉と新聞紙が石畳の上で蝶のように舞っている。

「うん、全くその通りだね。パリに着いて二週間、ずっと神経衰弱になっていたんだ。これがパリの憂鬱ってやつなのかな。シロー、イノ、君たちと知り合えてよかったよ」

マルさんと呼ばれた丸山熊雄が小さく笑った。黒々とした髪を後ろになで上げ、丸眼鏡をかけている。

紫郎がシテ・ユニヴェルシテールの日本館に滞在するようになってから数日後、東京帝大文学部の仏文科卒というインテリの丸山が日本館にやってきた。紫郎や井上より五歳ほど年長だったが、来る日も来る日も日本館とソルボンヌ大学を往復するだけで、あとは青い顔をして部屋に引きこもっていた。見かねた紫郎と井上が外に誘い出したのだった。

「さあ、着いたよ。きっとサカがお待ちかねだ」

二人と肩を並べて歩いていた井上が真っ先にラ・クーポールに入っていった。アール・デコ調の広い店内の真ん中あたりで、黒縁の眼鏡をかけた男が「こっち、こっち」と手招きしている。白人女性と二人の東洋人が同席していた。

「やあ、イノ。遅かったじゃないの」

サカと呼ばれた男が言った。

「ごめん、ごめん。風に吹かれていたら気持ちよくなっちゃってさ。ちょっと遠回りしてきたんだ。そうだ、みんなにシローとマルさんを紹介しよう」

それから互いに名乗りあい、簡単に自己紹介をした。白人女性に敬意を表して、みんながフランス語に切り替えた。

サカこと坂倉準三《さかくらじゅんぞう》は三年前からル・コルビュジエの建築設計事務所で働いている駆け出しの建築家だ。丸山と同じ東京帝大文学部で美術史を学んだが、丸山よりもさらに六歳年上らしい。

女性は坂倉の同僚で、シャルロット・ペリアンと名乗った。「家具の設計では世界一ですよ」と坂倉が紹介すると、まんざらでもなさそうな顔ではにかんだ。人形のように愛らしい目をした童顔のフランス人で、短髪にしているから少年のようにも見えるが、話しぶりからすると紫郎より十歳ほど年上のようだ。

東洋人の男の一人は城戸又一《きどまたいち》と名乗った。大阪毎日新聞のパリ特派員で、ナチス・ドイツの動向をはじめ、ヨーロッパの政局を取材しているという。

「シロー、イノからあんたの武勇伝を聞いたよ。リヨン駅の食堂で大芝居を打っただろう? 日本の新聞記者です、追加取材に来ました……なんて、もっともらしいことを言ってさ。参ったよ。あの食堂を取材した日本の記者っていうのはこの僕なんだ。食堂から連絡があってさ、後始末をさせられたよ。戦後処理ってやつさ。結構、大変だったんだぜ」

城戸は大笑いした。平身低頭する紫郎に対して「いいんだ、いいんだ。君は痛快な男だなあ。今度、コーヒーをおごってくれよ。それでチャラだ」と言って、また笑った。坂倉より一歳下というから、このグループでは三十代前半の坂倉、城戸、シャルロットが年長組ということになるだろう。

もう一人の男は岡本太郎と名乗って「タローと呼んでくれ」と言った。ずいぶん小柄だが、眼光の鋭さにはただならぬものがあった。紫郎や井上と同世代のようだ。

「タローか。いい名前だ。僕はこの夏をカンヌの知人の家で過ごしたんだけど、その家族にもタローがいたんだ。とても鼻のいいやつでね」

紫郎が言った。

「ほお、カンヌか。行ってみたいなあ。僕と同じ名前の人がいるってことは日本人の家庭なのかい?」

「うん、まあね。奥さんはフランス人で、僕と年の近い子供が三人いる。タローさえよければ、来年の夏、一緒に泊まりにいかないか」

紫郎が提案すると、井上や坂倉、それに丸山までもが「おい、僕を置いていく気か」と同時に声を上げ、みんなで笑った。

紫郎は映画学校に入ってみたものの、エイゼンシュテインやプドフキンのような最前線の映画を勉強したかった自分にとって、カメラの光学のイロハから手ほどきする授業は全くの期待外れで、すぐに辞めてしまったと自己紹介した。なぜパリにやってきたかについては、すでに井上を通じてみんなに知らされているようだった。

「映画学校に入学して一週間で退学なんて、あなたも大胆ですねえ」

坂倉が珍しそうに紫郎を見た。

「ええ、まあ。そのうちマルク・アレグレという売り出し中の監督を訪ねてみようかと思っているんです」

「ああ、それはいいことですなあ。第一線で活躍している人からでないと、実践的なことは学べませんからね。私も今は建築の道に進んでいますが、大学では美術史をやったと言いましたでしょ。一応、パリに来てから建築の学校に通いましたけど、ル・コルビュジエの下で働き始めてからが本当の勉強でしたからね。しかし、すべてを一方的に教わっているわけではなくて、私が師匠に教えることも少なくないんです。日本の美術や文化についてですがね。これからル・コルビュジエの建築も変わっていくと思いますよ」

「サカ、つまりあんたの建築は近ごろ名を上げているお師匠さんの受け売りじゃなくて、日本文化というオリジナリティーを持った建築だということだね？」

太郎が挑むように言った。

「ええ、まあ。私なんかまだ駆け出しですがね。自分の血管を流れているのは紛れもなく日本人の血だと最近、実感していますよ。だから私の建築には特別に意図しなくても日本的な要素が入ってくる。たっぷりとね。それだけは自信があるんです」

「ねえ、サカ。その日本的な要素って、具体的にはどんなイメージなの？　わび、さびとか、そういう感じなのかな」

今度は井上が身を乗り出して訊いた。彼も建築学校に通いながら、坂倉の手伝いをしている建築家の卵なのだ。

「おい、イノ。ずいぶん決まりきったことを言うじゃないか」

太郎が今度は井上を挑発した。

「わび、さびだって？　僕はね、日本的といえば、自動的にわびとか、さびとかいう発想は好きじゃないなあ。その気持ちも分かるよ。しかし、わび、さびの美意識が表に出てきたのは室町より後の時代だろう？　古代の日本人にはもっとすさまじいエネルギーがあったんじゃないかな」

太郎はそうまくしたててから「最近、こんな絵を描いているんだ」と言ってスケッチブックを開いてみんなに見せた。赤、青、黄色。鮮やかな原色の絵の具を使ってヒトデのような不思議な形の物体が描かれている。筆のタッチは荒々しく、途中で絵の具がかすれたり、垂れたりしてもお構いなしという自由さがあった。

「冬のパリの空みたいな灰色の絵を描いて、わびです、さびです、日本の水墨画みたいでしょうなんて言っても、決してオリジナリティーは生まれないと思ってね」

太郎が自ら解説した。

その絵に最も反応したのは紫郎だった。

「タロー、すごいよ。素晴らしい絵じゃないか。僕は好きだなあ」

彼はスケッチブックを手に取り、まじまじと見つめた。

「そうか？　シローは分かってくれるか？　これ、燃えてるだろう？」

太郎は目を大きく見開いて「燃えてるだろう？」と繰り返した。

「うん、燃えてる。燃えて、燃えて、爆発してるみたいだ」

「バクハツ？　そうか、爆発だ。いいぞ、シロー。爆発なんだよ、僕が求めているのは。あははは。うれしくなってきたなあ」

太郎は紫郎に抱きついて笑い続けた。

しかし、紫郎の表情が急に険しくなった。ひょっとして富士子が来ていないかと広い店内を見回していたのだが、そのお陰で大柄な白人の男が遠くの席からこちらの様子をうかがっているのに気づいたのだ。

カンヌの水泳大会やダンスパーティーでやっつけたテキサスの石油会社の御曹司だ。あのアメリカ人がフランス人の男たちのグループに何やら耳打ちを始めたのを紫郎は見逃さなかった。フランス人は十人近くいるだろうか。若い男が大半だが、少し年かさの男も交じっている。

「どうした、シロー」

井上が異変に気づいた。

「いけ好かないアメリカ人をカンヌでやっつけた話はしたよね？　そいつがあそこに集まっている男たちに何やらこそこそと話しかけているんだ。こっちを見てにやにやしている。なんだか嫌な予感がしてきたよ」

シャルロットが顔色を変えた。

「彼らは札つきのファシストのグループよ。共産主義者を一掃するという口実で、いろんなところで暴力沙汰を起こしているの。まずいわね、こっちに来るわよ」

スキンヘッドの巨体の白人を先頭に、ファシストたちがぞろぞろと紫郎たちの席にやってきた。後ろに例のアメリカ人もついてきて、高みの見物を決め込んでいる。

「よう、東洋のお猿さん。おまえ、日本で逮捕されたらしいな。どういうわけか釈放されて、今度は我が国で共産主義の宣伝をしてくれるんだって？　そいつはありがた迷惑ってやつだ。ああ、お猿さんにフランス語で話しても通じないかな」

スキンヘッドの隣にいる側近らしい赤ら顔の男が言った。ずんぐりした体形でガマガエルに似ていると紫郎は思った。

「あなたたち、恥を知りなさい。はるばる日本から来てくださった方々に失礼でしょう」

シャルロットがピシャリと言った。

「なんだ、おまえ、猿の仲間か」

シャルロットに詰め寄ろうとするガマガエルの前に紫郎が立ちふさがった。

「僕に何かご用ですか」

周囲の客が何事かとざわめき始めたが、すぐに事情を察したのか、我関せずを決め込んで自分たちの会話や読書に戻っていった。

「おやおや、みんな聞いたか。何かご用ですかだってよ。お猿さんなのにフランス語が分かるのかい。よーし、お利口さんだ。お利口さんなら、この国でやってはいけないことも分かるよな。それを俺たちが絶対に許さないということもな。ああ？　どうなんだ」

ガマが挑発するようにへらへらと笑った。

「共産主義を宣伝するだって？　何のことやら、さっぱり分からないね。ただ、一つだけ言えることがある。正当な理由も、何の証拠もなく、勝手に決めつけて人を裁こうとするやつはクズだ。もう一つ、僕はファシストが大嫌いだ」

紫郎はガマをにらみつけた。

「この野郎！」

大将格のスキンヘッドが紫郎の襟をつかもうとした瞬間、紫郎はひらりと身をかわした。スキンヘッドはそのままバランスを崩し、前のテーブルに顔から突っ込んだ。床に落ちたワイングラスが派手な音をたてて砕け散った。

「なめたまねをしやがって。こいつらがどうなってもいいのか」

ガマガエルの後ろに控えていた青白い顔の男がシャルロットの腕をつかんだ。坂倉が「おい、よせ」と止めに入ったが、青白男に腹を蹴られてうずくまった。シャルロットの鋭い悲鳴が店内に響き渡る。近くにいた客が急いで席を離れていった。

太郎が「日本人をなめるなよ」と青白男につかみかかり、シャツを引き裂いた。しかし抵抗もそこまでで、魚のような目をした男にがっちりと羽交い絞めにされて動けなくなった。井上、丸山、城戸もスキンヘッドとガマガエルに一蹴《いっしゅう》されて戦意を喪失し、紫郎を除く全員が床に座らされた。

男たちが紫郎を取り囲み、徐々に輪を狭めていく。アメリカ人はいつの間にか姿を消していた。

「おい、おとなしくしろ。警察のやつらが腰抜けだから、俺たちが代わりに取り締まっているんだ。フランスの平和のためにな。おまえを逮捕する。お猿さんでも分かるよな。タ、イ、ホだ。処分は俺たちが決める」

低い声ですごんだスキンヘッドが突然「うっ」と声を上げた。大きな手が彼の肩をつかみ、グイと引き寄せていた。

「な、なにしやがる」

スキンヘッドが後ろを振り向き、大きな手の持ち主の顔を見上げた。

「そこまでです、ムッシュー。フランスの警察は腰抜けではありませんし、この人は猿ではない。私の親友です」

大男がスキンヘッドより低い声で言った。

「シャ、シャルル。シャルルじゃないか」

紫郎が叫んだ。井上たちも驚いた顔をして一斉に大男を見上げた。

「お久しぶりです、シローさん。相変わらず、お元気そうですね」

シャルル・デュソトワールが言った。

「元気は元気だけどさ、ご覧の通り、困った連中に因縁をつけられてね」

紫郎が肩をすくめて笑った。

ファシストの面々がざわめき始めた。

「あの黒人、見たことがあるぞ」

「ソルボンヌのラグビー選手だ」

「オックスフォードのプロップをタックル一発で病院送りにしたロックだ」

「おい、おまえは関係ないだろう。引っ込んでろよ。俺たちは今、このお猿……この日本人に用があるんだ」

ガマガエルが声を荒らげてデュソトワールの胸を押した。

「分かった、分かった。君たちは僕に用がある。つまり友達は無関係だ。そういうことだよな？　ここでは店に迷惑がかかる。外で話そう。シャルル、後は頼んだよ」

紫郎が言った。

「シローさん、一人で行ってはいけません」

デュソトワールが珍しく厳しい声を出した。

「大丈夫だよ」

紫郎はデュソトワールに向けて敬礼のポーズをとって、ひらりと身を翻し、素早く出口に向かった。

「あいつ逃げるぞ」

ガマガエルが叫ぶ。

追いかけようとした三、四人をデュソトワールが一人で食い止めた。

「シローさん、逃げてください」

「おい、放せ、この猿野郎！」

スキンヘッドが自分の左足首にしがみついて放そうとしない太郎を右足で何度も踏みつけている。そこに丸山がウオーと吠《ほ》えながら突進してきて、ワインの空き瓶をスキンヘッドの額に打ちつけた。盛大な音を立ててガラスが飛び散ったが、スキンヘッドは平然とした顔で丸山を三メートルほど吹っ飛ばした。

「こいつらはいい。あいつを追え」

スキンヘッドがガマと同じくらい顔を赤くして怒鳴った。額から血を流している。

「あいつの処分は決まった。死刑だ。いいか、捕まえたらぶっ殺しちまえ」

紫郎はスキンヘッドの叫び声を遠くに聞きながらモンパルナス通りを走った。振り向くと連中は複数の車に乗り込んでいる。オートバイのエンジンをかけている男もいる。紫郎は「なるほど、そう来たか」とつぶやいて、ラスパイユ通りを北に向かった。

この大通りは中央に分離帯があり、通りが左右に分かれている。車やバイクを相手にするなら右側の通りを走るのは得策ではない。紫郎は迷わず「車両進入禁止」の左側に入った。「あの事典が役に立ったな」と彼はつぶやいた。日本館の図書室にある「パリの通りの歴史大事典」だ。固いバゲットをカフェオレに浸してかじりながら、あの分厚い本を読むのが毎朝の楽しみになっている。

おかげで左岸の通りはだいたい頭に入ったが、まだ右岸はさっぱり分からない。ファシストたちを振り切るなら、土地勘のある左岸で決着をつけた方がいい。それにしてもフランスに来てからというもの、何かにつけて逃げてばかりだなと紫郎は苦笑した。

彼の目論見通り、ファシストたちの車やバイクはラスパイユ通りの右側を走っている。通りの先で待ち伏せする気だろう。左側を走ってきた紫郎はくるりと反転して通りを逆走し、ヴァヴァン通りを北東に向かった。このままリュクサンブール公園に逃げ込めば車やバイクは入ってこられない。

息を切らしながら公園のゲートをくぐった紫郎は、何度も後ろを振り向きながら園内を歩き回った。どうやら追っ手は振り切ったようだが、まだ安心できない。マロニエの木立の向こうに小さな建物が現れた。「リュクサンブール劇場」の看板の下に何組かの親子連れが列を作っている。人形芝居の小屋のようだ。紫郎も最後尾に並んだ。

「はい、子供たちは前、大人は後ろだよ」

白髪の小屋の主が扉と窓を閉めると会場は真っ暗になり、やがて音楽が流れだした。

アーモンド形の大きな目をした主人公らしき人形がひょっこりと現れて「ボンジュール。皆さん、元気ですか？」と歌うように挨拶した。

「ウィ、サヴァ・ビアン」

子供たちが見事に声をそろえて応える。きっと何度も見にきているのだろう。紫郎は神社の境内で見た紙芝居を思い出した。

主人公の名前はギニョール。いかにもな悪党面をした悪漢が登場して、理不尽な難癖をつけては彼を痛めつける。ギニョールは何とか逃げ出すのだが、悪漢はしつこく追いかけてきて、背後から忍び寄る。

「ギニョール、後ろ、後ろ！」

子供たちが必死に教えると、彼は悪漢に気づいてまた逃げ出す。紫郎も子供たちと一緒に「ギニョール、後ろ」と叫んでいた。

ついにギニョールは悪漢から棒を奪い取り、逆にその棒で相手を打ちつけて成敗《せいばい》した。めでたし、めでたし。子供たちは「ブラボー、ギニョール」の大合唱である。

人形の作りは大雑把だが、人形遣いはなかなか達者だった。だから大人になった紫郎もついつい物語に引き込まれたのだ。人形芝居か。日本の文楽をフランス人に見せてやりたいと彼は思った。きっと受けるに違いない。

パリの秋は日が短い。劇場を出ると、すっかり暗くなっていた。係員が「あと十五分で閉園します。近くの出口に向かってください」と声をかけながら巡回している。

街灯の明かりを頼りに歩くと、写真で目にしたことのある女性像が忽然《こつぜん》と姿を現した。自由の女神だ。フランスからアメリカに贈った像の原型であると小さな案内板に記されている。

紫郎はポケットから十フラン銀貨を取り出して、まじまじと眺めた。日本館の部屋の引き出しの奥に一枚だけ入っていたコインだ。前の住人の忘れ物らしい。銀貨には女性の横顔がデザインされている。

フランス共和国を擬人化した女性像で「自由の女神」として知られている。名前はマリアンヌ。ドラクロワの名画「民衆を導く自由の女神」でフランス国旗を掲げて民衆を先導する女性もマリアンヌだ。

自由の女神の毅然とした立ち姿を見ると、やはり富士子を思い出す。そういえばラ・クーポールに富士子はいなかった。いや、むしろ今日はいなくて良かったのだと紫郎は自分に言い聞かせた。こんなことに彼女を巻き込みたくはない。

公園はもはや真っ暗で、多くの人影がぞろぞろと同じ方向に動いている。向こうに出口があるのだろう。紫郎も彼らの後に続いた。

出口のゲートを抜けるとヴォージラール通りに出た。紫郎は「パリの通りの歴史大事典」の地図を思い浮かべた。そうか、公園の北西から出たのだ。すると、この先にボナパルト通りがあるはずだ。

そう思った瞬間、口笛の音が鋭く響き、すぐに複数のエンジン音が聞こえてきた。出口に見張りをつけていたのか。しつこいやつらだ。さっきの人形芝居の悪党みたいだと紫郎は思った。

「いたぞ、あそこだ」

オートバイの男が叫んだ。

紫郎はボナパルト通りと並行して南北に続く修道院小路という名の遊歩道に入った。いくつか石段があって、ボナパルト通りより高くなっているから、車は入ってこられない。紫郎は体力を温存しながらゆっくり走った。さて、この先どうするか。

彼が二つ目の石段を駆け上った時、後ろで激しい衝突音がした。強引に石段を上ってきたオートバイが遊歩道のベンチに激突していた。倒れたバイクの下敷きになった男が悪態をついている。紫郎を追いかける気力と体力は残っていないようだ。

これで敵が一人減った。

紫郎は噴水のある広場にたどり着いた。若い男がアコーディオンを弾きながら聴いたことのないシャンソンを歌っている。音の出ない鍵盤が二つか三つあるようだが、男は気にも留めていない。噴水の向こうに二つの巨大な塔を持つ聖堂がそびえている。ノートルダム大聖堂に勝るとも劣らぬ威容だ。

そうか、これがサン゠シュルピス教会か。中にドラクロワの絵があるはずだ。彼は迷わず教会の扉を開けた。外の喧騒とは打って変わって、堂内は静寂に包まれていた。高い天井を支える太い柱が奥に向かって立ち並んでいる。紫郎のほかには老夫婦と若い男の三人しか見当たらなかった。

ドラクロワの巨大な絵画は入口からすぐ右側の「天使の礼拝堂」にあった。壁面に二点、天井に一点。壁面の「ヤコブと天使の戦い」は美術雑誌で見たことがあるが、紫郎は天井の「悪魔を撃つ大天使ミカエル」に強く魅かれた。つい数十分前に見た人形芝居を思い出したからかもしれない。宙に浮いた大天使ミカエルが長い槍で悪魔を懲らしめている。長い棒で悪漢をやっつけたギニョールの姿にどこか似ていると紫郎は思った。

「おい、ここにアジア人が入ってこなかったか」

いきなり静寂が破られた。ガマガエルの声だ。青白男もいる。ドラクロワを見た後、主祭壇の前まで来ていた紫郎はとっさに腹ばいになり、無数に並んでいる椅子の陰に身を隠した。

「ここは聖なる場所です。お静かになさい」

老紳士がガマガエルをしかりつけた。

「あ、ああ、悪かった。アジア人の若い男だ。さっきここに入ったはずなんだが」

ガマの声が少しトーンダウンした。

「ご覧の通り、今日は閑散としています。若い男性なら一人見かけましたが、アジア人ではありませんでした」

あの老紳士、自分を見なかったはずはない。とっさに機転を利かせてくれたのだと紫郎は思った。

「そ、その若い男はどこだ」

ガマが畳みかける。

「礼拝堂の方に行きましたよ」

今度は妻の方が奥を指さした。

ガマと青白男が礼も言わずに駆けだしていったのを見送って、紫郎は立ち上がった。

「どうもありがとうございます。ファシストたちに因縁をつけられて逃げていたんですよ」

「なるほど、困った連中だ。暴力はいずれもっと大きな暴力に打ち負かされる。それが分からんのか。なんと愚かな。彼らはすぐに怒って引き返してくるでしょう。さあ、逃げるなら今ですよ」

太い眉、大きな目、白髪交じりの豊かな口ひげ。どこかの大学の教授だろうか。あるいは高名な医師か。ただならぬ威厳をたたえた老紳士だ。「ありがとうございます」と日本式の最敬礼をして、紫郎は教会を飛び出した。

彼は車が通れそうもない細い通りを選びながら北へと向かった。サン＝ジェルマン・デ・プレ教会の脇を抜け、あえてフュルスタンベール広場に寄ってみたのはドラクロワがサン＝シュルピス教会の絵を描くために構えたアトリエがあるからだったが、この選択は失敗だった。

広場に入ったとたん、背後で口笛が鋭く響いた。

見つかった。エンジンを始動させる音が聞こえる。だが、さほど近くはない。細い路地をジグザグに走ればなんとかなるだろう。

造幣局の前に出た。目の前はセーヌ川だ。黒々とした水面に街灯の明かりが映っている。向こう岸にルーヴル美術館、手前にポン・デ・ザール（芸術橋）が見える。紫郎は日本館の図書室にある古い美術雑誌で目にしたピサロの絵を思い出した。「セーヌ川とルーヴル宮殿」というタイトルがついていた。無性に魅かれる絵だった。

彼は造幣局の前からコンティ河岸まで下りていった。セーヌを渡る冷たい風が吹きつけ、夜鳥が怪しげな声でひと鳴きした。それが合図だったかのように、さっきまで街を覆っていた灰色の厚い雲がちぎれ、満月が顔をのぞかせた。紫郎は自分を見下ろす鋭い視線を感じ、急いで身を伏せたが、遅かったようだ。

頭上で口笛が鋭く響く。左岸からシテ島を通って右岸に通じる橋、ポン・ヌフの上に見張りがいたのだ。月の光が自分の白いセーターをくっきりと浮かび上がらせているのに気づいて、彼は舌打ちをした。

「いたぞ。この下だ、川べりだ」

造幣局側から三人が追ってくる。東のサン＝ミシェル橋側からも四人ほどやってくる。紫郎はポン・ヌフの下で挟み撃ちにされた。

しかしピンチだというのに、彼はポン・ヌフ広場に立つアンリ四世の騎馬像を見上げ、その存在感に胸を打たれていた。ブルボン朝の創始者で、歴史の教科書に載っていた「ナントの勅令」はこの人が出したのだ。そんなことを考えているうちに、ファシストたちが目の前にやってきた。

「手こずらせやがって。もう逃げられんぞ」

スキンヘッドが鋭く叫んだ。

「あんたたちもしつこいねえ。僕一人を追いかけるのに、こんなに人手と時間をかけちゃってさ。よっぽど暇なんだね」

紫郎は状況を素早く計算していた。相手は七人。もう一人、橋の上に見張りがいる。セーヌの流れは思ったよりも速い。水温は相当に低そうだし、この悪臭を放つ川に飛び込むのは気が引ける。仮にうまく泳いで近くに停泊している平底船までたどり着けたとしても、橋の上にいる見張りからは丸見えだ。マイナスの要素が多すぎる。

さて、どうするか。ギニョールの棒かミカエルの槍でもあれば応戦できるのだが。

魚のような目をした男が無表情のままつかつかと寄ってきて、いきなり紫郎の襟をつかもうとした。次の瞬間、男は宙を舞い、石畳に体を打ちつけられていた。

「この野郎」

ガマガエルが怒鳴った。

「先に手を出したのはこの男だろう。僕は自分の身を守っただけだ。日本の柔道を甘く見てもらっては困るねえ。今度はセーヌ川に放り込むぞ」

語気を強めて脅したつもりだが、相手にひるんだ様子はなかった。一対一なら柔道の技で倒せるが、全員でかかってこられたら逃げるしかない。受け身もとらずに投げ飛ばされた魚目の男は、まだ倒れたまま腰を押さえてうめき声を上げている。

しかし残る六人がじりじりと距離を詰めてきた。紫郎は一歩、二歩と後ずさりする。プラタナスの枯葉がカサカサと音を立てた。

「君たち、戦争ごっこはそこまでだ。川添君、大丈夫か？」

そう声を発した黒い影がゆっくりと近づいてきた。「川添君」と日本語で呼びかけた声には聞き覚えがあった。

「なんだ、てめえは。痛い目に遭いたいのか?」

ガマガエルがすごんでみせたが、黒い影はスッとガマに接近し、みぞおちをステッキで一突きした。ガマはグウと唸ったまま、うずくまって動かなくなった。

「こいつ、やっちまえ」

スキンヘッドの号令で、残る四人が一斉に黒い影へと突進していった。四人のうち三人はナイフを手にしていたが、ほんの十秒ほどで全員討ち取られた。

紫郎の耳にはステッキが風を切る音と四人のうめき声しか聞こえなかった。

「君がリーダーのようだね。さあ、どうする。降参かな?」

黒い影がスキンヘッドに詰め寄った。

ステッキを下段に構えている。間違いない、あの背広男だ。

その瞬間、耳をつんざく破裂音がした。銃声だ。銃弾はどこにも当たらず、セーヌの彼方に消えていった。向こうに空を突くノートルダムの尖塔が見える。撃ったのはスキンヘッドでも背広男でもなかった。倒れていたガマガエルが半身を起こし、震える手で拳銃を構えていた。

背広男の表情が険しくなった。

紫郎は頭をフル回転させた。どう考えても、味方は背広男だ。一秒の猶予もない。今だ。

「ぐはっ」

ガマがカエルのような声を上げ、拳銃を落とした。眉間のあたりを手で押さえている。紫郎が投げた十フラン銀貨が命中したのだ。

背広男はすぐさまガマのみぞおちにトドメの突きをお見舞いし、返す刀でスキンヘッドに胴を一発、面を二発打ち込んだ。あっと言う間の早業だった。

ポン・ヌフの上から様子をうかがっていた男はあわててアンリ四世の騎馬像の方へ逃げ出していった。

「川添君、怪我はないか？」

「え、ええ、大丈夫です。あの、あなたは」

「鮫島《さめじま》だ。鮫島一郎。満鉄の欧州事務所に雇われている」

「満鉄？　満鉄の方がどうして僕の……」

紫郎は口ごもった。

「ははは。どうして後を尾けたりしたんですかって言いたいんだろう。頼まれたんだよ。君の実のお母さんにね。とりあえず、ここから立ち去ろう。彼らが目を覚ますと厄介だ」

紫郎と鮫島が造幣局前の通りまで上っていくと大型のルノーが待っていた。運転手はカーチェイスの相手をしたあの男だった。

「ベンツはやめたんですか」

「ああ、話せば長くなるが、要するに私の上司が英国かぶれのドイツ嫌いでね。ベンツなんかやめてロールスロイスにしろと言われたのだが、上司の言いなりなんて癪《しゃく》だろう？　カーチェイスで負けた記念に、こいつに買い替えたわけさ。何しろ経費は潤沢に使えるからね。なあ、金田君。ははは」

鮫島は運転手を金田と呼び、高らかに笑った。

「鮫島さん、何から何まで、僕には分からないことだらけだ。母があなたに何を頼んだんです？」

紫郎はルノーの後部座席に乗り込んだ。

「正確に言うとね、新橋のおもんさんが私の上司に頼んだんだ。欧州事務所長になった坂本直道に。坂本所長は龍馬の甥《おい》の長男に当たる人でね」

鮫島は紫郎の隣に座った。ルノーはセーヌ川に沿ってゆっくりと西に走っている。満月はまた灰色の雲に隠れてしまった。

「龍馬って、あの坂本龍馬ですか？」

「もちろん、あの龍馬だ。君のお祖父さんの後藤象二郎翁は龍馬と親交があった。詳しくは聞いていないが、その縁が続いていたんだろうね。おもんさんが坂本所長に息子をよろしくと頼んだそうだ。自分がお節介を焼くと怒るから内緒にしてくれ、陰から見守って、いざという時に助けてやってくれないか……という話だったらしい。所長は君のお父さんの猛太郎氏に恩義があると言っていたから、その義理を果たしたってところかな」

「坂本所長は鮫島さんに警護を任せたわけですね」

「そういうことさ。剣術の心得があるからだろうな」

「さっきの早業は見事でしたね。丹下左膳よりすごかった。いや、僕はギニョールか大天使ミカエルが現れたと思いましたよ。助かりました」

「ギニョール？　ああ、人形劇の。それにミカエルとは畏れ多いな。龍馬と同じ北辰一刀流《ほくしんいっとうりゅう》をかじっただけさ。それより、川添君も見事だったなあ」

鮫島は十フラン銀貨を紫郎に渡した。

「えっ。これ、僕が投げたコイン？　いつの間に拾っていたんですか」

「十フランといえば大金だよ」

「一か八かで投げたんです。銭形平次のつもりでね」

「ゼニガタ？」

セーヌを走る汽船が動物の鳴き声のような汽笛を鳴らして去っていった。

「そうか、鮫島さんは海外生活が長いんですね。最近、人気のある時代小説の主人公ですよ。昨年、嵐寛寿郎《あらしかんじゅうろう》の主演で映画にもなりました。投げ銭で賊を召し捕る岡っ引きなんです」

「ほお、そいつは面白そうだ。満鉄の事務所には日本から主要な新聞や雑誌が定期的に送られてくるから、だいたい目を通してはいるんだが。このまま帰国したら浦島太郎だな」

ルノーはエッフェル塔のたもとを相変わらずのろのろと走っている。

「鮫島さんはなぜカンヌには来なかったのですか」

「行ったよ。君はマルセル君と一緒だったよな」

「えっ。あ、あの市場ですか」

「ふふふ」

「参ったなあ。やっぱり勘違いじゃなかったのか。カンヌに来たのはあの日だけですか」

「後は彼に任せたからね」

「彼？」

「なかなか役に立っただろう」

「役に立った？　ひょ、ひょっとしてシャルルですか」

「ひょんなことで知り合ったんだが、彼は優秀な男でね。しかも律儀だ。だから私が個人的に頼んだんだよ。私が所長の下請けだとしたら、デュソトワール君は孫請けだ。彼を悪く思わないでくれよ。私が固く口止めしておいたから、何も言わなかっただろう？　本人は法学者になりたいようだが、これからの時代、満鉄はああいう人材を採用しなくちゃいけない。まあ、私に人事権などないんだけどね」

鮫島は肩をすくめ、小さく溜め息をついてから笑って見せた。

紫郎にはまだ鮫島に訊きたいことが山ほどあったが、シテ・ユニヴェルシテールの前で強引に降ろされた。「詳しい話はまたいつか。あまり無茶をするなよ、川添君」と言い残して鮫島は消えていった。

翌々日の日曜の昼下がり、紫郎は井上と連れだってレヌアール通りのモダンなアパルトマンに向かっていた。セーヌ川の向こうにエッフェル塔が見える。

井上はラスパイユ通りにあるパリ特別建築学校に通い、オーギュスト・ペレという建築の大家の講義を受けていた。しかし、建築初級者の彼は先生と直接話したことなど一度もないという。それを聞いたシャルロットがペレの事務所兼自宅に連れていってくれることになったのだ。ル・コルビュジエもかつてペレの事務所で働いていたことがあるそうだ。

まだ十月の終わりなのに、木枯らしのような冷たい風が通りを吹き抜け、そのたびにマロニエの枯葉が舞い上がる。コートを着てくればよかったと紫郎は思った。

「ああ、いた、いた」

井上が通りの向こうを指さした。

二人に気づいたシャルロットが「こっちよ」と背伸びをしながら手を振っている。

「シロー、おとといの夜は何とか逃げられたのね」

「ああ、まあね。僕は足には自信があるんだ」

紫郎はとぼけて答えた。

「最上階がペレ先生のご自宅になっていて、毎週日曜日の午後にお茶の会が開かれるの。いわゆるサロンね。いろんな有名人が来るのよ。今日は誰に会えるかしら。楽しみだわ」

白いひげをたくわえたオーギュスト・ペレの風貌は威厳に満ち、古代ギリシャの哲学者ソクラテスの肖像彫刻を思わせた。シャルロットによれば「ちょうど六十歳のはず」だ。

「君はうちの学生だって？　ちゃんと授業には出ているのかな。見覚えがないぞ」

ペレがニヤリと笑った。

「お言葉ながら一度も欠席したことはありません」

井上は直立不動で答えた。

カンヌの伊庭家と似た造りの広い居間が奥まで続いている。部屋のあちらこちらに十人余りの人影が見えた。

「先生、私は井上の友人で日本から来たシローと申します。先生はなぜ鉄筋コンクリートの技法を採用されたのですか」

「ほお、君も建築を勉強しにきた留学生かな？　ずいぶん率直な質問だね。もはや誰も尋ねなくなった質問だが、そこに本質があるともいえるな。コストが安い、建設の時間が短縮できる。まあ、そういう理由もあるのだが、石を積み上げる建築とは違った可能性を追求できると考えたんだよ」

ペレは左手でひげを触りながら、ゆっくりと話した。日本人にも聞き取りやすいようにという配慮かもしれない。

「どんな可能性でしょう。鉄筋コンクリートでも美を表現できる。そういう意味でしょうか」

紫郎が畳みかけた。

「ほお、君はなかなか良いことを言うね。どんな可能性……か。そこを考えるのが建築家の仕事であり、醍醐味でもあるんだよ」

ペレは禿《は》げ上がった頭を何度も右手でこすった。

「おやおや、ずいぶん楽しそうな話をしているねえ」

横から目の大きな白人の老紳士が話に加わってきた。後ろに控えているのは奥方だろう。この太い眉毛の老紳士には見覚えがある。紫郎は必死に思い出そうとした。

「あら、あなたは先日の。教会でお目にかかりましたね」

奥方が口を開いた。

「ええっと、ああ、はい。ドラクロワの大きな絵のある教会で」

思い出した。サン゠シュルピス教会でガマガエルたちを欺いてくれた老夫婦だった。

「おお、あの時の青年ですか。無事に逃げられたようですね」

「は、はい。お陰さまで。ありがとうございました」

「ポール、君たちは知り合いだったのか」

ペレが老紳士と紫郎を見比べた。

「一度会っただけだよ」

老紳士は笑った。

「シローはヴァレリー氏とお会いしたことがあるのね」

横からシャルロットが驚いたように尋ねた。

「ヴァレリー氏って、あのポール……？」

「まさか知らなかったの」

シャルロットが笑った。

「ポール・ヴァレリー先生とは存じ上げず、失礼いたしました。あなたの講演録を読みました。あ、あの、マグロの血が地中海に……」

紫郎はしどろもどろになった。開け放たれた窓からエッフェル塔の優美な姿が見えることに今頃気づいた。

「あの講演録を読んでくれたのかい。それは光栄だねえ。そういえば、さっき君は鉄筋コンクリートでも美を表現できるかと言っていたね。まさに、それを実現したのがオーギュストの画期的なところさ。機会があればル・ランシーの教会を訪ねてみるがいい。彼は鉄筋コンクリートという手法を使って、あの厳粛な空間をつくり上げたのさ」

ヴァレリーは「座ってゆっくり話そう」と紫郎を促した。

井上とシャルロットが紫郎の両隣に腰かけ、向かいのソファーにヴァレリー夫妻とペレが座った。知らぬ間に七、八人の老若男女が彼らの周りに集まり、耳を傾けていた。

「つまり近代的な手法と伝統的な美の規範は同居できるということですか」

紫郎は言った。

「ははは。聞いたか、オーギュスト。この日本の青年の問いかけを。素晴らしい。こいつは愉快だ。『最大の自由は最大の厳格より生まれる』。ある本に私はそう書いた。シロー、君はこの意味が分かるかな?」

ヴァレリーが訊くと、周囲の紳士や淑女たちの視線が紫郎に集まった。

「日本には俳句という非常に短い定型詩があるのをご存じでしょうか。五七五の十七音だけを使い、さらに季語という季節を表す決まった言葉を入れなくてはなりません。つまり厳格なルールに縛られているわけですが、松尾芭蕉という俳句の名人はその制約の中で無限の広がりを持つ名句を次々と生み出した。もし五七五のルールがなかったら、芭蕉の作品はつまらないものになったかもしれません。先生のお言葉を聞いて、私はそんなことを考えました」

普段よりフランス語がすらすらと出てきた。

周囲から感嘆の声が上がった。ヴァレリーとペレは顔を見合わせて笑っている。

こんなサロンが東京にあればいい。自分がサロンの主人になって、異国からやってきた若者の考えを聞いてみたい。紫郎はそんなことを考えていた。

芸術談議は延々と夜まで続いた。

エピソード7

パリ〜鮫島

「アンドレってやつは、どうにも憎めない男だったね。女にも金にもだらしないんだけど、あいつの笑顔を見ていると、もうどうでもよくなっちゃうんだよなあ」

近づいてくるパリの街を車窓からぼんやり眺めながら、井上清一が言った。

もうすぐリヨン駅に到着する。紫郎と井上、丸山熊雄、岡本太郎の四人は一九三五年の夏を南仏カンヌで過ごしてきた。坂倉準三は忙しくて行けないと残念がっていた。紫郎にとっては一年ぶりのカンヌだった。

「ああ、カンヌで知り合ったユダヤ人だろう？　女にも金にもだらしない、か。同感だ。そういう意味ではシローと似ているね」

丸山が言うと一同はどっと笑った。

「そりゃないよ、マルさん。そのうちアンドレ・フリードマンは立派な写真家になるよ。そんな予感がするんだ」

紫郎が頭をかいた。

「そういえば、タローはアンドレにくっついてきた少年のような女の子と二人きりで話し込んでいたな」

紫郎が太郎の背中を小突いた。

「なんだ、見ていたのか。ああ見えても彼女はアンドレよりいくつか年上なんだ。やつの恋人なのかもしれないが、ちょっと複雑な事情があるようだったな。彼女もユダヤ人だしね。ドイツ出身だけどフランス語も達者で、ポーランドのパスポートを持っていて……。そのあたりは深く訊かなかったが、どうやら彼女にはイタリアかどこか他の国に昔の恋人がいるらしい。ずいぶん悩んでいたよ。アンドレなんかやめて、僕の女になりゃいいのに」

他の三人が同時に「なりゃしないよ」「なるわけない」「おまえだけはない」と声を上げ、また全員が一斉に笑った。

リヨン駅の構内は相変わらず薄暗い。しかもやけに風が冷たいなと紫郎は思った。まだ九月下旬だというのに、もうパリには夏の気配はほとんど残っていないようだ。

改札の向こうに見覚えのある姿を見つけた。

「やあ、川添君。久しぶり」

「さ、鮫島さん。いったい、どうして」

「うちのボスが君に会いたいそうだ。ご一緒のお友達には悪いが一人で来てくれるかな」

鮫島一郎は有無を言わさぬ調子で言った。相変わらず仕立ての良い背広を着ているが、今日は珍しく真っ赤なネクタイを締めている。

「ボ、ボスって、満鉄の所長ですか。確か、龍馬のご子孫でしたよね」

「ああ、ちゃんと覚えていてくれたか。坂本龍馬と後藤象二郎の子孫が幕末以来七十年ぶりにパリで再会か。私が新聞社か通信社の特派員なら、早速、本社に打電するところだ。さあ、あそこに金田君を待たせてある。お友達の皆さん、申し訳ありませんが、川添君を借りていきますよ」

ルノーの後部座席に乗り込んだ紫郎はミラー越しに目が合った金田に会釈した。あの時より、さらに痩せたように見える。四十歳ぐらいかと思っていたが、もう少し年上かもしれない。

「先日はどうも」

「いいえ、どういたしまして。よろしいですか。出発いたします」

金田は表情を変えず、金属的な声で事務的に応じてアクセルを踏んだ。ルノーのエンジンは二度、三度と唸り声を上げたが、咳き込むようにして止まってしまった。

「も、申し訳ございません。どうも今朝から調子が悪くて。あれ、おかしいですね、今日に限って」

金田が狼狽した。

「金田君、あわてなくてもいいよ。そういう日もあるさ。そうだ、これを口実にして、新型のシトロエンに買い替えてしまおうか」

鮫島が一人で高らかに笑った。

「ああ、かかりました。こんなことは今日が初めてです。申し訳ございません。きちんと整備しておきます」

コンコルド広場とマドレーヌ寺院を結ぶロワイヤル通りの中ほどでルノーは静かに止まった。

「マキシム」の看板を掲げたレストランだ。オーギュスト・ペレのサロンで知り合ったポール・ヴァレリーやアンドレ・ジッドたちの会話に何度も登場する店だった。

「ムッシュー・サメジマ、ムッシュー・サカモトがお待ちかねです」

ドアマンが飛んできて恭《うやうや》しく言った。

「メルシー、ベルナール。私はすぐこっちに戻ってくる。後でディアボロ・グルナディンを持ってきてくれ、金田の分もな」

ドアマンと顔なじみのようだ。

「おや、いつものディアボロ・マントではなく……。ああ、なるほど、今日の赤いネクタイに合わせてというわけですね。さすがはムッシュー・サメジマ。グルナディンを二杯、かしこまりました」

「ふふふ。ベルナール、君はなかなかの男だな。私が出世したら、君を秘書にしたいよ」

鮫島は若いドアマンの背中をポンとたたいた。

アール・ヌーヴォーの意匠で埋め尽くされた絢爛たる内装に紫郎は圧倒された。モンパルナスのラ・クーポールやル・ドームも日本の店に比べれば明らかに洗練されているが、若い留学生でも気軽に出入りできるオープンな空気がある。しかし、この店は少々次元が違っていた。

「所長、連れてまいりました。川添君です」

「よく来てくれたね。満鉄の坂本です」

骨ばった四角い顔、黒々とした髪、太い眉、精悍な目……。坂本龍馬の子孫という先入観があるからか、どこか龍馬に似ているようにも見える。

「は、初めまして。川添紫郎と申します」

紫郎は自分の声が緊張で震えているのが分かった。

「鮫島、ご苦労だった。君はもう事務所に戻っていいぞ」

坂本は紫郎の目を真っすぐ見据えたま、鮫島に言った。

「私は外で見張っています」

「うむ、そうか。頼む」

「はっ、失礼します」

鮫島は紫郎の顔をちらりと見て、にこりと笑って出ていった。

「あ、あの、母が勝手なお願いをしたそうで、た、大変ご迷惑をおかけしました」

紫郎がぺこりと頭を下げた。しどろもどろになっているのが自分でも分かった。

「いやいや、君の父上の猛太郎先生には言葉では言い尽くせないほど世話になったんだ。おもんさんにもずいぶん助けられたものさ。ところで、鮫島は役に立っているかな」

「ファシストの暴漢たちに襲われた時、危ういところを鮫島さんに救われました」

「うん、その件は報告を受けているよ。ファシストの暴漢たちか……」

そこに背の高いフランス紳士が現れた。坂本とは旧知の間柄のようだ。

「オクターヴ、お客さんを紹介しよう。彼はリョーマの同志、ショージローの孫なんだ」

「おお、リョーマの同志！　ようこそ、マキシムへ。オクターヴ・ヴォーダブルと申します」

「シロー・カワゾエです。何年か前にこのマキシムを買って再建されたお方ですね。素晴らしいお店で感激しています」

紫郎はペレのサロンでこの店の噂を何度も耳にしていた。

「川添君、パリに来てまだ一年なのによく勉強しているねえ。今のマキシムの繁栄はオクターヴの努力のたまものさ。この店は以前から社交場としてにぎわっていたんだが、徐々に風紀が乱れてきた。彼はこの店を買って、客層を絞ったのさ。著名人と富裕層にね。今ではヨーロッパ各国の王族たちもよく来るようになった」

ヴォーダブルは「ありがたいことです」とうなずいた。

「オクターヴ、前菜はフォアグラのテリーヌだったね。ワインは何がいいだろう。やはりシャトー・ディケムかな」

ヴォーダブルが後ろを向いて何か合図するとソムリエが飛んできた。

「フォワグラのテリーヌでしたら、年代物のディケムと合わせれば格別でございます」

中年のソムリエが即答した。

「一八九三年のディケムがあります。マキシムが開店した年ですよ。当時、たくさん仕入れたようですが、今は酒蔵に三本しか残っておりません。日本の封建社会を終わらせた英雄のご子孫の邂逅《かいこう》を祝して、特別にご用意いたしますよ。いかがでしょうか」

ヴォーダブルが笑みを浮かべながら言った。

「残り三本か。もちろん、お願いするよ。私は一八九二年生まれだからマキシムより一歳年上というわけか」

坂本は感心したように何度もうなずいた。

いったい勘定はいくらになるのか。紫郎はめまいがした。経費は潤沢に使えると鮫島が言っていたくらいだから、所長ともなれば自分の裁量で何とでもなるのだろう。

坂本は松岡洋右《ようすけ》の補佐としてジュネーブで開かれた国際連盟総会に随行し、孤立の道を選ぼうとする日本の代表団の中で「欧米との戦争は回避すべきだ」と主張して孤軍奮闘したという。何十年も昔を回想するような話しぶりだが、わずか二年半前の出来事だ。

「国際連盟を脱退した後、日本は完全に孤立しつつありますね。いったい、これからどうなるんでしょう」

紫郎が身を乗り出した時、フォアグラとディケムが運ばれてきた。フォアグラにはディケムのジュレが添えられている。

「日独伊の接近は絶対に避けなければならない。アメリカとは組まないにしても、日本は英国と組む必要がある。私はそう考えているよ」

坂本はそう言いながら、グラスに注がれていくディケムをじっと見つめた。

「すっかり飴色《あめいろ》になっているな。さすがは四十年物だ」

「これ、白ワインですよね？」

「そうだよ。熟成が進むとこうなるんだ。ああ、さっきの話の続きだがね。とにかく貧乏国の日本が同じ貧乏国のドイツやイタリアと組んでもゼロ足すゼロはゼロにすぎない。日本の孤立を避けるためにも、フランスは味方につけなければならい」

「はい」

「そのために私は『フランス・ジャポン』をつくったんだ」

満鉄が読売新聞の松尾邦之助を好待遇で編集長に招き、日仏の文化交流を促進する雑誌を創刊したことは紫郎も知っていた。

「日本とフランスの接着剤は文化だというわけですね」

「君は理解が早い。さすが後藤象二郎翁の孫だ」

フォアグラの濃厚な甘みとディケムの芳醇な甘みが相乗効果を生み、奥行きのある複雑な香りが鼻腔いっぱいに広がる。紫郎は坂本の話を聞きながら、フランス料理の奥の深さに感動していた。莫大な富を背景に、何世紀にもわたって最高の食を追求してきたヨーロッパの歴史の厚みには圧倒される。日本はこんな奥の深い文化を築き上げた西欧文明と正面から向き合っていかなければならないのだ。

「ところで川添君、君は何をやりたいのかな」

「映画です」

「ふむ。映画監督を志望しているということかな」

「いえ、日本の優れた映画を世界に紹介し、世界の優れた映画を日本に持ってくる。そんな仕事をしたいと考えています」

紫郎はパリに来て以来、毎週のように映画を見ていたが、坂本もヨーロッパ各国を飛び回りながら、各都市で時間があれば映画を見ているという。

メインの舌平目の蒸し焼きが運ばれてきた。メートル・ドテルが坂本と紫郎の皿に移し、中骨を外してソースをかけると、紫郎がこれまで経験したことのない香りが立ち上った。

「素晴らしい香りですね。このソースはバターと、それから……」

紫郎はメートル・ドテルを見た。

「はい、たっぷりのバターにノワイー酒とフォン・ド・ヴォーを合わせた特製のソースでございます」

紫郎が「ノワイー?」と首をかしげると、メートル・ドテルはすかさず「南仏のドライ・ヴェルモットでございます」と説明した。

舌平目に合わせて用意された白ワイン、バタール・モンラッシェの一九二〇年物が残りわずかになった頃、坂本が「よし、決めた」と改まった声で言った。

「川添君、君に任せることに決めたよ。日本に行ってめぼしい映画を買いつけてきてくれないか。パリで上映会をやって、有力者に見てもらうんだ。どんな映画でもいいが、日本に好意を持ってもらえそうな作品でないと困るな。映画の力で親日派のフランス人を増やしていこうじゃないか。金の心配はしなくていい。満鉄がすべて面倒を見る」

「は、はい。よろしくお願いします」

紫郎は深々と頭を下げた。

「お二人にご紹介したい方がいます。彼は私の親友なのです」

ヴォーダブルの後ろに鼻筋の通った痩身の紳士が立っていた。あの大きな目。雑誌や新聞で何度も目にしている顔だと紫郎は思った。坂本もすぐに気づいたようだった。

ジャン・コクトーだ。二人は手にしていたコーヒーカップを置いて立ち上がり、フランスを代表する知識人に敬意をこめて挨拶した。

「おくつろぎのところ申し訳ありません。実は来年、日本を訪ねることになっているのです。お話をうかがってもよろしいでしょうか」

コクトーは坂本と同じくらいの年齢だろう。

「もちろんです、コクトーさん。どうぞ、おかけください」

坂本が言うと、コクトーは紫郎の横に腰かけた。

「日本に行ったら友人のフジタには必ず会うつもりなんだけどね。ほかに誰を訪ねたらいいかな。君はどう思う？」

コクトーは正面に座っている坂本ではなく、横にいる紫郎の目を見つめながら尋ねた。同年配の坂本に向ける言葉より、ずいぶん口調がくだけている。かつて彼が溺愛《できあい》した作家ラディゲにもこんな口調で話したのだろうか。

坂本はその空気を察したのかニヤニヤしながら紫郎を見ている。

「そ、そうですねえ。日本の伝統文化を知っていただきたいから、やはり歌舞伎役者でしょうか」

紫郎はコーヒーカップに目を落としながら話した。

「おお、カブキ。素晴らしい。カブキ、ノウ、ブンラク。どれも素晴らしい。名案だね。そうすることにしよう。シロー、君はなかなかフランス語が上手だね。もうパリは長いのかな？」

コクトーは紫郎の肩に手を回した。

「いえ、まだ一年余りですよ」

「ほお、それでこれだけ話せれば上出来だな。まだ若そうだが、年はいくつかな？」

「一九一三年、バレエ・リュスがストラヴィンスキーの『春の祭典』を初演した年の生まれです。僕はモンテカルロで『春の祭典』を見ました。コクトーさん、あなたはバレエ・リュスでも素晴らしい仕事をされていますね」

「ああ、感激だな。君はそんな古い話まで知っているのか」

「ラディゲは一九〇三年生まれですよね。僕よりちょうど十歳上だから記憶に残っています。僕はまだ東京にいる頃、堀口大學という詩人が訳したラディゲの『ドルヂェル伯の舞踏会』を読んで感銘を受けました。コクトーさん、ラディゲが亡くなった時はどんなお気持ちだったのですか」

紫郎は一気にまくしたてた。坂本を見ると、眉をひそめて「ダメだ」と合図を送っている。それを訊くんじゃない、タブーだぞ、と言いたいのだろう。そんなことは承知のうえで尋ねているのだ。ストレートに訊くのが一番ではないかと紫郎は開き直った。

「シロー、君はすべて知っているんだろう？　それで僕が長らくアヘン中毒になってしまったこども……」

コクトーは泣こうか、笑おうか、決めかねているような顔をした。

「深い悲しみから救ってくれるのは時間だけだと誰かが言っていました」

紫郎は初めてコクトーの目を真っすぐに見た。

「もう心の傷は癒えたかと訊いているのかい」

「どうなんですか」

「ふふふ。君はユニークな若者だねえ」

その瞬間、大きな風船が割れたような鋭い破裂音がした。

コクトー、坂本、紫郎、少し離れたテーブルの前に立っていたヴォーダブルの四人が一斉に身を低くする。

さっきと同じ音がまた大音量で炸裂し、コクトーが小さく悲鳴を上げた。

明らかに銃声だ。

口ひげを生やしたドアマンが速足で入ってきてヴォーダブルに耳打ちしている。引き締まった体つきの中年男だ。さっきの若いドアマンの上司だろう。

「なにっ、撃たれましただと？　ドミニク、だ、誰が撃たれた？」

ヴォーダブルが血相を変えて声を荒らげた。

「ムッシュー・サメジマです。店を封鎖します。皆さん、危険ですから、奥に退避してください」

ドミニクと呼ばれたドアマンの長らしき男がよく通るバリトンの声を響かせた。しかし、すでに紫郎はコクトーの腕を振りほどき、猛然と走り出していた。

「ム、ムッシュー！　危険です。お待ちください！」

ドミニクの叫び声が後ろから聞こえる。

そこでもう一発、鋭い銃声が耳をつんざいた。

近い。店の前か。急発進するエンジンの音がする。車ではない。あれはオートバイだ。

鍵のかかったドアを開け、店を飛び出した紫郎は走り去るバイクの後ろ姿を呆然と見送った。二人乗りだった。

「ム、ムッシュー、ムッシュー！」

若いドアマンが仰向けになった背広の男にすがって泣き叫んでいる。鮫島のシャツはネクタイと同じ色に染まっていた。

「肩と腹だ。おい、ありったけのナプキンを持ってこい」

紫郎は若いドアマンに怒鳴った。

「ナ、ナ、ナプ、ナプ、ナプ……」

彼は腰を抜かしたうえ、歯の根も合っていない。

「お前の店の商売道具だ。売るほどあるだろう！」

紫郎に大量のナプキンが差し出された。ドミニクと呼ばれたドアマン長だった。

「よし、あんたは左肩の傷口を押さえていてくれ。僕が腹を止血する。そうだ、その前に救急車を頼む」

紫郎がナプキンを裂《さ》きながら叫んだ。

「今から呼んでもすぐには来ません。私が車を出します」

ドミニクがバリトンを響かせた。

「わ、分かった」

坂本とコクトー、ヴォーダブルも外に飛び出してきた。

「川添君、鮫島は？」

坂本の声は少し震えている。

「まだ息はしていますが、出血がひどくて」

「ドミニクの車でアメリカン・ホスピタルに向かってください。電話で話を通しておきます。あの病院には信頼のおける友人がいますから、どうぞご安心を」

ヴォーダブルは意外と落ち着ていた。

「おーい、こっちにも被害者がいるぞ」

コクトーがルノーの運転席をのぞきこんでいる。

坂本があわてて駆け寄った。

「か、金田！」

大声を上げた坂本の肩越しに、金田の後頭部が見える。彼は居眠り運転をするような格好でハンドルに突っ伏していた。

ドミニクがルノーの大型車レナステラを店の前につけた。マキシムの従業員が五人がかりで鮫島と金田を乗せ、続いて坂本と紫郎が乗り込んだ。

「ドミニクは元軍人で、マルヌの戦いでも功績を上げた歴戦の勇士です。彼にお任せください。神のご加護があらんことを」

ヴォーダブルが素早く十字を切った。

「時間がありません。シャンゼリゼ通りとヌイ通りはパリで最もスピードの出せる道です。飛ばしますよ。よろしいですか」

ドミニクがアクセルをふかした。

「ああ、頼んだぞ。鮫島の命がかかっている」

坂本の声はもう震えていない。

命がかかっているのは鮫島だけか。確かに金田はもう息をしていないように見える。一発目は鮫島の肩に当たり、二発目が腹に命中したのだろう。

二発目と三発目の間には少し時間があった。

三発目を食らったのが金田だとして、鮫島が撃たれたというのに、彼はずっと運転席にいたのだろうか。あるいは最初に撃たれたのが金田なのか。

「あなたは襲撃を目撃したのですか」

紫郎がドミニクに訊いた。

ルノーは猛スピードで凱旋門めがけて直進している。モーリス・アロンのルノーに乗ってカーチェイスを繰り広げた日を思い出す。相手になった金田と鮫島が今や瀕死の状態で同じ車に乗っている。

夢にしては出来すぎの悪夢だった。

「私は店内のクロークの前にいました。最初の銃声を聞いて外に出ると、ムッシュー・サメジマが左肩を押さえながら走っているのが見えました。ムッシュー・カネダのルノーの陰に隠れようとしていたのだと思います。私は店内に危険が及んではいけないと判断して店の扉を閉め、まずはボスに報告したのです」

元軍人らしく、銃声を聞いても取り乱したりはしていない。ドミニクの記憶は正確だろうと紫郎は思った。

「僕はオートバイで逃げる二人組の後ろ姿を見ました。敵はバイクで急襲してきて、後ろに乗っていたやつが鮫島さんを撃ったのでしょうね」

「いや、どうでしょうか。あの銃声は拳銃で、ライフルではありません。走っているオートバイの後部座席から拳銃で狙いを定めるなんて……。もしそうだとしたら、よほど訓練された軍人か殺しのプロです。私は射撃訓練では小隊で一番か二番でしたが、それでも命中させる自信はありません。犯人が二人だとすれば、まず一人に不意打ちで肩を撃たれ、ルノーの陰に潜んでいたもう一人に腹を撃たれたのだと思います。銃声は三発でした。最後に運転手を撃って、停めておいたオートバイに乗って逃げたのでしょう」

紫郎は考え込んだ。ドミニクの推理は理にかなっているが、どうも腑《ふ》に落ちないところがある。

「おかしいと思わないか、川添君」

やはり坂本も疑問を抱いていたようだ。

「肩を撃たれた鮫島はルノーの陰に隠れようとして、そこでもう一人の敵に撃たれた。本当にそうなのか。金田は運転席にいたんだよな。不審な男、まあ女かもしれんが、不審な人間が自分の車の脇に隠れていたのに、あいつは全く気づかなかったのか？」

「窓は開いていました。銃声が二発もすれば、たとえ居眠りしていても飛び起きるでしょう。しかし、金田さんは運転席から一歩も動かず、そこで撃たれていました」

「謎だらけだな」

坂本は剃り残したひげがないか確かめるような手つきでしきりにあごを撫でた。

「そのあたりは警察がしっかり捜査してくれるでしょう」

「いや、満鉄としては痛くもない腹を探られたくはない。オクターヴは警察や軍関係に顔がきくし、私にもルートはある。そのあたりはうまく処理してもらうことにしよう」

坂本は苦い薬を無理やり飲みこむ時のような顔をした。

満鉄は裏でスパイらしき仕事をしている。紫郎はそんな噂を何度も耳にしていた。捜査の対象になっては困ることが本当にあるのかもしれない。むしろ、そう考えるのが自然だなと彼は思った。

ルノー・レナステラはヌイの高級住宅街に入った。

相当なスピードで走っているのに、タイヤが悲鳴を上げる場面は今のところ一度もない。このドミニクという元軍人の底知れぬ能力に、紫郎は恐ろしさを感じていた。マキシムを超高級店に押し上げたヴォーダブルが重用するのもうなずける。

表向きはドアマンだが、実際は店のガードマンなのだ。

アメリカン・ホスピタルの救急入口に到着すると、待ち構えていた六人の救急救命士と看護師が手際よく二人を運び出した。彼らの態度から、やはり金田の命はもう尽きているのだと紫郎は悟った。

翌朝、アメリカン・ホスピタルを訪ねた紫郎は、鮫島の意識が戻らないこと、金田はほぼ即死だったことを知らされ、そのまま引き揚げてきた。

今のところ新聞やラジオのニュースにはなっていない。坂本とヴォーダブルが手を回したのだろう。それにしても、いったい誰が襲撃したのか。紫郎には見当もつかなかったが、坂本には心当たりがあるのかもしれない。

紫郎はその足で日本大使館に向かった。昨年、佐藤尚武大使に挨拶するため一度だけ来たことがある。父親代わりの深尾隆太郎が旧友の佐藤大使に宛てて「パリに留学する紫郎をよろしく頼む」と手紙を出したと聞いていたから出かけたのに、その日は大使に緊急の用事が入ったらしく、面会は五分足らずで打ち切られてしまった。

モーリス・アロンは富士子らしき若い日本人をタクシーに乗せ、大使館で降ろしたと話していた。大使館に行けば富士子の消息が分かるかもしれない。そう考えてずっと再訪の機会をうかがっていたのだが、なかなか口実が見つからなかった。

チャンスをくれたのは伊庭家の長男マルセルだった。彼の少々たどたどしい日本語が耳に残っている。

「シロー、お願いがあります。絹江さんに会って、これを直接渡してきてくれませんか。できれば、彼女の気持ちを聞き出して……」

紫郎はマルセルが気合を入れて毛筆でしたためたという手紙を託されたのだった。

「北大路《きたおおじ》の長女、絹江でございます」

絹江は紫郎を五分ほど待たせて応接室に現れた。大使館の幹部、参事官の娘だ。色白の丸顔に目尻の下がった細い目、ほどよく丸みを帯びた体つきは、大和撫子《やまとなでしこ》の典型だと紫郎は思った。

「いえ、こちらこそ、お時間をいただきまして。川添紫郎と申します」

「川添さん、伊庭のおじさまから私宛てに預かっているものがあるとおっしゃっていましたが、本当はおじさまではなく、マルセルさんの差し金でしょう」

「は、はあ。すっかりお見通しですね」

両手で恭しく手紙を差し出した紫郎の仕草を見て、絹江はクスッと笑い、笑いはやがて溜め息に変わった。

会話が途切れて静寂が訪れ、さっきからピアノの音が小さく鳴っていたことに紫郎は気づいた。題名は忘れてしまったがエリック・サティの曲だ。

「絹江さん、そんなに大きな溜め息をついて……。どうなさったんですか」

「マルセルさんはとても優しい方ですよね」

「え、ええ。裏表のない、人懐こい男で、僕はすぐに仲良くなりました」

「そうですよね。そんな素晴らしい方が私のことを。世の中、うまく行きませんね」

絹江はまた深い溜め息をついた。サティの風変わりなメロディーが続いている。

「うまく行かないといいますと？」

「私の口からは言えません」

絹江は目の前の紅茶をティースプーンで何度もかき回した。

「つまり、マルセルの気持ちはうれしいけれど、絹江さんには他に思いを寄せている方がいるということですね？」

絹江はスプーンを置いて、笑っているような、泣いているような顔をして「そうね」とつぶやいた。

「絹江さんの思いはその人に受け入れられないというわけですか。マルセルの思いがあなたに届かないのと同じように」

絹江はまた泣きそうな顔で「そうね」と言ったきり、下を向いてしまった。サティの音楽が終わり、フランス語のニュースが聞こえてきた。どうやらラジオだったようだ。

「ご、ごめんなさい。変なことを言ってしまいました」

紫郎が腰かけたまま頭を下げた。

「いいえ、その通り、おっしゃる通りなんですよ」

彼女は急に顔を上げ、意を決したように目を見開いた。

「あの方は私には目もくれず、私の同級生にご執心で」

「同級生？」

「はい、女学校時代の。事情があって、今は彼女もパリに来ています。あの方の求婚をあっさり断ったのですよ。それでもあの方は彼女を諦《あきら》めきれないようで、相変わらず私には目もくれないのです」

紫郎ははやる心を懸命に抑えていた。その同級生の名前を訊きたかった。その女性こそ富士子ではないのか。ドイツの情勢を伝える短いニュースが終わり、また音楽が流れてきた。

「あの方というのは、相当なお立場にある方ですか」

いつもは単刀直入に切り込むのに、富士子のことを訊きだせない自分を紫郎は呪った。

「お名前は申せませんが、さる伯爵家の御曹司です。来月、英国に留学されるそうです。それで一緒に英国に来ないかと誘われたのです。私ではありませんよ。林田さん……」

絹江はしまったという顔をして、自分の口に手を当てた。

やはり村上明の言った通り、富士子の名字は森田ではなく、林田だったのか。つまり彼女は紫郎に本名を明かさなかったことになる。

ラジオの音楽はよく知っているシャンソンだった。パルレ・モア・ダムール。富士子によく似たリュシエンヌ・ボワイエの歌う「聞かせてよ愛の言葉を」だ。

「林田さんというのが、同級生のお名前ですね」

「ああ、失敗、失敗。口の軽い女だと思わないでくださいね」

絹江は笑った。品の良さと茶目っ気を兼ね備えた好ましい女性だと紫郎は思った。

マルセルは絹江に恋をして、絹江は伯爵家の御曹司に思いを寄せ、御曹司は林田富士子に入れあげ、この自分も富士子を忘れられない。

ならば富士子はいったい誰を思っているのだろうか。

「御曹司の求婚を断るぐらいですから、その林田さんには誰か他に意中の男性がいるのでしょうね」

ああ、ついに訊いてしまった。パルレ・モア・ダムール。

「さあ、どうでしょう。最近、小さな写真機を手に入れて、デモがあるたびに撮りに出かけているようです。写真に興味があるのか、社会問題に関心があるのか。両方かな。とにかく彼女の口から男の人の話など聞いたことがありません。女学校の頃からそうなんですよ。新しい時代の自立した女性なのでしょうね、彼女は」

絹江の話の通りならば、富士子は船で知り合った若い男の話もしていないことになる。ラ・クーポールに入るたびに、富士子の姿をきょろきょろと探していた自分が急に滑稽《こっけい》に思えてきた。そういえば太郎が「なあ、シロー。女という生き物が男と同じようにロマンチストだと思ったら大間違いだぞ」と偉そうに断言していた。あいつの言う通りかもしれない。もう富士子は自分のことなどすっかり……。

「ところで絹江さん、マルセルにはどう返事をしましょうか」

紫郎は落ち込んだ気持ちを取り繕うように事務的な口調で言った。

「実は父の転勤が決まりまして。今度はカナダです。私はパリに残って絵の勉強を続けるなり、日本に帰るなり、好きにして構わないと父は言ってくれているのですが」

絹江は「いったい、どうすればいいのでしょう」と目で訴えていた。自分のことなのに、自分では決められない性格なのだろう。

「北大路参事官はカナダ大使にご栄転なさるのですね。おめでとうございます」

「あ、ありがとうございます。この人事が栄転といえるのか、私には判断できませんが」

「マルセルには、脈がないから諦めろと言っておきますよ」

「そ、そんな。マルセルさんはとても優しい方なんですよ」

絹江は両手で顔を覆った。

「男はロマンチストですから、彼はいつまでもあなたを想い続けますよ。絹江さんにその気がないのなら、はっきり言ってあげた方がいいのです。傷つくかもしれませんが、心の傷は時間が癒やしてくれます」

紫郎は自分に言い聞かせるようにきっぱりと言い切った。

リュシエンヌ・ボワイエの歌はいつの間にか終わっていた。マルセイユ駅で別れてから一年。紫郎がパリに来ているのは分かっているはずなのに、富士子が自分に連絡を取ろうとした形跡はない。ラ・クーポールでアグネスには何度か会ったのだが、あの背の高い日本女性はその後見かけなくなったと言っていた。

薄着をしてきたせいか、大使館からの帰り道は秋風が身に染みた。


紫郎と井上は昨年の暮れに日本館を出て、モンスーリ公園近くのレイユ通りに建つ白壁の家で共同生活を始めていた。日本式に数えれば三階に家主の画家夫妻が住み、一階はガレージになっている。二階は二十五畳ほどの部屋にキッチンとシャワーのついたアトリエで、紫郎と井上が二人で住むには十分すぎる広さだった。道路をはさんだ向かい側には水道の貯水池が見える。


「シロー、お帰り。どうだった？」

井上はソファーに寝転んで本を読んでいた。

「ダメだ。全くダメだ」

「ええっ。鮫島さんって人、助からなかったの」

井上が飛び起きた。

「ああ、いや……。そっちの話か。意識不明が続いている。面会謝絶だった」

紫郎はテーブルに置いてあるグラスを手に取って何度か回した。飲みかけの赤ワインが半分ほど残っている。

「何だよ、そっちの話って。あっちとか、こっちの話もあるのか？」

「いや、何でもない」

その瞬間、キッチンの陰から急に人が飛び出してきた。

「ヤア、シロー、ヒサシブリ」

左右の眉毛がつながった彫りの深い顔立ちの小柄な白人が、あっけにとられている紫郎の頭をポーンとたたいた。

「アンドレじゃないか。びっくりさせるなよ。来ていたのか」

「ボクダケジャナイヨ。モウヒトリイル」

アンドレ・フリードマンが後ろを向いて手招きすると、短髪の若い女性が大笑いしながら出てきた。

「ごめんなさいね、シロー。イノとアンドレがたくらんだいたずらよ。シローが帰ってきたら急いで隠れろだなんて、まるで子供ね」

まだフランス語がおぼつかないアンドレと違って、ゲルタ・ポホリレはドイツ語、フランス語、英語を流暢《りゅうちょう》に操った。

「君はアンドレと一緒に住んでいるのかい?」

いたずらが成功して大喜びしている井上とアンドレをにらみつけるように、わざと怖い顔をしながら紫郎が訊いた。

「ええ、エッフェル塔の近くに安いアパルトマンを見つけたの。狭い部屋が一つしかないんだけど、新しくて清潔なのよ」

ゲルタは紫郎からグラスを奪って残りを飲み干した。彼女とアンドレは一年前に知り合い、夏のカンヌで急接近したようだ。

「シロー、カノジョノシゴトガキマッタヨ。スゴイダロウ」

「仕事？　写真の？」

「アリアンス・フォト・エージェンシーの助手だってさ」

井上が横からフランス語で説明した。

「フォト・エージェンシーって、雑誌の編集者に写真家を紹介する仕事だろう？」

紫郎は空になったゲルタのグラスにワインを注いでやった。

「うん。マリア・アイスナーっていう若くてきれいな女性が一人で切り盛りしているらしいよ。彼女はいわば社長秘書として雇われたんだね。その女社長はアンドレがベルリン時代に知り合った旧友だそうだよ。なあ、アンドレ？」

井上は唐突にアンドレの手を取って指相撲を始めた。

「マリアモビジンダケド、カノジョノホウガカワイイダロウ？」

アンドレがゲルタを見ながら話しているすきに、井上が彼の親指を押さえつけた。

「勝った、勝った」

「ズルイヨ、ハンソクダ、モウイッカイ！」

無邪気な二人を見て、紫郎は肩をすくめた。

「肝心のアンドレの仕事はどうなんだ。撮影の依頼は来ないのか」

「シロー、そこなんだよ、問題は」

井上がアンドレの指を振りほどき、急に真剣な顔をした。

「ど、どうしたんだよ、イノ」

「僕たちでアンドレを何とかしてあげようよ」

「僕たちでって言ってもなあ。アンドレの写真の腕は確かだと思うよ。あのトロッキーが演説している写真を見ただろう。こいつは社会人としては頼りないけど、カメラマンとしては底知れぬ才能を持っているぞ。それは間違いない」

紫郎はアンドレの肩を人差し指で小突いた。

「僕たちの知り合いでなんとかできる人物がいるとすれば」

井上が腕を組んで考え込んでいると、紫郎が「あっ」と叫んだ。

「イノ、いるじゃないか、一人。あいつだよ」

「そうか、城戸か」

井上がテーブルをタンとたたいた。

紫郎と井上が「城戸、城戸」と言いながら手を取りあって踊り出すと、ゲルタとアンドレも「キド、キド」と節をつけて歌い始めた。

「ところでキドって何なの？　日本のお菓子かしら」

ゲルタが踊りながら訊いた。

「キドを食ったらおなかを壊すぞ。なあ、シロー」

井上が笑った。

「キドという男がいるんだ。日本の新聞社のパリ支局にいる特派員さ。トロツキーを撮った売り出し中のフォト・ジャーナリストだって紹介して、あいつから何か仕事をもらおうじゃないか」

紫郎はアンドレの手を取って言った。

「ソ、ソンナコトデキルノ？」

「大丈夫、僕たちに任せてくれ。よし、善は急げだ。アンドレ、カメラを持って一緒に来いよ。これから毎日新聞に押しかけよう」

紫郎は厚手の上着を羽織り、さあ、さあ、と三人を促した。

「チョ、チョョットマッテ。ボクノライカ、シチニイレテルンダケド」

「はあ？」

「質に入れただって？」

紫郎と井上は同時に立ち止まり、ゆっくり振り返ってアンドレをにらんだ。

「そうなのよ。安いアパルトマンだけど、それでも家賃が払えなくてね。私の給料が出たら取り戻すわ」

ゲルタが小さくなって言った。

「分かった、分かった。毎日新聞のライカを借りればいいさ。城戸は美人に弱そうだから何とかなるよ。よし、面白くなってきたぞ。世界にはばたくフォト・ジャーナリストの誕生だ」

井上が気勢を上げると、紫郎とゲルタも「ブラボー」と叫んだ。

当のアンドレもいまひとつ事情がのみこめないという顔をしながら「ブラボー」と繰り返した。

世界にはばたくフォト・ジャーナリストか。うん、いいぞ。ひょっとすると、これは正夢になるかもしれないと紫郎は思った。

エピソード8　富士子とゲルダ

「おとといのメーデーもすごかったけど、今日のデモはお祭り騒ぎになりそうだな。この選挙で人民戦線が大勝ちするのは間違いないし、フランス人が浮かれたくなる気持ちも分かるよ」

一九三六年五月三日昼、チャーハンをかき込みながら紫郎が言った。

一フランで満腹になれると評判の中国料理店に仲間たちが勢ぞろいしていた。カルチェラタンのサンジャック通りにある上海楼だ。店内はフランスの学生はもちろん、中国やベトナムなどからの留学生でぎっしり満員になっている。

「そういえば、アンドレはメーデーのデモを撮りに行って、毎日新聞から借りたライカを壊しちゃったんだって？　売り出し中の名カメラマン、ロバート・キャパ様にしては大失態だな」

岡本太郎がビールをチビチビとなめるように飲んでいるロバート・キャパこと、アンドレ・フリードマンの肩を小突くと、アンドレは人差し指を口に当てて「シーッ！　ノン、ノン」と大げさに首を振った。

「なんだよ、もうみんな知ってる話だろう？」

アンドレの手からグラスを奪って太郎が口をとがらせた。

「タロー、ライカの件は城戸が何とか後始末をしてくれたから大丈夫さ。それより公衆の面前でこいつの正体を明かすのは一応タブーなんだよ。キャの字は禁句だ。まあ、そのうちバレるとは思うんだけどさ」

紫郎が太郎のグラスにビールを注いだ。

「ああ、そうだった。しかし、アメリカ人のロバートのキャの字と名乗っただけで仕事が増えるなんてことがあるのかね」

声を潜めて言ったつもりのようだが、太郎の声はこのテーブルの誰よりも大きかった。しかし、上海楼名物の大盛りチャーハンと格安のビールで浮かれ騒ぐ学生たちの熱気にかき消され、聞き耳を立てる客など一人もいない。

井上清一と城戸又一、丸山熊雄は、隣の広いテーブルに陣取った白人学生の集団と一緒に「インターナショナル」を歌い始めた。

「タロー、依頼はドッと増えたわよ。笑っちゃうぐらいにね。無名のユダヤ人ではなく、気鋭のアメリカ人カメラマンとして売り出せば効果はあるだろうとは思っていたんだけど、効果がありすぎて驚いちゃったわ。それからご存じだと思うけど、私もゲルタ・ポホリレ改め『ゲルダ・タロー』になったのよ。どうぞ、よろしくね」

相変わらず少年のように見える短髪のゲルダが笑いながら言った。

「タローってさ、僕の名前を取ってくれたのかい？　まさかカンヌの犬じゃないだろうね」

太郎がギョロ目をゲルダに向けた。

「さあ、どうかしら。種明かしはしないことにしているの。ねえ、ゲルダ・タローって、語呂がいいでしょ？」

「うん、いい響きだ。グレタ・ガルボを連想させる」

映画に入れ込んでいる紫郎がハリウッドの人気女優の名を挙げると、ゲルダは「そうでしょ」と、まんざらでもなさそうな顔をした。

「いやー、皆さん、おそろいで。おやおや、あんな歌を大声で歌って。イノ、キド、それにマルちゃんまで、みんな共産党に入ってしまったのですかねえ」

坂倉準三がシャルロット・ペリアンと一緒にやってきて、狭い座席になんとかもぐりこんだ。

「あら、シロー、今日はあのピアノの上手なお嬢さんは一緒じゃないのね？」

シャルロットが紫郎の顔をのぞき込んだ。

「シロー、あなたは女の扱いがうまいから、軽い気持ちで付き合っているのでしょうけどね、お智恵さんに惚れている男は多いんですぞ。ほら、何といいましたっけね、お智恵さんが通っていたコンセルバトワールの先輩で……」

「高浜虚子の息子って人だろう？」

坂倉が言い終わる前に紫郎が即答した。

「そう、それそれ。彼以外にも彼女を狙っている男はたくさんいるんです。つまりシロー、我らが女神、原智恵子嬢を君が奪えば、多くの男たちの怨《うら》みを買うことになる。男の嫉妬は恐ろしいといいますからねえ。いひひひ……」

坂倉が笑うと、シャルロットも「いやあね」と言いながら釣られて笑いだした。

「彼女は朝からピアノのレッスンさ。アルフレッド・コルトーの個人教授を受けているんだ。それに僕らはそんな関係じゃないよ」

紫郎はことさら平静を装った。

「シロー、例のフジコちゃんとお智恵さん、どっちを選ぶんだい？」

背の高い白人に肩車された井上が天井に頭をぶつけそうになりながら陽気に叫んだ。右手に箸、左手にビール瓶を持った城戸と丸山が瓶をカウベルのように打ち鳴らし、井上の後ろで「フジコ、チエコ、フジコ、チエコ」と呪文のように繰り返している。

富士子の名を聞いて、紫郎はさっきゲルダから耳打ちされた話を思い出した。彼女は一昨日、メーデーのデモを撮影する日本人らしき長身の若い女性を目撃したという。話しかける前に人ごみに紛れて見失ってしまったが、紫郎から聞いていたフジコという女性に間違いない。ゲルダはそう断言した。ただし、髪の毛は彼女と同じぐらい短かったという。

「ところでシャルル、鮫島さんの具合はどうなんだい？」

紫郎は城戸たちの呪文を振り払うように話題を変え、シャルル・デュソトワールに訊いた。彼は二メートルの巨体を小さな座席に押し込み、器用に箸を使ってちまちまと八宝菜をつまんでいた。

「まだ肩の調子は良くないはずですが、あちこち出歩いて何かを調べ回っていますよ。最近めっきり口数が少なくなりましたし、私が手伝いますと申し出ても聞いてくれないのです。信頼していた金田さんに裏切られ、誰も信用できなくなったのでしょうか」

「少なくともシャルルのことは信用していると思うよ。確かに金田さんの件には驚いたけどね」

アメリカン・ホスピタルの集中治療室で意識を取り戻した鮫島は、金田が襲撃犯と話しているのを聞いた、恐らく金田は内通者だったのだと証言した。その金田は撃たれて即死している。口封じのためだろうと誰もが容易に推理できた。そうでなければ辻褄が合わなかった。

鮫島は、自分の肩を撃ったのはかつてポン・ヌフ橋の下でたたきのめしたファシストの一人だと断言した。彼が話した背格好や人相から推して、あのガマガエルに違いないと紫郎は思った。しかし、自分の腹を撃ったもう一人の正体は分からない、街のチンピラではなさそうだったと話したきり、鮫島は口をつぐんでしまった。

「さて、腹ごしらえも済んだし、そろそろ出かけようか。みんなはどうする？」

遠くから教会の鐘の音が聞こえてきたのを合図に、紫郎が切り出した。

「ごめん、ビールでいい気分になっちゃった。僕はもう少しこの店にいるよ」

太郎が両手を合わせて拝むようなポーズを取ると、坂倉や井上たちも同調した。

彼らとは夜にオペラ座前広場で落ち合うことにして、紫郎とキャパ、ゲルダ、デュソトワールの四人は二台のオートバイに分乗してレピュブリック広場に向かった。大規模なデモが始まる時間だった。

紫郎はエッフェル塔の近くで修理工場を営んでいるモーリス・アロンの友人、テオから中古のモトベカンを買っていた。テオは使い物にならなくなった車やバイクをタダ同然で仕入れ、何とか走れるくらいに修理して格安で売っているのだ。紫郎のバイクを見て興味を持ったキャパも同じ型のモトベカンをテオから買ったばかりだった。

紫郎たちがレピュブリック広場に着いたのは午後二時過ぎだった。すでに何千という学生や労働者が集まって、口々に「ファシストを追い詰めろ」と叫んでいる。

紫郎は広場の中央にある台座の上に立つ女性像を見上げた。マリアンヌだ。マロニエの花々がむせかえるような甘い香りを放っている。

フランス人にとっては見慣れた「自由の女神」かもしれないが、紫郎にとってマリアンヌは富士子の化身だった。井上たちがはやし立てたように、最近彼の前に現れた若きピアニスト、原智恵子に強く魅かれ始めているのは間違いない。しかし、富士子を忘れたわけではなかった。彼女はきっと現れる。デモを撮影しにくるに違いない。紫郎はそう確信していた。

キャパとゲルダは「撮影に行ってくる」と言い残し、マリアンヌ像の裏側に回っていった。

「おい、あいつ知っているぞ。日本人だ」

デモ隊の中にいる子供のような顔をした若いフランス人が紫郎を指さした。

「日本人だって?」

「ドイツ野郎の仲間だ」

「ファシストだ」

同じような年頃の男たちが次々と集まり、紫郎を取り囲んだ。日本といえばファシズムという短絡的な連想がパリの知識人にまで浸透し始めたのは、この年の二月に起きた二・二六事件の影響も大きかった。パリのキヨスクで売っている新聞の一面に「ジャポン、ドラゴン・ノワール（黒龍会）のクーデター」の大見出しが躍っているのを見て、腰を抜かしそうになったのを紫郎は思い出した。

「おい、日本野郎、どのツラさげてここに来ているんだ。今から何が始まるのか分かっているのか。我らが人民戦線の勝利は目前だ。ファシストの出る幕じゃないぜ」

ニキビだらけの若者が唾《つば》を吐いた。

「君たち、およしなさい。この人はファシズムに反対している。フランスにもファシストはたくさんいるでしょう。日本にも反ファシズムの志士はたくさんいるのです。それが分かりませんか」

紫郎を取り囲む輪にデュソトワールの巨体が割って入った。

「あいつはソルボンヌのラグビー選手だ」

「十人がかりでもかなわないぞ」

「黒人だがフランス代表に推す声もあるらしい」

「構うもんか」

「三十人もいれば何とかなるさ」

「そうだ、そうだ」

「黒人をのさばらせるな」

「黒人のくせに偉そうな口をききやがって」

いったん広がった輪がまた狭まってきた。何十人もの若者たちが紫郎とデュソトワールを幾重にも取り囲み、にじり寄ってくる。

「やれやれ。こいつらの方がよっぽどファシストじゃないか。さて、シャルル、どうしようか。ここは正面突破かな？」

紫郎が大男の肩に手をかけて言った。

「いいえ、いけません。ここで暴れたらけが人は一人や二人ではすみませんよ」

さすがのデュソトワールも打つ手なしといった顔をしている。

「おい、まずいぞ」

若者たちの一人が鋭く叫んだ。紫郎とデュソトワールを囲んでいる輪の外側が急に騒がしくなった。

「なんだ、なんだ」

「あ、愛の十字架団だ」

「清らかな名前だが、あいつらの愛はファシズムへの愛だからな」

「やつら、何をするか分からないぜ」

「逃げろ」

二人を囲んでいた輪はあっと言う間にほどけ、代わりにバラとドクロを組み合わせた不気味なマークをつけた制服姿の集団が迫ってきた。

「シローさん、私たちも逃げましょう」

「どっちに」

「とりあえず、デモ隊の方に。あのドクロの軍団はデモ隊より危険です」

紫郎とデュソトワールは全力で走った。マロニエ、リラ、アカシア……。様々な花の香りが複雑に入り交じっている。急に雨が降ってきた。

「シャルル、さすがに速いな」

「シローさんの足も素晴らしいですよ。私のチームのウイングになればトライを量産できます」

マリアンヌ像の裏に回ると、ここでもデモ隊とファシストの小競り合いが始まっていた。ファシストが少し押しているようだ。雨が激しさを増してきた。雨音と怒声と花々の甘い香りが異様な不協和音を奏でている。

「ふ、富士子さん」

「えっ、どこですか？」

紫郎はマリアンヌ像を指していた。富士子はマリアンヌ像の台座によじ登り、茶色の上着をカメラの雨よけにしながら、デモ隊とファシストの衝突を撮っていた。

「彼女、やるじゃない。やっぱり、あの人がフジコさんなのね。メーデーで見かけたのは彼女よ。同じライカを持っていた。間違いないわ」

いつの間にか紫郎の横にゲルダが立っていた。

二メートル以上はありそうな高い台座の上でライカを構える富士子の姿は、やはりマリアンヌの化身そのものだと紫郎は思った。

「あっ、危ない」

ゲルダが叫ぶより先に紫郎が走り出していた。デュソトワールも続いた。ファシストが富士子を引きずり降ろそうとしている。彼女のスラックスの裾をつかんでいる男に紫郎がタックルし、よろけて落下する富士子をデュソトワールががっちりと受け止めた。

「シ、シロー、あなたなの？」

デュソトワールの太い腕に抱えられた富士子が紫郎に顔を向けた。ゲルダの言った通り、髪を短くしている。

「ああ、久しぶり。元気そうだね。いや、ちょっと元気すぎると言った方がいいかな」

デュソトワールが富士子を抱えたままファシストの群れをかき分けて道をつくり、紫郎が後に続いた。

大男の腕から降りた富士子はバレリーナのように背筋を伸ばして真っすぐに立ち、デュソトワールを見上げて「どうもありがとう」と礼を言った。

「どういたしまして。お怪我はありませんか」

「ええ、大丈夫よ。助かったわ」

「私はシャルルと申します」

「富士子です。あなたはシローのお友達?」

「はい。シローさんは私の親友です。フジコさんの話を何度もしてくれました」

「おいおい、シャルル。何度もっていうのは大げさだろう」

紫郎は赤くなって頭をかいた。

「富士子さん、髪を切ったんだね」

「えっ? ええ……。私は変わったのよ。もう日本にいた頃の私じゃない。うん、そうね。そう腹をくくるために切ったの。思い切り短く、バッサリと。やっと見つけたのよ、自分の進むべき道を。このパリで」

「自分の進むべき道?」

「カメラで真実をとらえて、世界中の人に伝えるの。ファシズムがいかに恐ろしいか。いかに非道なことが行われているか。それに今、ファシズムに反対する人たちが団結しようとしているでしょう。この姿を伝えたいの。今のリアルな現実を。一枚の写真には多くの人々を動かす力がある。そう信じているのよ。危険があっても構わない。私はこのライカを持って、どこにだって出かけていくわ。命をかけて。ところでシロー、あなたはパリに来て何をやっているの?」

「自分の命をかけて?」

「そうね」

「映画……かな」

また急に周囲が騒がしくなってきた。数に勝るデモ隊に押され、愛の十字架団のファシストたちが撤退を始めたようだ。先頭を走る男に、紫郎の目は釘づけになった。

「ガマだ、ガマガエルだ。シャルル、あいつだ。鮫島さんを撃ったやつだ」

紫郎とデュソトワールは一気にダッシュしてガマを追った。

「富士子さん、どうか気をつけて。そうだ、オペラ座だ、オペラ座前広場で会おう！」

振り返りながら紫郎は叫んだ。

富士子に伝わったか自信はなかったが、今夜オペラ座前広場で選挙の投票結果が発表されるのは知っているはずだ。彼女はきっと撮影にやってくる。

それにしても、やっと富士子に会えたのに、まだろくに話もしていないのに、なぜ自分はガマを追っているのだろう。いや、当然のことをしているのだと紫郎は自分に言い聞かせた。相手は鮫島を撃った憎き男じゃないか。

ガマの後ろ姿が近づいてきた。五十メートル先にバイクが数台停まっている。そこに紫郎とキャパのモトベカンもあるのだが、ガマが知るはずもない。

「シローさん、あの男、バイクに乗りましたよ」

派手なカーチェイスをするまでもなく、シローのモトベカンはあっさりとガマに追いついた。後部座席に乗ったデュソトワールが長い手を伸ばして一突きすると、ガマのバイクはバランスを失って横転し、レ・アール（中央市場）の片隅の街灯にぶつかって止まった。

「久しぶりだな。そのガマガエルのような顔と体つきは忘れないぞ。ガマ、鮫島さんを撃ったのはおまえだな」

ガマはバイクから投げ出され、路肩に倒れている。

「知るか、そんなやつ」

ガマは額の擦り傷を手の甲でぬぐった。

「ポン・ヌフ橋の下で、僕と会ったのは覚えているだろう？」

「忘れた」

「私が思い出させてあげましょう」

デュソトワールがガマの左腕を取り、ひじの関節を逆に伸ばした。ガマが悲鳴を上げる。

「思い出しましたか？」

「忘れたって言ってるだろう」

「もう少し力を入れましょうか。ただし、骨は折れます。よろしいですか」

「分かった、分かった、思い出したよ」

「さあ、話してください。すべてを。洗いざらい」

デュソトワールの声に珍しく怒気が交じっている。

「こいつ、狂暴なやつだなあ」

ガマが悪態をつくと、デュソトワールはまた力を込めた。ガマが絶叫した。

「分かった、もうやめてくれ。話す、話すから」

「鮫島さんを撃ったのはおまえだな」

紫郎が問い詰める。

「撃ったといっても肩だぞ。殺さないように撃ったんだ。それに俺は命令されただけなんだよ」

「命令？　誰の命令ですか」

デュソトワールがまた力を入れた。

「い、痛てて。おい、やめろよ。はっきりしたことは分からねえんだよ。ドイツ人ということしか知らねえんだ」

「ド、ドイツ人だって？　なぜドイツ人がフランス人のおまえに命令するんだ。鮫島さんを撃てと言われたというのか？」

紫郎はわけの分からぬ話にいら立った。また雨足が強くなってきた。

「本当だから仕方ねえだろう。サメジマといったっけな、あの日本人は。そのサメジマのボスの何とかという男が、日本とイギリスを組ませようと画策しているらしくてな。ドイツとしちゃあ、それが気に食わなかったらしい。日本とイギリスが手を組むなんて悪夢なんだとさ。ソ連がどうのこうのとも言っていたが、それ以上詳しい話は知らねえな」

ガマは口から出まかせにデタラメを言っているわけでもなさそうだ。むしろ、あり得る話だと紫郎は思った。

「では、なぜボスではなく、鮫島さんを襲ったのですか」

デュソトワールが言った。彼も相当にいら立っていた。

「そんなこと、俺が知るわけねえだろう。そう命じられただけだ。あのドイツ野郎はサメジマって男の運転手を手なずけていたんだよ」

「金田さんのことだな」

紫郎はガマの襟をつかんで問いただした。

「カネダ？　ああ、そんな名前だったな。ドイツ野郎はドイツと組んだ方が日本の国益になるとカネダに吹き込んだんだ。ボスを暗殺したりすれば一大事になるから、部下のサメジマをターゲットにすればいいと提案したのは、その運転手らしいぜ」

「金田さんは撃たれて即死したんだ。おまえが撃ったのか」

紫郎はガマの襟をつかんだまま叫んだ。

「大声を出さなくても聞こえてるよ。ドイツ野郎はボスに脅迫状を送ったと言っていた。部下に大怪我を負わせれば、脅迫状は本物だというメッセージになる。そうだろう？　俺の仕事はそこまでのはずだった。本当だ。運転手もそのつもりだったに違いない。ところがドイツ野郎はいきなりそのカネダって男を撃ちやがったんだ。口封じのつもりだろうな。サメジマにもう一発食らわせたのもそいつだ。完全にイカレた野郎だぜ」

坂本は脅迫状のことなど一言も言わなかった。やはり心当たりがあったのか。

「そのドイツ人の名前は？　今どこにいるのですか」

デュソトワールが声を荒らげた。

「名前なんて俺に教えるはずがないだろう。ましてや居場所なんて。俺がただの街のチンピラだって、もう分かってるんだろう？　被害者なんだよ、俺も」

ガマは開き直った。口封じのために金田が撃たれたのだとすれば、そのドイツ人はなぜガマも消さなかったのか。やはりガマはデタラメを言っているのか。

「シローさん、もういいでしょう。これ以上追及しても、何も出てきませんよ」

「そうだな。解放してやろう」


午後八時、オペラ座前広場にはデモ隊が次々と集結していた。何千、何万という人たちが肩を組んで「インターナショナル」を歌い、口々に「ファシストを追い詰めろ」と叫んでいる。今や人民戦線はファシズムに対抗する希望の星になっているのだ。雨はすっかり上がっている。

「ファシズムも共産主義も同じだよ」。あのモーリス・アロンの言葉が紫郎の頭をよぎった。同時に、希望に燃える富士子の上気した顔も浮かんだのだが、なぜかすぐに消えてしまった。果たしてソ連のコミンテルン主導の人民戦線に希望を託していいのだろうか。紫郎は「インターナショナル」の大合唱にどこか違和感を覚えていた。

「おーい、こっち、こっち」

坂倉が陽気に手を振っている。シャルロット、井上、太郎、丸山、城戸もそろっていた。

「そろそろ選挙結果が発表されるよ。あそこのスクリーンに映写されるんだってさ。なかなか凝った演出だよね。日本じゃ考えられない」

井上はなんだか楽しそうだ。二十メートルほど離れた街灯の下にキャパとゲルダの姿が見える。投票結果の発表を待ちわびる群衆を撮っているのだ。

スクリーンに投票結果が映し出された瞬間、地鳴りのような歓声が巻き起こった。予想された通り、人民戦線が勝利を収めた。これで社会党の首相の誕生が確実となった。

一週間後、一九三六年五月十日に発行されたグラフ雑誌「ヴュ」には、オペラ座前広場で熱狂する群衆を活写した写真がたくさん掲載された。

紫郎はそのうちの一枚に「フジコ・ハヤシダ」のクレジットがあるのを見逃さなかった。拳を突き上げて叫んでいる何人かのフランス人にピントを合わせているが、その向こうに腕組みをして困ったような顔をしている紫郎とデュソトワールが写っていた。やはり富士子はオペラ座前広場に来ていたのだ。後ろに写っているのが紫郎とデュソトワールであることは彼女も認識していたはずだ。

紫郎の家を訪ねてきた智恵子が大喜びでその写真を切り抜き、いそいそとノートに貼りつけている。紫郎は写真と同じ複雑な顔をして、彼女の作業を見つめていた。


「威彦さん、重光さん、お久しぶりです。長旅でお疲れでしょう」

一九三六年十一月七日午前、紫郎はシテ・ユニヴェルシテールの日本館で従兄の小島威彦と深尾重光を出迎えた。小島は文部省精神文化研究所の助手を務めている。二人はヨーロッパの植民地になっているアフリカ諸国を視察した後、マルセイユに入港した。しばらくパリに滞在し、年が明けたらドイツやイタリア、イギリスなどヨーロッパ諸国を見て回るつもりだという。

「僕が友達と一緒に住んでいた家を二人のために空けてあります。すぐ近くですから歩いていきましょう」

「悪いな、紫郎君。友達まで追い出してしまって」

紫郎の親代わりになってくれた深尾隆太郎の長男、重光が言った。

「いやいや、心配は無用です。彼はリュクサンブール公園の隣に立派なアパルトマンを見つけて住んでいますよ。僕もモンパルナス墓地の隣に引っ越したんです」

紫郎はつい最近まで住んでいたモンスーリ公園近くのアトリエ付き住宅に従兄二人を案内した。

「お邪魔しています。原です。原智恵子と申します」

エプロン姿の智恵子が出迎えた。くっきりとした富士額と愛くるしい大きな目は十分に美人の要件を満たしているが、彼女の魅力は愛嬌たっぷりの笑顔と姉御肌のさっぱりした性格にあるというのが衆目の一致するところだった。

「お疲れでしょうから、すき焼きで滋養をつけてくださいね」

「ほお、すき焼きか」

「牛肉なんて久しぶりだよ。紫郎君は幸せ者だな」

小島と重光が口々に言った。

「いつもこんなご馳走を作ってあげているわけじゃありませんよ。今日は特別サービスです。

シローも少し手伝ってね」

「はい、はい」

「なんだ、もういっぱしの夫婦みたいじゃないか」

小島がからかった。

「うん、うまい。こんなうまいすき焼きは初めてだ」

重光が感嘆の声を上げた。

「ありがとうございます。すき焼きといえば、日本では霜降りのロースと相場が決まっているでしょう？　でも、必ずしも霜降りが一番というわけでもないんですね。フランスの肉は脂身が少ない代わりに、旨味がすごく強い。だから美味しいんだわ。私、神戸育ちだから牛肉には詳しいんですよ」

「ちゃんと日本製の醤油までそろえているんだな」

小島がキッチンにある醤油の一升瓶を指さした。

「ああ、それですか。苦労して手に入れたんですよ。醤油ってフランスの料理にも合うんです。だからマルセイユの波止場に日本船が着く日になると、フランスのあちこちから醤油欲しさに料理人が集まってくるそうですよ。私のアパルトマンにもう一本あるから、その瓶はここに置いていきます」

「原智恵子さんといえば、将来を嘱望されているピアニストだろう。こんなに家庭的な女性だとは思わなかったなあ」

重光が智恵子をまじまじと見つめて言った。

「智恵子さん、ごちそうさまでした。ル・ドームというカフェで毎日新聞の城戸と待ち合わせているんだ。紫郎君、案内してくれないか」

小島が言った。小島と城戸は東大の同期なのだ。坂倉準三も東大で一年先輩に当たるはずだが、小島は「全く記憶にない」と首を振った。荷物の整理をするという重光を残して小島、紫郎、智恵子の三人はモンパルナスに向かった。

街路樹のマロニエやプラタナスはほとんど葉を落とし、赤や黄色に染まった無数の落ち葉が一足ごとにサクサクと音を立てる。そのリズムが心地よかった。

「ついに日独防共協定が成立しそうだね。私は来年、ドイツに行ってナチスの実態をこの目で見てこようと思っているんだ。紫郎君の意見が聞きたいね」

「防共協定とはつまり反ソビエト、反コミンテルンですよね。それはいいとして、協定を結ぶ相手が悪すぎます。ナチスですからね。まあ、そんなドイツの現状を肌で感じてみたいという気持ちは僕にもありますよ。威彦さんの土産話が楽しみだな」

「スペインで内戦が始まっただろう。あれはどう思う?」

三人の左手にはモンパルナス墓地が広がっている。墓地を抜けて吹きつけてくる風はひんやりとしているが、身が引き締まるような感じがして、紫郎はこの道を歩くのが好きだった。

「反乱を起こしたファシストのフランコをドイツやイタリアが後押ししていますね。一方で人民戦線政府をバックアップしているのはソ連です。多くの知識人が『反ファシズム』を叫んで義勇兵として続々とスペインに乗り込んでいますが、彼らはいったい何のために戦っているのでしょう。僕にはだんだん分からなくなってきましたよ。もちろん反ファシズムのため、自由を守るためかもしれませんが、実際はソ連のコミンテルンのために戦っている。そんな図式になってしまっているんじゃないかと思うんです」

モンパルナス通りとラスパイユ通りの交差点が見えてきた。

「威彦さん、この四つ角がモンパルナスの中心です。あれがメトロのヴァヴァン駅。こっちがル・ドーム。ここさえ覚えておけば絶対に迷子にはならない。待ち合わせ場所もこのル・ドームか、その先のラ・クーポールにしておけば間違いありませんよ」

ル・ドームの奥の席で待っていた城戸は、小島の姿を見つけるなり相好を崩した。

「いやあ、小島がシローの従兄とはねえ。世の中は狭いものだなあ」

「ははは、全くだな。ところで城戸、君に相談があるんだ。日独防共協定の調印が確実になって、フランスもなんだか殺気立っているだろう？　こんな時こそ、日本人とフランス人が本音で語り合う場が必要だと思うんだよ。シンポジウムか座談会のような場をつくれないかな。君ならアランやアンドレ・マルローといった人たちを呼べるだろう？」

紫郎と智恵子も横から「それはいい」「素晴らしいアイデアね」と援軍を出した。

「日仏座談会か。悪くないね。しかし、仮にフランスの有力な知識人を引っ張り出せたとして、日本サイドは誰が出席するんだ？」

城戸は根本的な問題を指摘した。

「城戸、君は出てくれるよな。私も出よう。ル・コルビュジエの事務所で建築をやっている坂倉さんにも出てもらいたいね。丸山君という東大の後輩も大変な秀才らしいじゃないか。みんな紫郎君の仲間なんだよな？　そうだ、紫郎君、君も出ればいい」

「インテリの威彦さんなら分かるけど、僕が座談会に？　アランやマルローのような有名人が相手なんですよね。ちょっと無理がありませんか」

「いや、きっとできるさ」

小島は真剣だった。絵に描いたような正統派の二枚目だからか、小島がそう断言すると、本当にやれそうな気がしてくるから不思議だった。

「そうだ、座談会に先立って日本映画の上映会をやりませんか。マルローのような知識人に日本の映画を見てもらうんですよ」

紫郎はカフェ・ノワールを一口飲んで続けた。

「実は先日、日本に帰って新作映画を一本買いつけてきたんです」

「えっ、なんだって？」

城戸と小島が同時に声を上げ、そろって怪訝《けげん》な顔をした。

「会社を始めたんですよ」

「か、会社を？」

「始めただって？」

淡々と述べる紫郎の横でいたずらの共犯者のような顔をして智恵子がにこにこ笑っている。

小島と城戸はあっけにとられていた。

紫郎は二人に名刺を差し出した。「フィルム・エリオス　代表　川添紫郎」と印字されている。住所はパリのシャンゼリゼ通りだ。

「日本の映画をフランスに紹介し、フランスの映画を日本に紹介する。それが仕事です」

「この住所は満鉄の隣か、隣の隣あたりだな。満鉄が絡んでいるのか？　いずれにしても一等地だ」

城戸が新聞記者らしく鋭く指摘した。

「ええ、まあ。それでフィルム・エリオス社が取り扱う映画の第一弾として、熊谷久虎監督の『情熱の詩人　啄木』を持ってきたわけです」

「そうか、熊谷さんは日活だよな。君の実の親父さん、後藤猛太郎氏は日活の初代社長だったから、まだつながりは残っているってことだな？」

「さすが、威彦さん。まあ、そんなところですよ」

「しかし、いくら後藤猛太郎さんの子息でも、日活だって商売だからなあ。そんな資金、どこから調達したんだ？　やっぱり満鉄か？」

城戸がまた急所を突いてきた。

「まあ、そのあたりは企業秘密ということで。この映画は代用教員として郷里の村にやってきた石川啄木が主人公なんですよ。啄木は自由で進歩的な教育を村の学校に持ち込もうとする。しかし、古い因習にとらわれている地元の有力者たちの反感を買って追放される。そんな話です。フランスの知識人は関心を持つと思うんだけどな。啄木は歌人だし、特にフランスの詩人なら共感するはずですよ」

「えー、日仏座談会、無事に終了いたしました。いやあ、正直に申しまして実現の可能性は低いと思っておりましたが、皆さまのおかげで何とかなりました。心より御礼申し上げます。えー、今夜は日仏座談会の成功、二月に開いた『情熱の詩人　啄木』上映会の成功、それから原智恵子嬢のショパン国際ピアノコンクール優勝を祝しまして、盛大なる会にしたいと思っております」

一九三七年五月二日夜、ラ・クーポールの一角におなじみの面々が集まり、城戸が乾杯の音頭を取った。

「ちょ、ちょっと待ってくださ～い」

智恵子が学校の授業のように手を挙げ、起立して発言した。

「ショパンコンクールの話ですが、優勝ではないんです。聴衆賞です、聴衆賞」

彼女は同じ単語を二度繰り返して着席した。

「いいえ、皆さん。智恵子さんの賞は優勝に匹敵する賞ですのよ。この際、私から説明させていただけませんでしょうか」

智恵子の計らいで留学先のブリュッセルからパリにやってきた十七歳のバイオリニスト、諏《す》訪根自子《わねじこ》が立ち上がって発言した。

他のテーブルにいるフランス人の客まで一斉に彼女に視線を送った。智恵子も美人だが、根自子は誰もが振り向くような洋風の美少女だった。いや、日本人の目から見れば西洋人のようだが、フランス人にはエキゾチックなアジアの美女と映っているのだろう。彼女はパリに来てめきめきとバイオリンの腕を上げているから、その美貌と相まって世界的なスターになるかもしれないと期待されていた。

「ワルシャワのショパンコンクールに出場する前に、智恵子さんはモンマルトルにあるルービンシュタイン先生のお宅を訪ねて、ショパンの『マズルカ』の極意を教わったそうです。マズルカはポーランドの魂と言ってもいいでしょう。智恵子さんのピアノはコンクール会場の聴衆を魅了しました。ところが審査結果は十五位だったのです」

根自子は活動弁士のような調子をつけて、コンクールの経緯をドラマチックに語った。日本語など分かるはずもない他のテーブルのフランス人も彼女の語りに耳を傾けている。いつもは騒がしいラ・クーポールがコンサート会場のように静まり返った。

「結果を聞いて聴衆が騒ぎ出しました。十五位なんてありえない、と。智恵子さんは聴衆の魂を揺さぶるようなピアノを弾きました。演奏のテクニックの良しあしとか、そんな次元を超越した本物の深い感動を与えたのです。それなのに十五位という不当な順位。聴衆の不満は収まりませんでした。そこで会場にいた大富豪が機転をきかせ、智恵子さんに『聴衆賞』を贈ろうと提案したのでした」

坂倉が真っ先に拍手すると、みんながそれに続き、やがて店内は「ブラボー」の嵐となった。

根自子に促されて再び立ち上がった智恵子はアンコールを受けたピアニストのように何度もお辞儀をして、手を振って歓声に応えた。

「えー、皆さん。こうして日本のピアニストが国際的な舞台で認められるのは大変うれしいことでございますね。昨日の日仏座談会ではいろんな議論が出ましたが、ここは出席者の代表として小島さんにお尋ねしましょう。最も印象に残った発言は何でしょうか」

城戸が名司会者ぶりを発揮し、座を仕切ってみせた。

「アンドレ・マルローが直前になって出席できなくなったのは残念でしたが、ルイ・アラゴンやポール・ニザンをはじめ、当代一流の知識人が出席して真摯に発言してくれたのは大きな収穫でした。我々としては現在の日本やアジアの状況について彼らがどう考えているのか、もっと掘り下げて訊きたかったのですが……」

小島はそこで一息つき、ビールを喉に流し込んで続けた。

「アラゴンをはじめ出席者の大半が強調したのは、自分たちは諸君がヨーロッパを勉強してきたほどには日本を勉強してこなかったということでした。日本ではフランスの文学や絵画は盛んに紹介されています。哲学にしてもデカルトやモンテーニュ、パスカルの時代からベルクソンに至るまで、熱心に研究、翻訳されています。アラゴンたちはこう言いました。それに引き換え、自分たちは全く日本を知らない、勉強もしていない。だから君たちに教わりたい、日本の古典のフランス語版を出してほしい、と。それに日本の作家の翻訳や日本映画の紹介にも力を入れてほしい、と。彼らの本音に触れて、我々のなすべきことが見えてきました。以上です」

小島が演説を終えると、また拍手が巻き起こった。「我々のなすべきこと」のくだりで小島が自分に視線を送ったのに紫郎は気づいていた。

日本文化の紹介か。自分の進むべき道はこれなのだと彼は再認識した。「命をかけて、自分の進むべき道を行く」。そう宣言した富士子の顔がふと浮かんだ。髪を短くした富士子の顔が……。

「どうしたの、シロー。怖い目をして」

智恵子が顔をのぞき込んだ。

「い、いや、何でもないよ。ネジコちゃんの言った通り、ショパンコンクールの聴衆賞は優勝と同じくらいの価値があるね。素晴らしいよ。さあ、飲もう、飲もう」

「もしもし、シロー、僕だよ。モンマルトルのサクレ・クール寺院に来ているんだ。ゲルダもいる。シローに伝えておきたい話があってね。これから来られるかい？」

一九三七年七月十四日の夜、紫郎はキャパに呼び出された。スペイン内戦の取材で各地を飛び回っていたキャパとゲルダは短い休暇でパリに戻っているという。

紫郎はモトベカンを駆ってモンマルトルの丘を上った。智恵子を誘おうかと思ったが、キャパは「一人で来て」と言った。

キャパとゲルダはサクレ・クール寺院の前に並んで立ち、夕日に染まっていくパリの街を眺めていた。

「やあ、ちょっと久しぶりだね。二人とも大活躍だな。以前は君たちの写真が載った新聞や雑誌はすべて買っていたんだけど、とても追いつかなくなったよ」

紫郎は後ろから声をかけた。振り向いたキャパとゲルダの顔は逆光になっているが、なんだか浮かかない顔をしている。

「どうしたんだい。ケンカでもしたのか？」

「フジコという名前だったよね、あの背の高い女の子。素晴らしい写真を何枚も撮っていた」

キャパがポツリ、ポツリと切り出した。

「ああ、富士子さんのことか。彼女は自分の進むべき道を見つけたと話してくれた。僕は驚かなかったよ。写真に命をかけているアンドレとゲルダを知っていたからね。彼女のクレジットのある写真を雑誌や新聞で何度か見たよ。どうやらスペインに行ったようだ」

「ええ、マドリードで会ったのよ。お酒を飲みながら三時間ぐらい話したかな。彼女、シローのこと好きだったのね。とても。あなたにはそんな素振りは見せなかったかもしれないけれど、女の私には分かるの。痛いほど。彼女は不器用な人だったのよ。どこか私に似ているところがあった。だから友達になりたかったのに。きっと親友になれたのに」

そこまで話したところで、ゲルダの目から大粒の涙がこぼれた。キャパも泣き出した。二人とも涙が止まらなかった。

何が起きたのか、紫郎はすぐに悟った。不思議と涙は出てこなかった。戦場で流れ弾に当たったのだという。「命をかけて」という富士子の言葉が脳裏を駆け巡った。

紫郎はその夜、ついに朝まで眠れなかった。

わずか十三日後の一九三七年七月二十七日、新たな訃報《ふほう》がパリに届いた。ゲルダがスペインの戦地で若い命を散らした。キャパは部屋に閉じこもって三日三晩泣き通した。紫郎には親友にかける言葉が見つからなかった。

エピソード9　万博と映画祭

一九三七年十一月、この年の五月に始まったパリ万国博覧会も終幕を迎えようとしていた。トロカデロ宮殿を取り壊して新築された新古典主義建築のシャイヨー宮から、イエナ橋をはさんで宮殿と正対するエッフェル塔の足もとまでが万博の会場となり、多くのパビリオンが建設された。世界各国から訪れた観客は三千万人余りに上るという。

紫郎はシャイヨー宮の前に立ち、正面のエッフェル塔を眺めている。井上清一と坂倉準三もいる。セーヌ川を渡って吹きつける風がやけに冷たい。エッフェル塔に続く大通りの両側にそびえ立つ二つのパビリオンを見て、紫郎は唇を噛んだ。

向かって左、高さ五十メートルはあろうかという直方体のいかついビルがドイツ館、右はソ連館だ。ドイツ館の屋上にはナチスの鉤十字《かぎじゅうじ》を抱いた巨大な鷲、ソ連館の屋上には労働者と農婦の像が鎮座する。ソ連館の像は高さ二十メートルもあり、労働者は槌《つち》、農婦は鎌を手にしている。

ドイツとソ連。二国のパビリオンがにらみ合うように屹立《きつりつ》し、会場を圧倒しているのだ。

「なあ、イノ。万国博覧会の会場は国際的な祝祭空間であるはずだろう？　この会場の調和と平和を台無しにしているのは間違いなくあの二つだよな」

紫郎は遠くをにらんでいる。

「あの二つ？」

井上が彼の横顔を見た。

「ドイツ館とソ連館さ。あっちに行ってみよう」

紫郎が顔をしかめて眼下を指さした。

「ああ、まったくひどいものですな。そもそも、あれは美しくありません」

坂倉も同調して歩きだした。

「美しくないね。まるで今のヨーロッパ情勢そのままじゃないか」

紫郎は灰色の空を見上げて言った。

世界大戦に敗れたドイツがついに再軍備を宣言し、それを受けてソ連が第七回世界コミンテルン大会を開いて反ファシズムの統一戦線を提唱したのはわずか二年前のことだ。一九三六年にはドイツがロカルノ条約を破棄して非武装地帯のラインラントに進駐し、フランスでは社会党や共産党などの人民戦線内閣が成立。続いてスペインで内戦が始まった。

ああ、スペイン。あの忌まわしき内戦……。

紫郎はまた唇を噛んだ。

戦場カメラマンとして戦地を駆け巡った林田富士子とゲルダ・タローの命を奪ったスペインの内戦は、人民戦線の共和国政府と旧体制の復活を目指すフランコ将軍率いる反乱軍との間で今も続いている。

「どうしたんだよ、シロー。怖い顔をして」

井上が紫郎の顔をのぞき込んだ。聞き慣れない言葉を話す背の高い白人のグループが、彼らを見下ろしながら追い抜いていった。

「イノ、あれはもはや一国の内戦じゃないよ」

紫郎が吐き捨てるように言った。マロニエやプラタナスの落ち葉が一足ごとにガサガサと音をたてている。

「内戦？　ああ、スペインの話か」

井上がうなずいた。

「ソ連が人民戦線を援助し、一方でドイツやイタリアは反乱軍を支えている。もはや共産主義とファシズムの対決だよ。ここ数年、ヨーロッパはずっと世界戦争の影におびえてきた。スペイン内戦が新たな世界大戦の予行演習にならなければいいんだけど」

紫郎はドイツ館とソ連館を交互に見た。

無数の鳩が石畳に舞い降りてきた。近くでベレー帽をかぶった初老の男が盛んにパンくずをまいている。

「うーむ。共産主義とファシズムですか。似たような対立の構図が、中国と我が国の間にも生まれてしまいましたなあ」

坂倉が少々のんびりした調子で言った。

四ヵ月前の一九三七年七月に北京郊外で起きた盧溝橋《ろこうきょう》事件、さらに八月の第二次上海事変など、相次ぐ日本軍との軍事衝突を受け、蒋介石《しょうかいせき》の中国国民党と毛沢東《もうたくとう》の中国共産党が連携する「国共合作」が成立したというニュースは、紫郎たちも深刻に受け止めていた。

「ああ、まったくだな。少なくとも、欧米の知識人たちは日中戦争をスペイン内戦と重ねて見ているね。そういえば、アンドレはゲルダと一緒に中国の戦場に行くつもりだったんだよな」

紫郎がぼやいた。鳩は一心不乱にパンくずをついばんでいる。

「最近はフランスの新聞もスペインより中国のニュースを大きく扱うようになったからね。戦場カメラマンとしては、世間の関心が高い方に行きたいってことかな。それにしてもアンドレやゲルダはスペインでは人民戦線の味方として写真を撮っていただろう？　もしアンドレが中国に行ったら、日本軍を敵とみなして取材するのかなあ」

井上がそう言って無造作に足元の小石を蹴ると、鳩の群れが一斉に羽ばたき、ドイツ館の屋上に君臨する巨大な鷲の像に向かって飛んでいった。まるで吸い寄せられるように。鳩は平和の象徴だったはずだ。皮肉なものだなと紫郎は思った。

三人はソ連館の裏に広がる林に入っていった。なだらかな丘の途中に、坂倉が設計した日本館がある。

「ここに来るのは三度目だけど、グランプリ受賞作として改めて眺めると格別だな。サカ、本当におめでとう。日本人の建築家が国際的に評価されるのは初めてだからね」

紫郎が言った。

「私も驚きましたよ。パビリオンの建築コンクールにはエントリーの手続きが必要なのに、日本の当局は見送りました。つまり辞退したわけです。にもかかわらず、審査委員長のオーギュスト・ペレは全く無名の私が設計した日本館をグランプリに選んでくれたのですからね」

これまでパリ、セントルイス、サンフランシスコ、ロンドン、フィラデルフィアなど、欧米各地で万国博覧会が開かれてきたが、どの会場でも日本のパビリオンといえば神社や仏閣、城郭など、いかにも日本らしい伝統建築で造られていた。鎌倉の大仏そっくりの巨大な仏像を造ったこともあった。オリエンタルなエキゾチシズムを前面に出して、欧米人を喜ばせていたわけだ。

ところが、すったもんだの末にようやく設計者に選ばれた坂倉は日本当局の期待をあっさりと裏切った。完成した日本館の外観は師匠ル・コルビュジエ譲りのスマートな近代建築だった。困惑した当局は「これは日本的ではない」と非難したが、後の祭りだった。

ところが日本館がオープンすると、各国の建築家や批評家の注目の的になった。「過去と現在の融合」「日本の伝統建築と西洋の現代技術の融合」といった好意的な批評が雑誌や新聞に相次ぎ掲載された。一見するとル・コルビュジエ風の近代建築のようだが、決して師匠の亜流ではなく、日本の伝統が巧みに取り入れられている。欧米の一流の建築家や批評家たちはそこを鋭く見抜いたのだった。

「サカ、君はどのくらい日本を意識していたの？」

エントランスに続く広いロビーを歩きながら紫郎が訊いた。

「私はル・コルビュジエの下で建築を学びました。だから当然、基本は西洋建築なのですが、日本で育った日本人ですからね。放っておいても日本の心がにじみ出てくるんですなあ。ここにいる優秀な助手も日本人ですしね」

坂倉は井上の肩に手を置いた。井上は坂倉の助手として日本館の設計に深くかかわったのだ。

「自画自賛になるからサカは遠慮してあまり言わないけど、この日本館には随所に日本的な要素がちりばめられているんだ。僕が解説してあげようか」

井上がうれしそうに話し始めた。

「日本館は坂の途中にあるだろう？　傾斜地をそのまま生かしたんだ。建物をいくつかのブロックに分けて、それぞれをスロープでつないでいるんだよ」

好きな短歌をそらんじるような調子で、井上がよどみなく解説する。

「そういえば『流れるような動線と変化に富んだ展示空間』という批評があったね。このスロープのおかげか。まるで日本の回遊式庭園だな。桂離宮のような」

「シロー、あなたは若いのにすごいですねえ。そこまで分かってくれると私はうれしくて踊り出したくなりますよ」

坂倉がその場で本当に踊ってみせた。

「シロー、まだまだあるよ。この菱形の格子《こうし》も、まさに日本じゃないか？」

井上が解説を続ける。

「なるほど、格子か。西洋の建物だったら、ここは石の壁だからね。これは日本の障子みたいなものだな。だから外光が入って、室内が明るいんだ」

三人は見学順路に沿ってスロープを上っていった。

「展示を見終えると、この緩やかなスロープを下ってテラスに出るんだよね。僕はあそこにある日本茶のカフェが大好きなんだよ」

紫郎は少々はしゃいでいた。

「ここは日本家屋でいえば縁側に相当します」

坂倉が自ら解説した。近くでコマドリのような鳥がさえずっている。

「なるほど、縁側か。完全に屋外ではないし、室内でもない。その中間だ。日本家屋の特徴だね」

三人はテラスのテーブル席に腰かけ、煎茶《せんちゃ》と羊羹《ようかん》を注文した。

「ご覧よ、シロー。アカシアとマロニエの木立の向こうにエッフェル塔が見える。他国のパビリオンの軸線は街路に沿って設計されているんだけど、我らがサカ先生の日本館だけは軸線が街路とは無関係にエッフェル塔を向いているんだよ」

「つまりエッフェル塔は借景……。そうか、最初から借景を意識して設計したってことか。いやあ、すごいな。さすがサカだ。このカフェのあるテラスは縁側、アカシアの林は日本庭園、エッフェル塔はさしずめ京の都から見える比叡山かな。ここでお茶を飲んでいると落ち着くのは、やっぱり日本人だからかな」

坂倉と井上は顔を見合わせてうれしそうにうなずいている。

「将来、東京にエッフェル塔のようなタワーができたら、その塔を借景にできる場所でカフェをやってみたいな」

「カフェを？　シローが？　いいですねえ。みんなが集まってきて、溜まり場になりそうですな」

坂倉が身を乗り出した。

「溜まり場か。フランス風にいえばサロンだな。そういえばシローと僕は一時期、ペレ先生のサロンに通っていたんだよ。ペレ先生のように公正な人が審査委員長で良かったね、サカ」

井上は改めて坂倉と握手した。助手の彼にとってもグランプリ受賞は誇らしい勲章に違いない。

話し込んでいるうちに、早くも薄暗くなってきた。パリの十一月は恐ろしく日没が早い。頃合いを見計らったかのように、いくつかのライトが点灯して日本館と隣のフィンランド館を照らし出した。

「グランプリは日本館だけじゃなくて、そこのフィンランド館とスペイン館も合わせた三館同時の受賞だったのですが、君たちはスペイン館を見ましたか？」

「もちろん行ったよ。三回行った」

「僕は四回だ」

井上が言った。

「もう一度、見納めに行きませんか」

坂倉の誘いを断る理由はなかった。

スペイン館は大通りを隔てた反対側、ドイツ館の隣にひっそりと立っている。三人が大通りに出るのと同時に、華々しく花火が上がった。近くの池の噴水もライトを浴びて幻想的に輝いている。向こうからかすかに音楽が聞こえてきた。

「ああ、始まりましたね。あれはほぼ毎日ここでやっている行事でしてね、音と光と水のイベント『光の祭典』っていうんですよ」

坂倉が誰かの受け売りらしい情報を得意げに話した。

「へえ、面白いね。僕はいつも午前中に来ていたから知らなかったな。しかし花火の音が大きすぎて、せっかくの音楽がよく聞こえないよ。もっと近くに行ってみよう」

紫郎は演奏家たちの目の前に陣取って耳を傾けた。オルガンのような鍵盤楽器を六台並べて六人で弾いている。見たこともない楽器だった。それに奇妙な音がする。縦笛のようでもあるし、女性の声のようでもある。ピアノやオルガンなら十本の指で同時に十の音を鳴らせるが、この奇妙な楽器は一台につき一つの音しか出せないようだ。

「ご関心がおありですか」

楽団の関係者らしき中年のフランス女性が紫郎に声をかけてきた。

「ええ、あの楽器は何でしょうか」

「最近発明された電子楽器で、オンド・マルトノといいます」

「電子楽器？」

「はい。詳しい仕組みは私にもよく分かっていないのですが、電気の力で音を奏でているのです。演奏されている曲はオンド・マルトノ六重奏曲『美しき水の祭典』。作曲者はメシアン。ご存じですか」

「オリヴィエ・メシアンですね。名前は知っています。いろいろと教えていただきありがとうございます」

メシアンの名は智恵子から何度か聞かされていた。当代フランスを代表する気鋭の作曲家だと言っていた。もっとも彼女はショパンのような古いロマン派が好みで、メシアンやミヨーといった現代作家の作品を弾くのを聴いたことはなかったが。

「電子楽器というのは面白いね。二十世紀の科学技術を生かして生まれた楽器だろう？　ピアノやチェンバロ、オルガンのような西洋の歴史を背負った楽器とは違って、伝統から切り離されているわけだからさ、こういう楽器こそ日本人が使うべきじゃないかな。日本人の独自性が出せるに違いないよ。この楽器を何十台も並べて、西洋の交響曲とも日本の雅楽ともつかないような音楽を聴かせるんだ。きっと欧米人はひっくり返るぞ」

紫郎は遠い未来を思い描くような目をしながら、井上と坂倉に熱く語った。

「シロー、あなたはいつも夢みたいなことを言いますね。いや、もちろん悪いことじゃありませんよ。何事も思い描くところから始まるわけですからね。しかし、それが実現するとしたら、私たちの子供か孫の時代じゃありませんかね」

坂倉が年上の友人らしい口調で言った。

「僕らの子供か。いいね。その頃東京にはエッフェル塔のようなタワーが立っていて、各国のパビリオンが林立する万国博覧会が開かれて……」

紫郎が遠くを眺めながら言った。時空が歪んでしまったのか、目の前のエッフェル塔が幻灯機の映像のようにぼんやりと見える。

「シローはそのタワーの見える場所でカフェを開いているってわけだね。サカはまたパビリオンを設計するんだろうな。僕は今度も助手かな。えへへ」

井上が紫郎の言葉を受けて、彼なりの夢を語った。

すっかり日が落ちた頃、三人はスペイン館に入った。

ホールの右側の壁いっぱいにパブロ・ピカソの「ゲルニカ」が描かれ、向かい合う壁にはスペインの詩人ガルシア・ロルカの大きな写真が掲げられている。ロルカは内戦が始まった直後、反乱軍を率いるフランコ将軍のファランへ党員に暗殺された。このスペイン館全体が、共和国軍（人民政府）の立場を訴える装置になっているようだった。

ゲルニカとはスペイン北部の古都、日本でいえば京都や奈良のような町の名前だ。半年前の一九三七年四月二十六日、反乱軍の援軍として派遣されたドイツ空軍の遠征部隊「コンドル軍団」がゲルニカの町を無差別爆撃した。

スペイン館の壁画を依頼されていたピカソは、このニュースを見て「ゲルニカ」を構想し、約一カ月で大作を仕上げたのだった。

その「ゲルニカ」の前には先客がいた。小柄な男が腕組みをして巨大な画面をにらんでいる。

「やあ、タローじゃないの。あなたも来ていたんですか」

坂倉が陽気に声をかけると、岡本太郎が振り向いて、珍しく暗い顔を見せた。

「この絵を前にすると、やりきれない気持ちになるんだ。でも、また見にきたくなる。そんな不思議な引力があるね、この絵には。何人もの女性が描かれているだろう？　僕にはあの家から落ちている女性がゲルダに見えてくるんだよ」

太郎が壁画の右端を指さした。

「家から落ちている？　へえ、なるほど。僕は爆弾で吹き飛ばされた女性の姿かと思っていた。まあ、どちらともいえるかな」

井上が太郎と同じように腕を組み、壁画に近寄ってまじまじと見つめながら言った。

「ここに死んだ子を抱えて泣き叫んでいる女性もいますね。まさに阿鼻叫喚《あびきょうかん》の世界ですな」

今度は坂倉が壁画の左端を指してフーッと息をはいた。

「おい、どうしたんだよ、シロー。また怖い顔をしているぞ」

井上が背中をつついた。

「あ、ああ。あの女性が気になってね。窓から身を乗り出してランプを掲げているように見えるけど、あのランプは何かの暗示なのかな」

紫郎が画中の女性を指さした。

「タローがゲルダを思い出したように、シローはフジコちゃんのことを考えているんじゃありませんか？」
紫郎は我に返ったような顔で坂倉を見た。図星だった。今日は智恵子と一緒でなくて良かったと彼は思った。

一九三七年暮れから一九三八年夏まではあっと言う間に過ぎ去った。

十二月に南京を占領した日本は一九三八年一月、中国に和平交渉の打ち切りを通告した。同年四月一日には国家総動員法が公布されている。

ヨーロッパでは三月にドイツがオーストリアを併合。ナチスの勢いはとどまるところを知らなかった。

一九三八年九月、紫郎は智恵子との挙式のため、マルセイユ港から横浜港に向かった。帝国ホテルで式を挙げ、目黒の長者丸に見つけた新居の整理が一段落したら、またパリに戻るつもりだ。一足先に帰国した従兄小島威彦の後押しもあって国際文化振興会の「海外調査員」を拝命し、映画の輸出入の仕事がますます忙しくなっていたからだ。

紫郎が下船の準備をしていると、ボーイが「警察の方がロビーでお待ちです。数名いらっしゃいますよ。これをあなたに見せてくれと言われました」と名刺を差し出した。警視庁特別高等警察の警視という肩書だ。

「おチエ、君は先に下船してくれ。なに、心配することはない。威彦さんも帰国した時、特高に尋問されたが、あっさり放免されたと手紙に書いてあった。きっと僕も同じだよ」

紫郎が港のロビーに出向くと、男が三人も待っていた。まだ残暑が厳しい時期なのに、そろって暗い色の背広を着ている。最も背の高い年かさの男が口を開いた。

「お急ぎのところ申し訳ございません。警視庁の小野寺と申します。川添紫郎さんですね」

唾液《だえき》の量が多すぎるのか、舌が長いのか、言葉を発するたびに湿り気のある音を立てる。

「ええ、川添です。特高の偉い方が何か私にご用でしょうか」

「いや、少々お尋ねしたいことがございましてね」

警視の口がまたねちゃりと音を立てた。

「何でしょうか」

「フランスの方々と座談会をされましたね」

「ああ、ずいぶん前の話ですね。ルイ・アラゴン、ポール・ニザンといった一流の人たちが出てきてくれました。日本側は毎日新聞パリ支局の城戸又一、文部省の研究所に所属している従兄の小島威彦、パリ万博の日本館を設計した建築家の坂倉準三、フランス文学者の丸山熊雄とか、まあ、そんなメンバーで話し合ったわけです」

「どんな話をされたのですか」

「新聞に載ったはずです。当然、あなたも目を通されているでしょう。あの通りですよ。何か問題になるような発言がありましたか」

紫郎は挑むように警視の目を見た。やたらと背は高いがネズミのような目をしているなと彼は思った。後ろに控えていた若そうな男が「この野郎、生意気な」と声を荒らげたが、警視が目で制した。

「出席者とフランス共産党との関係は？」

「さあね。あの座談会はフランスの一流の知識人を招くのが趣旨で、共産主義とは何のかかわりもありませんよ」

「ふふふ。さすが親戚同士というべきか、全く同じ答え方をされますね。さては小島さんから入れ知恵されましたか」

警視がまた湿り気のある陰気な音を立てた。そうか、威彦さんを尋問したのもこの小野寺か。

「とにかく、あなたは一度間違いを犯してパリに追放された身です。よく考えて行動していただきたいものですね」

「心得ています。もうよろしいですか」

「まだ終わっていません」

きびすを返した紫郎の背中に小野寺の鋭い声が突き刺さった。

「あなたは『大いなる幻影』というフランス映画を日本に送りましたね」

警視の発する言葉の粘度がさらに上がった。これが本題だったか、と紫郎は悟った。わざわざマルセイユまで見送りにきた鮫島一郎が「あれはまずかった。気をつけた方がいい」と忠告してくれたばかりだった。

「大いなる幻影」は印象派の画家ピエール＝オーギュスト・ルノワールの次男ジャン・ルノワール監督の作品だ。紫郎はルノワール監督と親しくなっていたこともあって、迷わずこの映画を買いつけた。世界大戦のドイツ捕虜収容所が舞台だ。脱走を繰り返すフランス人将校をジャン・ギャバン、収容所長をエリッヒ・フォン・シュトロハイムが演じている。シュトロハイムはオーストリア出身で、サイレント映画時代の伝説的な映画監督だ。

鮫島が言っていた。

「川添君、ルノワール監督と親しいらしいが、あの監督はナチスの宣伝大臣ゲッベルスが『敵性映画人ナンバーワン』の烙印《らくいん》を押した相手だ。それは知っているだろう?」

鮫島は自分を撃ったドイツ人の行方をひそかに追っていたから、以前にも増してナチスの動向に敏感だった。ドイツで「大いなる幻影」が上映禁止になったのも、ゲッベルスが「シュトロハイムの演じたドイツ将校は戯画にすぎない。ドイツ軍にあんな将校がいるわけがない」と宣言したからだという。

紫郎は鮫島の忠告を反すうしながら、小野寺のネズミのような目をにらみ返した。

「良質なフランス映画を日本に紹介するのが私の仕事ですから」

「ふむ。『良質な』とおっしゃいましたね。良い映画ならもちろん構いませんよ。『大いなる幻影』の輸入は恐らく許可されません。ドイツ大使館からも強い抗議が来ていますからね。今後、余計な動きをしない方が身のためです」

「それは脅しですか」

「ご忠告と申し上げておきます」

小野寺はにやりと笑い、形だけ頭を下げて去っていった。

紫郎と智恵子は小島に連れられて、帝国ホテルの喫茶室で媒酌人《ばいしゃくにん》の左近司《さこんじ》政三《せいぞう》夫妻に挨拶した。左近司は元海軍中将。ロンドン海軍軍縮会議で首席随行員を務めて条約締結に貢献したため、条約の内容に不満を持つ反対派主導の人事で予備役に回されていた。現在は国策会社、北《きた》樺太石油《からふとせきゆ》の社長の座におさまっている。

「義兄《にい》さん、ありがとうございます。では、式の際はよろしくお願いいたします」

左近司は小島の姉の夫、つまり義理の兄にあたる。深々と頭を下げた小島を見て、紫郎と智恵子もあわててお辞儀をした。

「紫郎君、次は仲小路さんに会っておこう。智恵子さんも一緒に来てくれるかな」

「はい、喜んで」

三人は数寄屋橋の戦争文化研究所に向かった。アブラゼミとツクツクボウシが覇を競うように鳴いている。ツクツクボウシの方が音楽的でいいと紫郎は思った。パリにはセミはいないし、毎夏通っているカンヌのセミはどうも味気ない声で鳴く。

「お久しぶりですね、紫郎さん。横浜港まで見送りにいって以来ですか」

仲小路彰が言った。

「ご無沙汰いたしております。その節はわざわざありがとうございました」

奥の壁は床から天井まで書棚になっていて分厚い本がずらりと並んでいる。半分以上が洋書だ。

「初めまして、智恵子と申します」

「天才ピアニストの噂は聞いていますよ。さあ、そちらにおかけください」

仲小路の父、仲小路廉《れん》は貴族院の出身で、農商務大臣や枢密顧問官などを歴任した名士だ。息子の彰は中学四年の時にキルケゴールをドイツ語で読んだという早熟の異才で、東京帝大哲学科在学中にマホメットの生涯を描いた長編戯曲「砂漠の光」を出して話題になったこともある。一日に三時間しか眠らず、後は執筆と読書に明け暮れ、すでに「図説　世界史話大成」をはじめ多くの著書を出している。

今は全百巻に及ぶ「世界興廃大戦史」を刊行すべく、小島とともに設立した戦争文化研究所内に世界創造社という出版社まで立ち上げていた。

仲小路は一九〇一年生まれというから、まだ三十七歳のはずだ。小島の二歳上、紫郎とも一回りしか違わないのに、長い髪の大半が白髪で、すっかり老成している。

「戦争文化研究所では、何を研究されているのでしょうか」

紫郎は仲小路のデスクの上に貼ってある畳一枚分ほどの世界地図を見ながら尋ねた。ドイツとソ連と英国が大きな赤丸で囲まれ、意味ありげな矢印で結ばれている。青く囲ってあるのは中国と米国、そして日本だ。

「文字通りの意味ですよ」

仲小路は紫郎の問いに即答した。

「はあ。戦争文化の研究ということですか」

紫郎は戸惑いを隠せなかった。

「あのー、戦争文化って何ですか。あっ、ごめんなさい。初歩的な質問で」

横から智恵子が口を出し、すぐに小さく縮こまった。

「いいえ、とても良い質問ですよ、智恵子さん。戦争と文化ではなく、あくまでも戦争文化なのです。世間一般には『戦争と平和』と同じように、戦争と文化は反対の概念と考えられていますが、ここで扱っている戦争文化はそういう意味ではありません」

さっきまで隠居した老人のような顔をしていた仲小路の目が急にらんらんと輝き始めた。

「私が言いたいのは、社会の矛盾や混乱を超克する最も先鋭なる歴史的行動が戦争だということです。民族や信仰の全生命をかけた、革命の最大の歴史的実践とでもいうべきものです。歴史の躍動期を見れば、必ず民族や文化の激突と交流があります。ある断面を見れば悲惨に満ちていますが、他の断面を見れば新たな文化の誕生がある。そういう歴史文化の構造が見えてくる。その構造を戦争文化と呼んでいます。これから相次いで刊行していく『世界興廃大戦史』の主眼もそこにあります」

仲小路は百巻分の原稿をすでにほぼ書き上げ、後は印刷を待つばかりだという。にわかには信じがたい話だと紫郎は眉に唾をつけていたのだが、この話しぶりを聞いていると嘘ではあるまいと思えてきた。従兄の小島も秀才中の秀才だが、世の中には秀才を超える天才がいるのだ。

「つまり仲小路さんは、新しい文化が生まれるには戦争が不可欠とお考えなのですか」

紫郎が切り込んだ。

「紫郎さん、あなたも船でフランスまで行かれたのですから、アジアやアフリカの寄港地で現地の様子をご覧になったでしょう。今の世界を考えてみてください。何が必要でしょうか。お分かりですね。植民地の解放、各民族の独立です」

仲小路は自分の後ろに貼ってある世界地図を示しながら言った。

「確かに。それは同感です。そのためには戦争が必要という意味でしょうか」

紫郎は仲小路の鋭い眼光を正面から受け止め、即座に質問で返した。

「必要とは言いません。しかし、避けられぬ運命にあります」

仲小路がきっぱりと言った。紫郎は自分の体が震えているのに気づいた。

「いやだ、怖い。あ、あら、ごめんなさい」

智恵子は自分の口を手で押さえた。張りつめていた緊張が解け、紫郎はプッと吹きだした。彼女は聡明な女性だから、意図的に間の抜けたことを口走って婚約者に助け舟を出してくれたのかもしれない。

「智恵子さん、あなたはショパン国際ピアノコンクールで大変な評判を得たとうかがいました」

仲小路が話題を変えた。

「はい、ありがとうございます」

「私は音楽が大好きでしてね。作詞と作曲も手掛けております」

仲小路は書きかけの原稿用紙が散乱している机の引き出しから一枚の紙片を取り出して智恵

子に渡した。

「昨日作ったのがこれです。バイオリンのできる書生に採譜させたのですが、いかがでしょうか」

「あら、素敵。美しい旋律をお書きになりますね。ヨーロッパ調の中に、どこか日本的な要素が入っていて、とても格調が高いと思います」

智恵子は譜面を目で追いながら、ピアノを弾くように指を動かしている。

「あなたのような一流のピアニストに褒められるとうれしさも格別ですね。いずれソプラノの三浦環《たまき》さんに歌っていただくつもりです。あなたが伴奏をつけてくれたらありがたいのですが」

「はい、喜んで。三浦先生の伴奏なんて、とても光栄です」


数日後、紫郎は一人で戦争文化研究所を訪ねた。

仲小路は不在だったが、小島がいた。ほかに二十代から三十代の歴史学者や学生、海軍、陸軍の将校らが何人かいて、一九三八年九月十二日に行われたヒトラーの演説について議論を闘わせていた。隣国チェコに対し、ズデーテン地方の割譲を迫る演説だ。オーストリアに続いて、ヒトラーの領土的野心がチェコに向けられているのは明らかだった。

「威彦さん、ご相談があります」

「珍しいね、妙に改まって」

「イタリア大使館の友人から『イタリア』という雑誌を出してくれないかと頼まれたのです。一度、会ってやってくれませんか。オッタビオ・ロンバルディという参事官です。威彦さんと同じくらいハンサムで、いいやつなんですよ」

「帰国したばかりなのに、もう外国人と仲良くなったのかい？　紫郎君らしいな」

「彼の親戚がパリにいて、ちょっとした知り合いだったんです。駐日イタリア大使館にいるのに日本語はたいしてうまくありませんが、フランス語は堪能なんですよ」

「分かった。今度会ってみよう」

「それから、もう一つご相談があります。これなんですが」

紫郎は鞄から金属製のフィルムケースを取り出した。

「まさか、これは例の？」

「ええ、そうです。『大いなる幻影』ですよ。上映禁止になったと正式に通告されましたから、検閲に出したフィルムは恐らく返却されないでしょう。予備のプリントを持ってきておいてよかった。一般公開はできなくても、心ある日本の知識人には見てもらいたいんですよ」

「隠れて秘密上映会でもやろうっていうのかい。もし見つかったら、今度は僕の力ではどうすることもできないぞ」

「あの小野寺っていう特高の警視が飛んできたりして」

「冗談じゃないぜ。そいつを持っているだけで危険だな」

「長者丸の新居の庭にでも埋めておきますよ。頃合いを見て、ここ掘れ、ワンワンと吠えますから、皆さん、スコップを持ってきてください」

紫郎が軽口をたたくと、周囲の男たちが一斉に笑った。


紫郎はその足で有楽町からイタリア大使館に向かった。田町駅で降りて、たばこ屋の角を曲がって狭い路地に入った時、後ろでカラスがカアと鳴いた。それで尾行されていると気づいた。白い開襟シャツの小柄な男だ。ハンチング帽を目深にかぶっている。見覚えがあるような、ないような……。いったい何のつもりだ。

紫郎が歩を速めると、ハンチングの男もスピードを上げた。

間違いない。追われている。やれやれ。東京でも追いかけっこか。まさか鮫島と同じように、実は紫郎の護衛をしているということはあるまい。

「よーし、一気に振り切ってやるぞ」

紫郎は大通り目がけて猛ダッシュした。案の定、ハンチングもあわてて追ってくる。紫郎は二つ先の角を曲がり、また路地に入って、ごみ箱の陰に身を隠した。もう大丈夫だと思ったら、相手は迷わず同じ路地に入って突進してきた。

「まずいな。あいつ、速いぞ」

紫郎はまた走り出した。狭い路地を何度か曲がってビルの間の細い道を走った。車道に出ると、酒屋の店先でラムネをラッパ飲みしていた若い男が紫郎の勢いに驚いて尻もちをついた。慶応の学生だろうか。振り向いて「ゴメン、ゴメン」と叫んだら、学生の向こうに男が迫ってきていた。カラスがまたカアと鳴いた。

これだけ走っても振り切れない相手は初めてだ。だんだん息が切れてきた。船の上でもっと運動しておけば良かったと反省した。

「よし、あと五十メートル。何とか逃げ切れるかな」

紫郎はイタリア大使館に駆け込んだ。ずんぐりした中年の守衛と顔なじみになっていて良かった。片言のイタリア語で事情を説明すると、彼は笑顔で「ダッコルド」と叫んで固く門を閉ざした。

紫郎は追ってきたハンチング男の背格好を柵越しに見て目に焼きつけた。ツクツクボウシがのんきに鳴いている。あの男は何者なんだ。仲小路や小島の仲間なのか。

「やあ、シロー。例の件、小島さんに話してくれましたか」

迎えてくれたロンバルディが紫郎よりずっと流暢なフランス語で言った。体にぴったり合った細身の背広を着こなしている。グリーンのネクタイを見て、紫郎はさっきの学生のラムネを思い出した。

「ええ、従兄は前向きでしたよ。ただ、なぜ雑誌を作りたいのか、イタリア大使館の真意がもう一つ分からないと首をかしげていました」

「ははは。用心深い方ですね。いや、今のご時世、当然の心構えかもしれません。私たちはイタリア・ファシズムの宣伝をしようというのではありませんよ。我が国は文化の宝庫ですから、絵画、彫刻、音楽、それに現代の自動車でも、何でも必要な材料を提供いたします。私たちは編集に関与しませんし、経費は私に請求してくだされば結構です」

「そんな良い話はまたとありませんね。従兄に伝えておきます」

ロンバルディはグラスを二つ取り出して、紫郎に赤ワインを勧めた。シチリア島のワインだという。

「ありがとう。いただきます。ところでオッタビオ、一つお願いがあるのですが」

「何でも言ってください」

「この鞄を預かってくれませんか」

「中身は何でしょう」

「映画のフィルム。事情があって上映が禁じられているのです」

「なるほど。あえてタイトルは聞かないことにしましょう。私にお任せください」

翌日の夜、紫郎は市電を乗り継ぎ、恵比寿長者丸で降りて新居に帰った。鉄筋コンクリートで造られた白亜のモダンな洋館だ。盛んにコオロギが鳴いている。ここ数日で急に秋めいてきた。

「おかえりなさい。ちょうど良かったわ。あなた、大変なのよ」

出迎えた智恵子は珍しく取り乱していた。結婚式を二日後に控えた婚約者同士だが、すでに新居で同居している。

「お客さんかな」

紫郎は男物の黒い革靴を指さした。

「ええ、威彦さんがいらしてるわ。でも大変なのはそんなことじゃないの。あなた、そこから庭に回ってちょうだい」

紫郎が庭に行くと、居間のテラスに小島と智恵子が腕組みをして立っていた。

「やあ、威彦さん。いらっしゃい」

「うん、お邪魔しているよ。さっき来たばかりなのだが驚いたね。あれをごらんよ」

庭の至るところに穴が掘られている。植えたばかりのイチジクやバラの木も無残な姿になっていた。

「ひどいでしょう？　帰ってきて洗濯物を取り込む時に気づいたのよ。まったくなんてこと……」

智恵子が泣きそうな声で叫ぶとコオロギがぴたりと鳴きやんだ。

「これ、もしかして」

紫郎が小島の顔を見た。

「うむ。ここ掘れ、ワンワンだ。間違いないいな」

小島が髪をかきむしった。

「きっと、あの男の仕業だな」

紫郎がつぶやいた。

「心当たりがあるのか？」

「ええ。昨日、威彦さんと別れた後、三田のイタリア大使館に向かったのですが、尾行されていたんです。こっちが走ったら追いかけてきましてね。とにかく、やたらと足の速い男で……。ぎりぎりのところで大使館に駆け込んだんですよ」

「紫郎君が速いっていうんだから、本当に速いんだろうね。状況から考えて、あのとき戦争文化研究所にいた人間の誰かだろう」

「あるいはその誰かから指令を受けた何者かでしょうね」

それきり二人とも黙ってしまった。

「ねえ、どういうことなのよ。ここ掘れ、ワンワンって。大判、小判がザクザク出てきたっていうこと？　ああ、そうか。ここの地名が長者丸っていうのは大判小判伝説があるからなのね」

智恵子が迷推理を披露してくれたおかげで、ようやく二人に笑顔が戻った。

「おチエ、詳しいことは後で話すよ。とにかく、いくら掘っても何も出やしないさ。やっこさん、あきらめて手ぶらで帰ったんだ」

紫郎が笑った。

「紫郎君、フィルムはどうしたんだ。もちろん埋めたわけじゃないんだよな」

「はい。例のイタリア大使館の参事官に預けてきました」

「なるほど、それならひとまず安心だな。それで参事官は何か言っていたかな？」

紫郎は前日ロンバルディから聞いた話を漏らさず小島に伝えた。

「そいつは願ってもない好条件だな。よし、僕の親友、今藤茂樹を編集長に据えて、大判の美術雑誌のような体裁でやってみよう。文学や芸術は丸山熊雄、建築は坂倉準三……」

「仲小路さんも筆を執られるんですよね？」

「うーむ。実はね、仲小路さんは『戦争文化』という名の総合雑誌を出したがっているんだよ。もはや『改造』や『中央公論』はアンシャンレジーム（古い体制）だと言ってね。いくらなんでも金がかかりすぎるから、僕は反対しているんだけどさ。その点、こっちはイタリア大使館が金を出してくれるから、すぐに実現しそうだね」

「はい。明日にでも威彦さんの話を参事官に伝えます」

雑誌「イタリア」は一九三八年十月に創刊した。バチカン宮殿のシスティーナ礼拝堂にある天井画の一部「預言者ヨナ」を表紙に使い、イタリア首相ムッソリーニの祝辞を筆頭に、文部大臣荒木貞夫の「『イタリア』誌の創刊に寄す」、小島威彦の「東京・羅馬《ローマ》・伯林《ベルリン》」など、多くの随想や論考が載った。

表紙の絵として小島が希望したのはミケランジェロの「アダムの創造」だったが、ロンバルディの意見を採用して「預言者ヨナ」に変更された。旧約聖書のヨナ書によれば、アッシリアの都市ニネベはヨナの預言のおかげで滅亡を免れた。

「日本やイタリアが滅亡するとは思いませんが、ヨナの預言のように国難を逃れる英知を授けられる雑誌になっていくといいですね」

ロンバルディは創刊号の出来栄えに満足そうだった。

紫郎は一九三九年に入るとパリに戻り、国際文化振興会の海外調査員とフィルム・エリオス代表の仕事に明け暮れた。小島の紹介で同盟通信パリ支局嘱託の肩書も得て、ヨーロッパの映画や音楽、美術に関する雑報やコラムを日本に送っている。

一方で親友のキャパとは疎遠になってしまった。

キャパは一九三八年に中国に渡り、精力的に日中戦争を取材した。中国共産党の本部内でマルクスの肖像画の前に立つ周恩来をカメラに収め、漢口の最高参謀会議を主宰する蔣介石の姿まで写している。日本軍の進軍を阻むため、蔣介石が黄河の堤防を爆破して意図的に洪水を起こしたというニュースは紫郎も知っていたが、キャパは実際に現地を訪れ、渡し船に乗る中国兵の姿を撮っているのだ。

グラフ誌で彼の写真を目にするたびに、親友の心が離れていくような気がして、紫郎の胸はズキズキと痛んだ。

紫郎が日本を離れている間に、戦争文化研究所から総合雑誌「戦争文化」が刊行された。仲小路は雑誌「イタリア」の内容に物足りなさを感じ、この雑誌の創刊を断行したのだった。

小島から送られてきた「戦争文化」の創刊号（一九三九年三月号）は赤地に「戦争文化」の題字を白く染め抜いた雑誌で、巻頭には「日本世界主義の全面的樹立！」「近代の西洋社会文化を否定し、これに代る日本的世界秩序を強力に確立せんとする」といった激しい文章が躍っている。

紫郎が送稿した「日本的映画の創建」や小島威彦、深尾重光、城戸又一といったおなじみの面々の他、小島の同期という清水宣雄や波多尚らの原稿も載っていた。

これで良かったのだろうか。紫郎は何度も自問したが、刻々と変わる世界情勢がその答えをかき消してしまった。

一九三九年八月、満州とモンゴルの国境付近で起きた日本軍とソ連軍の大規模な衝突、いわゆるノモンハン事件の戦闘がいよいよ激しくなり、ソ連軍が大攻勢を始めたというニュースを聴きながら、紫郎はパリを発ってイタリアに向かった。国際文化振興会から派遣される形で、ヴェネチア国際映画祭の日本代表団に加わったのだった。

ヴェネチアに着いてすぐに届いたニュースが「ドイツとソ連、不可侵条約を締結」だった。紫郎は仰天した。ドイツは日本と防共協定を結んでいたのではなかったか。

彼は何がなんだか分からなくなって、急に言いようのない孤独感に襲われた。妻となった智恵子はパリでリサイタルがあるから同伴していない。こんな時、せめて長年の相棒、井上が一緒にいてくれたらいいのに。

彼は今頃、帰国の途についているはずだ。ベルリン、ワルシャワ、プラハ、ウィーンとナチスの暴風が吹き荒れる土地を訪ねた後、ローマに立ち寄ってから日本に向かうと話していた。

「もしもし、イノ。よかった、捕まえたぞ。まだローマにいたんだね。帰国を少し先に延ばせないかな」

紫郎はホテルに電話して井上を呼び出した。

「久しぶりだね、シロー。明日は南イタリアまで足を延ばして古代ローマの遺跡を見てくるつもりなんだ」

「予定をキャンセルしてヴェネチアに来ないか。一緒に映画祭を見よう」

「ははは。強引だなあ。いかにもシローらしくて、うれしくなってきたよ。よし、分かった。すぐに行くよ」


一九三九年のヴェネチア国際映画祭には「土」（日活、内田吐夢監督、ドイツ語版）、「上海陸戦隊」（東宝、熊谷久虎監督、イタリア語版）など四本の映画が出品された。前年のヴェネチアで「五人の斥候兵」（日活、田坂具隆監督）がイタリア民衆文化大臣賞を受賞しているから、日本側は「今回も受賞を」と相当に力が入っていた。

「おい、見ろよ。あの集団」

井上が上映会場の方を指さした。

「ドイツの代表団だね」

長々と続く赤いカーペットの上を白人の大男たちがのし歩いている。半数近くがナチスの軍服を着ている。周囲には各国の記者が群がり、盛んにシャッターを切っている。大男たちの中心に、ひときわ背の低い背広姿の男が見えた。

「ゲ、ゲッベルスだ」

紫郎が叫んだ。

「ナチスの宣伝大臣か。意外と華奢《きゃしゃ》な体だね」

井上の言う通り、映画祭の会場を我が物顔で歩く周囲の軍人たちとはまるで雰囲気が違う。記者たちから盛んに何か質問されているが、巧妙にはぐらかしている。この場で見る限り、何とも物静かな男だ。

「想像していたのとはイメージが違うなあ。ナチスがやっていることの善悪はともかくとして、ゲッベルスの宣伝の力は認めざるを得ないと思っていたんだ」

紫郎が言った。彼が日本に送った映画「大いなる幻影」の上映が阻止されたのも元をたどれば、この男の一存によるのだ。

「大いなる幻影」はフランス映画として一九三七年のヴェネチア国際映画祭に出品され、評判を呼んだ。イタリアの独裁者ムッソリーニもこの作品を大いに気に入ったのだが、ドイツの圧力を受け、最優秀外国語映画賞は同じフランス映画の「舞踏会の手帖」に決まったのだとイタリア大使館のロンバルディが明かしてくれた。

ゲッベルス……。紫郎にとっては憎き相手だが興味はあった。

「ゲッベルスの宣伝の力か。宣伝、つまりプロパガンダだね」

井上が言った。

「政治の場合はそうなるね。しかし芸術にも宣伝は必要だよ。いくら良い芸術を生み出しても、人に見られたり、聴かれたりしなければ成り立たないからね。熱狂を作り出し、それを拡散するゲッベルスの手法は悔しいけど認めざるを得ない。ベルリン・オリンピックをナチスの一大宣伝ショーに仕立てたのも彼なんだろう？　あの宣伝の力を正義の方向に転換できるといいんだけどね」

紫郎が話しているうちにドイツの一行は去っていた。


この日、紫郎と井上が見た日本映画は「土」だった。原作は長塚節《たかし》の有名な小説で、明治時代の北関東の農村が舞台だ。搾取の限りを尽くす地主に全く頭が上がらず、どんどん卑屈になっていく貧しい小作人たちのみじめな生活を徹底したリアリズムで描いている。日本では大ヒットし、高く評価されたと紫郎は聞いていた。

紫郎たち関係者は二階、一般の観客は一階席で鑑賞した。他国の作品には、終幕後に一階から「ブラボー」の声が上がったが、日本の「土」が終わっても階下は静まり返っていた。一階席を見渡すと、ほとんどの客が帰ってしまい、空席ばかりが目立った。

「重厚な良い映画だと思うけど、一般客には受けなかったのかな。二階のドイツ人やイタリア人の拍手は明らかに社交辞令だよ。身の置き所がないとはこのことだな」

井上がぼやいた。

紫郎は何も言わず、唇を噛んでいた。

どこかの国の記者が英語で声をかけてきた。中年の白人だ。発音から推して英国人だろうと紫郎は思った。

「まるでロシアの農奴じゃないか、あれは。トルストイの小説を思いだしたよ」

紫郎はその言葉に衝撃を受け、がっくりとうなだれた。

「ねえ、イノ。僕は『土』が悪い映画だとはいわないよ。むしろリアリズムに徹した佳作だと思う。しかし、あの記者の言う通りだ。トルストイか。参ったね。これからは日本にしかない真にすぐれた作品、日本ならではの美しい文化を世界に紹介しなくてはいけないね」

井上も「全くその通りだ」とうなずいた。

ドイツがポーランドに侵攻し、英国とフランスがドイツに宣戦布告したのは、その数日後のことだった。

エピソード10　第二次世界大戦

ナチス・ドイツは一九三九年九月一日、ポーランドに侵攻した。ソ連と不可侵条約を結んでから、わずか一週間の早業だった。フランスと英国がドイツに宣戦布告し、ついに第二次世界大戦の火ぶたが切って落とされた。

ドイツと国境を接するフランスは臨戦態勢に入り、パリの大きな劇場は相次ぎ公演中止を発表した。日本政府は「欧州戦争に介入しない」と表明したが、在欧邦人には速やかな帰国を勧告している。パリにいる日本人の半数近くが帰国を急ぐ中で、ヴェネチア国際映画祭から戻ったばかりの紫郎は妻の智恵子と共に残留を決めていた。

「パリに残ったのは正解だったようだね。フランスも英国も宣戦布告は早かったけれど、ドイツに対して攻撃を仕掛けそうにないし、ドイツも全く手を出してこない。ポーランドに主力部隊をつぎ込んでいるから、英仏を相手にする余力がないんだろうな。むしろ、ヒトラーをたたくなら今がチャンスかもしれないのに、どの国もおびえて手を出せないんだ。まあ、そのおかげでパリは今のところ平和が保たれているわけだけど」

九月最後の金曜の夕方、紫郎はモンマルトルに向かうクリシー通りを歩いていた。左に智恵子、右には諏訪根自子がいる。根自子は一九三八年にブリュッセルからパリに移り、紫郎たちの仲間に加わった。彼女が胸に抱えているのはバイオリンのケースのようだ。サントトリニテ教会の鐘の音が後ろから聞こえてきた。

「みんな『奇妙な戦争だ』って言っているわよ。爆撃機や戦車がやってこないのはありがたいけど、ポーランドの人たちは気の毒ね。ドイツに続いてソ連からも侵攻されているのに、誰も助けに行かないんだから。見捨てられたと思っているんじゃないかしら。ああ、あそこね。シェヘラザード」

カジノ・ド・パリを過ぎて左に折れ、リエージュ通りに入ったところで、智恵子がきらびやかな電飾のある店を指さした。

「ネジコちゃんは来たことがあるんだよね？」

紫郎が訊いた。

「ええ、サカさんが一度連れてきてくれました」

すでに坂倉準三は一九三九年三月に帰国し、文化学院院長西村伊作の次女百合と結婚している。

「サカさんったら、ユリさんというお相手がいるのに、ネジコにも色目を使っていたのよね。ネジ、大丈夫だった？」

「うふふ。サカさんは紳士でしたよ。シローさんと同じぐらい」

「あら。じゃあ、ダメってことね。男って、いやあね」

「うふふ」

急転直下、旗色が悪くなったと悟った紫郎は二人の話を聞き流し、店の入口に立っている背の高い初老の白人に声をかけた。

「こんばんは、大佐殿」

大佐と呼ばれた男は時代がかった軍服に身を包み、白髪まじりのカイゼルひげを生やしている。

「おお、ムッシュー・カワゾエ。ようこそ。今夜は美人を二人もお連れで、何ともうらやましい。さあ、急いで。そろそろジャンゴの演奏が始まります」

カイゼルひげに促され、紫郎たちは店内に入った。

「ねえ、シロー。大佐殿って、あのドアマンは本物の軍人なの？」

「ははは。七割ぐらいの確率で本物かな。帝政ロシア時代の陸軍大佐らしいよ。大佐いわく、少将に昇進する前日にロシア革命が起きた。それでパリに逃れてきて、そのまま居ついたそうだ。このシェヘラザードはロシア系の店ってことになっているけど、今のソ連関係者はきっと一人もいないね。大佐のような帝政ロシアの残党、東欧やバルカン半島のユダヤ人、ロマ（ジプシー）の人たち、アメリカ人、スイス人。いろんな立場の人がここで身を寄せ合っているんだ」

紫郎は内扉を開けて二人の背中を押した。

「わあ、すごい。モンマルトルのキャバレーはどこもユニークだけど、ここの内装はとりわけエキゾチックね」

智恵子が歓声を上げた。

「シェヘラザードといえば千夜一夜物語ですものね。そういえばリムスキー＝コルサコフにも『シェヘラザード』という曲がありました」

根自子も絢爛たる内装に見入っている。

「ネジコちゃんの言う通り、まさにアラビアンナイトの世界だね。僕はバレエ・リュスの舞台でバレエ版の『シェヘラザード』を見たことがあるけど、あの舞台美術を思い出すよ」

三人は魔法の森に生える巨木のような、奇妙な装飾を施した太い柱の下の丸テーブルに座ってシャンパンを頼んだ。

「やあ、シローじゃないか」

隣のテーブルでカルバドスを飲んでいた白人の中年の紳士が少々訛ったフランス語で声をかけてきた。

「久しぶりだね、マイク。紹介しよう。妻の智恵子、それに親友の根自子さんだ」

「マイケル・スミスです。いやあ、二人ともお美しい。お目にかかれて光栄です」

スミスが立ち上がって挨拶した。仕立ての良い背広だが少々くたびれている。

「初めまして、根自子と申します」

「智恵子です。スミスさんはアメリカの方ですか？　それとも英国かしら？」

智恵子の問いかけにスミスは肩をすくめ、紫郎に助けを求めた。

「さっき、この店には故郷を追われてきた外国人がたくさんいると言ったよね。この僕だってその一人といえるだろう？　マイクにもいろいろ事情があってね」

紫郎は声を潜めて日本語で手早く説明した。彼は収容所から脱走してきたドイツ人であること、マイケル・スミスは偽名で本名は紫郎にも知らされていないこと、彼は友人のユダヤ人をかくまってナチスに捕まり、何度か拷問を受けたこと……。

「そんな方がここにいても大丈夫なんですか」

根自子は今にも泣き出しそうな顔をしている。

「この店はパリでいちばん安全だとマイクは言っているけど、さあ、どうかな」

「スパイが潜入しているかもしれないわ」

妙に自信ありげに智恵子が言った。

「あまり気にしないでください。私は大丈夫です。似たような境遇の連中ばかりなんですよ、この店は」

日本語の会話の内容を察したらしいスミスが笑みを浮かべて小声で言った。

紫郎は広い店内を見渡しながら、かつてマルセイユに向かう船で繰り返し読み、ほとんど暗唱してしまった永井荷風の「ふらんす物語」の一節を思い出した。そういえば、あの本は船で富士子に貸したままになってしまった。

「高き円天井《まるてんじょう》を色硝子にて張りたり。左右より上るべき厳めしき階段ありて、その上の突出でたる処に幾十人の音楽師並びて楽を奏す」

紫郎やスミスたちの目の前に「幾十人」ではなく、五人の音楽家が現れた。ギターが三人、ベースが一人、クラリネットが一人という編成で「フランス・ホット・クラブ五重奏団」と名乗り、おもむろに演奏を始めた。

陽気なスイングのリズムに乗って、ギターとクラリネットがエキゾチックなメロディーを奏でると、店内の温度が一気に上がった。

「あら、ステファン・グラッペリがいないわ。サカさんと一緒に来た時、あの素晴らしいバイオリンにすっかり参ってしまって……。グラッペリさん、どうしたのかしら」

根自子が肩を落とした。

「やあ、ジャンゴ。相棒はどうしたんだい？」

一曲目が終わった時、スミスが訊いた。彼はリーダーとずいぶん親しいようだ。

「おお、マイクじゃねえか。ちょっと久しぶりだな。あのな、ロンドンに二つ忘れ物をしてきたんだ。一つは買いだめしていたゴロワーズ。八カートンも残ってたんだぜ。惜しいことをした。もう一つは何だっけな。ああ、そうだ、ステファンだ。ははは」

「こちらの美人がステファンのバイオリンを楽しみにされていたそうだ」

「おお、確かにとんでもねえ美人だな。しかも、その足元の箱に入っているのはバイオリンだな。お嬢ちゃん、バイオリンが弾けるのかい？」

「え、ええ」

ジャンゴ・ラインハルトの唐突な質問に根自子はうなずいた。

「よし、お嬢ちゃん、一緒にやろうや」

「えっ？」

「こっち、こっち。楽器を持って。さあさあ、早く」

根自子が意を決してケースを開け、その場で素早く調律してジャンゴの隣に立つと、客席から大歓声が巻き起こった。

「お嬢ちゃん、何をやろうか」

「では『ストンピング・アット・デッカ』をお願いします。私、グラッペリさんの演奏を聴きました。今でも覚えています。思い出しながら弾いてみます」

「そいつはいいや。よし、始めよう」

根自子が軽やかにスイングしながらグラッペリばりのバイオリンを奏でると、客は一斉にどよめき、次第に静まり返って耳を傾け、やがて立ち上がって踊り始めた。

「こいつは驚いた。お嬢ちゃん、あんた、何者だ？」

天下のジャンゴ・ラインハルトが諏訪根自子の腕に舌を巻いている。

「ジャンゴさん、彼女はいつかオイストラフを超える逸材です」

紫郎が叫んだ。

「なるほど、エリート教育を受けたお嬢さまだったか。しかし、今のはステファンの物まねだな。お嬢さん、あんたの素顔を見せてくれよ。裸のあんたを見たいな。えへへへ」

「分かりました」

根自子がジャンゴの目を真っすぐに見て、独りで弾き始めた。

ブラームスの「ハンガリー舞曲」だ。

ジャンゴたちの顔色がパッと明るくなり、根自子を見る目がさらに変わった。この曲はハンガリーの伝統的なロマ音楽に基づいてブラームスが編曲した舞曲の一つだ。ジャンゴはロマの伝統を受け継いだ「ジプシー・スイング」で知られている。

根自子はジャンゴに敬意を表して、とっさにこの曲を演奏したのだ。素晴らしい機転だと紫郎は思った。

「ネジ、やるじゃないの！」

智恵子も叫んだ。小柄な白人の男が涙を流しながら根自子の近くに立ち、盛んに手拍子をしている。スミスが「彼は生粋のハンガリー人だ」と教えてくれた。

「お嬢さん、ありがとう。いやあ、参った。泣けてくるじゃねえか。あんたのことは忘れねえよ」

演奏を終えた根自子にジャンゴが手を伸ばして握手を求めた。

「おい、みんな、だまされるな。あの女、日本人だぞ。忘れちゃいけないぞ、日本はナチスと組んでいるんだからな」

訛りの強いフランス語で誰かが叫んだ。

「そうだ、そうだ。ファシストだ」

騒いでいるのはほんの数人だが、声は大きい。不穏な空気が次第に膨らんでいった。スミスが険しい顔をして、声の主を目で追っている。

「ジャンゴさん、そこのピアノをお借りできるかしら」

智恵子が立ち上がり、戸惑っているジャンゴに声をかけた。

「ああ、構わんよ。お嬢さん、あんたはピアノを弾くのかい？」

「ええ、少しはね」

智恵子が演奏を始めると、また店内が静まり返った。

「ショパンの『ポロネーズ』ですね」

根自子が紫郎の耳元でささやいた。

「ああ、彼女はショパンが大好きなんだよ。ポロネーズはポーランド人の魂だって言っていたな」

紫郎は騒然とする店内で果敢にピアノに向かった妻を頼もしく見守った。

「ブラボー！　ああ、故郷を思い出して、涙が止まらないよ。ありがとう、日本の方」

ポーランド出身らしき痩せた男が、演奏を終えた智恵子に近寄ってハグをした。

泣いているのはその男だけではなかった。故国を追われてパリに逃れてきた多くの男女が、智恵子の決然としたポロネーズに胸を打たれ、目を赤くしていた。スミスもハンカチで涙をぬぐっている。

ポーランドは今まさに、ヒトラーとスターリンに蹂躙されているのだ。

「観客は狂せんとす。ブラボオの呼び声、椅子テエブルを叩く響、家を崩さんばかりなり」

紫郎はまた「ふらんす物語」の一節を思い出した。

「みんな、ありがとう！　聴いたかい、このお嬢さんたちの演奏を」

ジャンゴが声を張り上げると、踊っていた客もその場で立ち止まり、彼の言葉に耳を傾けた。

「日本という国が中国で何をしているのか、俺はよく知らねえ。しかしなあ、俺たちの魂は、このお嬢さんたちの『ハンガリー舞曲』と『ポロネーズ』に大きく揺さぶられた。なあ、みんな、そうだろう？　彼女たちは日本人だ。だから悪人だとでも言うのかい？　馬鹿げた話だ。そんな論理は、あいつはユダヤ人だからとか、ロマだからといって迫害するナチスの野郎どもと全く同じじゃねえか。俺は真っ平ごめんだぜ」

「ブラボー、ジャンゴ！」

紫郎が叫んだ。

「ジャンゴ、ジャンゴ！」

大勢の客が呼応し、シェヘラザードの広い店内にジャンゴ・コールの嵐が吹き荒れた。「あの女は日本人だ」と扇動した連中はいつの間にかいなくなっていた。


翌日の昼下がり、紫郎は一人でモンパルナスのラ・クーポールに向かった。約束の時間より十分ほど早く着いたのだが、待ち合わせの相手はもうテラス席に陣取っていた。おかっぱ頭にロイド眼鏡の男が少女のような仕草で手を振っている。

「フジタ先生、お待たせしました」

「いやいや、やっぱり日本人は律儀でいいなあ。私もつい今しがた来たところなんだ」

藤田嗣治は先の世界大戦が始まる前からパリで活動し、もはや知らぬ者はいないほどの有名な画家になっていた。しばらく日本に帰っていたが、第二回パリ日本美術展のため、再びパリに戻ってきたのだ。

紫郎は一九三九年五月から訪仏している原田弘夫という舞踊家を通じて藤田との知己を得た。紫郎は国際文化振興会の一員として、原田の案内係兼通訳を請け負ったのだった。

「原田さんの舞踊には毎回驚かされます。僕はバレエ・リュスも見ているし、それなりに舞踊に詳しいつもりでしたが、あんな妖艶な踊りは全く見たことがない。フランス人も絶賛していますよ」

紫郎はビールを一気に半分余り飲んだ。

「うん、彼は特別だね。能や舞楽、日本舞踊を高いレベルでマスターして、さらにモダンバレエまで習得している。もちろん西洋の物まねではないし、単なる和洋折衷でもない。いろんな流派を学んだうえで、彼ならではの独創的な踊りを生み出しているんだ」

藤田はそう言って、ビールを二人分追加注文した。

「そこはフジタ先生に通じるところがありますね。先生は西洋絵画に日本画の手法を取り入れ、さらに乳白色という独創的な色使いで誰にもまねできない裸婦像を描かれました」

ロイド眼鏡の奥がきらりと光った。

「川添君、あなたは大した人物だねえ。聞くところによると、後藤象二郎翁のお孫さんだとか」

「はい。いわゆる庶子ですが」

「お祖父さまは政治でご活躍されたが、あなたは芸術、文化の面で大成しそうだね」

「ありがとうございます。文化の輸出と輸入に関心があります」

プラタナスの落ち葉とタブロイド紙が風に舞い、足もとに飛んできた。「ワルシャワ陥落」の大見出しが躍っている。

「なるほど、文化の輸出入か。それは頼もしいね。あなたに一つ、面白いことを教えてあげよう。原田君のような舞踊家は海外では高く評価されるだろうが、日本国内ではそれほどでもないんじゃないかな。僕の絵を分かってくれる人が日本にはほとんどいないのと同じようにね。日本ではセザンヌやゴッホそっくりに描ける画家の方がありがたがられるのさ」

おかっぱ頭の先生はにやりと笑った。

「そ、そうでしょうか。僕は先生の絵のファンですけどね」

「川添君のように、自分の物差しで芸術を見られる人はほとんどいないんだよ、今の日本には」

「そうだとしたら、物差しを持てるように国民を啓蒙していくべきですね。そのためにも文化の輸出と輸入は欠かせません」

紫郎が二杯目のビールに口をつけた時、通りがかりの男が足を止めた。

「おお、川添君じゃないか。そちらは藤田嗣治先生ですね。川添君、紹介してくれないか」

満鉄の坂本直道だった。

「は、はい。フジタ先生、こちらは坂本さん。シャンゼリゼにある満鉄の欧州事務所長です。坂本龍馬の甥の……」

「龍馬の甥の長男に当たります。坂本直道と申します」

「藤田です。よろしければ、ここにおかけください。ビールでよろしいですか？　さあて、坂本龍馬と後藤象二郎がそろったところで、一緒に船中八策の構想でも練りますか」

画家はロイド眼鏡をはずして黄色いハンカチで拭き、坂本の顔をのぞき込んで「ははは」と大笑いした。

「先生は帰国されないのですか。大使館は盛んに帰国を勧めていますが」

坂本は急速にしぼんでいくビールの泡を見つめながら訊いた。

「うーん。みんなが『奇妙な戦争』と言っているくらいですからね。大使館が騒ぐほど事態は切迫していないんじゃないですか。フランス軍はマジノ線をがっちり固めているようですしね」

画家の言う通り、フランスはドイツとの国境線に堅牢な要塞を築いていた。建設を提唱したアンドレ・マジノ陸軍大臣の名を冠して一九三六年に完成したこの要塞線は、ドイツとの国境に十五キロ間隔で配置された百八の要塞と、それらを結ぶ連絡通路で構成されていた。いかに精強なドイツ軍といえども、この難攻不落のマジノ線を越えるのは難しい。フランスでは誰もがそう信じていた。

「マジノ線ですか。確かにあれは堅牢ですが、今のドイツの軍事力は圧倒的ですよ。しかし、やはりヨーロッパではパリにいるのが最も落ち着きますね。少なくとも今のベルリンやモスクワに住む気にはなれない」

坂本は紫郎の足もとにあったタブロイド紙を拾い上げ、コーヒーの染みがついた「ワルシャワ陥落」のページだけ抜き取ってポケットに入れた。

「ポール・ヴァレリーがこんなことを話していました。国家が強ければ我々を圧《お》しつぶし、弱ければ我々は滅亡する……と」

紫郎が白髪の紳士の顔を思い出しながら言った。一時はサロンでよく顔を合わせたが、最近はどうしているのだろう。

「国家が強くても滅亡することはあるんじゃない？　いくら強くなってもさ、戦う相手がもっと強かったらやっぱり負けちゃうもんね」

画家の何気ない一言に紫郎は戦慄《せんりつ》を覚えた。遠くから教会の鐘が聞こえてきた。

ラ・クーポールを出た紫郎はタクシーを拾い、シャンゼリゼ通りの満鉄事務所近くにあるフィルム・エリオス社に戻った。事務仕事はハンガリーから逃れてきたフランシス・ジェルジェリーという若い男に任せていた。彼はドイツ語とフランス語、それに英語もできる。世が世なら、もっと良い仕事はいくらでもあっただろう。掘り出し物の才能だった。彼を雇ったおかげで、社長の紫郎は良い映画を探す仕事に専念できた。

「ボス、ご相談があるのですが」

大男のジェルジェリーが体を折り曲げるようにして言った。

「ノッポ、どうしたんだい？」

紫郎は大男を日本流のあだ名で呼んでいる。

「私と同郷の男がパリに逃れてきて写真家をやっているのですが、ボスの写真を撮らせてほしいと頼まれました。『ヴォーグ』誌の仕事をしているそうです」

「僕の写真を？」

紫郎はキャパを思い出した。そういえば、あいつもハンガリー出身だ。風の噂では「ライフ」誌の仕事を得て、近々ニューヨークに飛ぶらしい。いや、もう行ってしまったかもしれない。あんなに仲が良かったのに、ずいぶん疎遠になってしまった。

「へえ、面白いね。構わないよ」

「おーい、ボスはＯＫだそうだ」

ノッポがドアの向こうに声をかけた。

「なんだ、もう来ているのかい？」

彼に連れられてきたハンガリー人はフランシス・ハールと名乗った。背は紫郎より少し高いくらいで、ヨーロッパ人にしては低い方かもしれない。広い額、大きな目、通った鼻筋。何かの映画に出ていた俳優に似ていると紫郎は思った。

と、そこに背広姿の男が息を切らしながら事務所に飛び込んできた。

「か、川添君、いきなり申し訳ない」

「鮫島さん、どうしたんです」

「この方は？」

鮫島は見知らぬ白人に警戒感をあらわにした。

「たった今、会ったばかりなんですよ。写真家のフランシス・ハールさん。ノッポの同郷の友人ですからご心配なく」

「するとハンガリーの方ですか？」

「は、はい。そうです。初めまして、ハールと申します。ごめんなさい、まだフランス語はうまく話せません」

「鮫島です。突然、お騒がせして申し訳ありません」

「ところで、どうしたんです？　沈着冷静な鮫島さんらしくもない。ノッポ、悪いけどコーヒーを頼むよ」

「ウィ、ムッシュー」

「どうやらフランスの官憲にスパイだと疑われているようなんだ。尾けられていたが、まいてきた」

鮫島がゴロワーズに火を点け、すぐに消した。

「スパイ？」

紫郎が声を上げると、ノッポがちらりとこちらを見た。鮫島とは日本語で話しているのに、彼にも意味は通じているようだ。

「私はドイツ野郎を追っていた。それは知っているね？　そいつはポーランド侵攻が始まる前に帰国したのだが、フランスの官憲は私がドイツに通じていると疑っているんだ」

「確かに日本政府は中立の立場を表明しましたけど、日本の民間人がドイツ人と関係があっても不思議はないでしょう」

ノッポがミルでコーヒー豆を挽き始めた。いつもの倍ぐらいの音量でガリガリとやっている。あまり大きな声で話すと外に聞こえますよという意味だろう。彼らしい配慮だ。鮫島も気づいたようだ。「あいつ、なかなかやるな」と目顔で言っている。

「ドイツとの関係だけじゃない。私が日本政府のために隠密行動をとっていると勘繰られているようだ。フランスはインドシナ半島にたくさん植民地を持っているだろう？　日本軍は広東と海南島を落とし、インドシナ半島に迫りつつある。そのあたりをかなり気にしているようだ。ああ、いい香りだなあ。ノッポ、それはどこのコーヒーだい？」

「エチオピアです。モンパルナスのロースターに焙煎《ばいせん》してもらいました。モカは浅煎《あさい》りにすると果実味が引き立ちます」

ノッポが落ち着いた声で応えた。

「最近、パリの街を歩いていても反日感情が高まっているのを肌で感じますね。タクシーの乗車拒否が多くなったし、うちの妻も肉屋で販売を拒否されたと怒って……」

紫郎がそこまで言ったところで、ノッポが血相を変えて鮫島に顔を寄せた。

「ムッシュー、向こうの書庫に隠れてください。白人の男が二人、こちらをうかがっています。恐らくあなたを追っていた連中です。ハール、急いで撮影の準備を始めてくれ。よろしいですか、ボス？　あなたは『ヴォーグ』誌の取材を受けているということにしましょう。コーヒーを淹れるのは二杯だけにしておきます」

「わ、分かった」

鮫島はノッポの機転に舌を巻いた。

「鮫島さん、本棚の左端にアラビアンナイトの英語版があります。本を抜き取ると、奥にボタンが現れる。後はスパイ小説と同じことが起こります」

「なるほど、隠し扉か。開けゴマってわけだな。川添君、君も抜かりがないねぇ」

鮫島がにやりと笑って書庫に消えてから三十秒もしないうちに事務所のドアが激しくノックされた。

「失礼、ここに日本人が来なかったか」

ノッポが扉を開けるなり、残りわずかな頭髪を油で固めた赤ら顔の白人が中をのぞき込んだ。

「どちらさまでしょうか」

ノッポが腰をかがめ、わざと相手を見下すような姿勢で訊いた。

「警察だ」

天井を見上げるような格好で赤ら顔が叫んだ。

「はいはい、私、日本人ですが、何かご用ですか？　今、この方の取材を受けておりましてね。

撮影もあるんですよ。手短にお願いします」

紫郎がソファーに腰かけたまま、わざとフランス語に節をつけ、都都逸《どどいつ》をうなるような調子で言った。

「おまえじゃない。日本人の男が入ってきただろう。あいつが逃げ込むならここしかない」

もう一人の痩せた白人が男声合唱団のバスのような低音で言った。

「逃げ込む？　誰かを追ってこられたのですか。それはご苦労さまです。あいにく日本人は私だけです」

紫郎は立ち上がり、痩せた男の鼻先に顔を近づけて言った。

「調べさせてもらうぞ」

痩せた男が紫郎の胸を突き飛ばし、書庫の方に向かっていった。赤ら顔が続いた。数分後、何の収穫もないまま書庫から出てきた二人はさんざん悪態をつきながら去っていった。

「あのう、こんな騒ぎの後で申し訳ありませんが、これから撮影してもよろしいでしょうか」

ハールは改めて準備を始めた。

「ああ、僕はこのままの格好でいいのかな？」

紫郎はまんざらでもなさそうな顔をしている。

「もちろんです。あなたの知的な雰囲気を撮りたいのです」

「いやあ、参った、参った。川添君、悪かったね。君に迷惑をかけてしまった」

鮫島が髪にへばりついた蜘蛛《くも》の巣を払いながら出てきた。

「いえいえ、どういたしましして。あの隠し部屋はしばらく使っていませんでしたからね。ネズミはいませんでしたか」

「ああ、お陰さまで。しかし、妙だな。ここに入る姿を見られたはずはないんだ」

鮫島は上着を脱ぎ、ネクタイもほどいて応接用のソファーに腰を下ろした。

「もともとフィルム・エリオスもマークされていたという意味ですか？」

紫郎は鮫島の向かいに座り、彼に顔を寄せた。

「そう考えるのが妥当だな」

鮫島はハンカチで顔の汗を拭いた。

と、その瞬間、いきなりドアが開いた。

「そこまでだ。みんな大人しくしていろ」

さっきの痩せた男が一人で風のように入ってきた。

鮫島はソファーの後ろに飛び退いて身構えたが、紫郎をはじめハールもノッポもあっけにとられて動けなかった。

「か、鍵は閉めたはずですが」

ノッポが言い訳のように言った。

「こんな錠前なら五秒で開く。それよりサメジマ、こんなところに逃げ込んだらムッシュー・カワゾエを巻き込むことになるじゃないか」

痩せた男の低音が響いた。

「い、言っている意味が分からんが」

鮫島が珍しくうろたえた。

「まだ分からんのか。ムッシュー・サカモトが見込んだ男と聞いて一目置いていたんだが、全く期待はずれだな。その灰皿に残っているゴロワーズの吸い殻で、確かにおまえが来たと分かった。あの別室のわざとらしい隠し扉だって、プロにはひと目で分かる」

痩せた男が鮫島に近寄り、彼の顔に人差し指を向けてまくしたてた。

「つまり、あんたは我々の味方だという意味か？　坂本所長に頼まれたのか？」

鮫島がその指を払いのけて言った。

「これ以上、説明する必要はなかろう」

痩せた男はコートを脱ぎ、紫郎の隣に腰かけた。

「さっき一緒に来た男……、私の相棒は最近配属されたばかりなんだが、どうやらあいつもスパイだな。しかしスパイにしては並以下だ。ゴロワーズにも隠し扉にも気づかなかった。もっとも、私と同じように気づかないふりをしていただけかもしれんがな」

「スパイってどこのスパイなんです？」

紫郎が身を乗り出した。

「恐らくソビエトだろう」

「そ、ソ連のスパイ？　ソ連が満鉄を警戒しているってことですか？」

「そんな単純な論理で動いているわけではないが、まあ、それも当然あるだろうな」

ノッポが痩せた男と鮫島にコーヒーを出した。

「ありがとう、ムッシュー・ジェルジェリー」

痩せた男が即座に礼を言った。

「わ、私をご存じなのですか」

ノッポが眉根を寄せた。

「もちろん。ああ、上等なモカだ。浅煎りだな。温度もちょうどいい」

男はカップに口をつけ、うまそうにコーヒーをすすった。

「あ、あの、いったい、あなたは？」

紫郎の声は途中でかすれ、声にならなかった。

「サメジマの言った通りさ。それ以上、知る必要もないし、知らない方が身のためだ。それからムッシュー・カワゾエ、あなた自身もマークされている。用心した方がいい。いや、そろそろ新婚の奥さんと一緒に帰国した方がいい」

「僕がマークされている？　いったい、どんな勢力が僕なんかを？」

「ノーコメント。とにかく収容所から脱走してきたマックス・マイヤーのような男と親しくしているのが見つかったら、大変なことになる」

男の声がさらに低くなった。

「マックス・マイヤーって、マイク……、マイケル・スミスのことですか？　あなたはシェヘラザードに来ていたのですか」

紫郎は自分の声が裏返っているのが分かった。

「それもノーコメントだ。サメジマ、あんたもパリを離れた方がいい。自分のためでもあるが、ムッシュー・サカモトのためでもある」

「ふん。どうやらその通りのようだな」

鮫島はコーヒーカップをテーブルに戻して上着を羽織り、よれたネクタイをつかんだ。

「川添君、迷惑をかけたね。やつの言う通り、私は消えることにするよ。故郷に帰って、捲土《けんど》重来《ちょうらい》を期す」

「えっ、パリを出るということですか。故郷って、どこでしたっけ?」

鮫島は答えずに出ていった。

「お邪魔しました。ムッシュー・カワゾエ、身辺にはくれぐれも気をつけて」

痩せた男も腰を上げた。また鮫島を尾行するのだろうか。

「サメジマの行き先はだいたい察しがついている」

紫郎の考えを見透かしたように、男が言った。

「どこです?」

「満州さ。天涯孤独の彼にとって、満州は故郷のようなものだろう」

「あなたは本当に何でもご存じなんですね。お、お名前は?」

「私に名前を尋ねるとは、ずいぶん滑稽な。バスと呼ばれることもあるが、こうしてテノールの声も出せるんだ。むしろ、こっちが地声かな。いや、もう本当の自分の声なんて忘れてしまった」

バスは少し寂しそうな顔をして出ていった。

フランシス・ハールは紫郎を撮った後、たまたま事務所を訪れた智恵子のポートレートも撮影し、川添夫妻とすっかり仲良くなった。

数日後、ハールが再びフィルム・エリオスを訪ねてきた。

「シロー、先日はありがとう」

同世代らしい気安さでハールは言った。

「とんだスパイ映画に付き合わせてしまったけどね」

紫郎が笑った。

「君はどう思うか分からないけど……。ああ、これはよくよく考えてのことなんだよ。でも話したらシローは驚くかな。いや怒るかもしれないな。あのねえ……」

ノッポの淹れるコーヒーの香りが事務所を満たしている。ハールはなかなか本題を切り出せない。

「どうしたんだい、ハール。僕らは友達じゃないか。遠慮するなよ」

「実はね、フランス軍に志願しようと思っているんだ。よくよく考えてのことさ」

「な、なんだって？　故国のハンガリーは無事なんだろう？」

「故国はナチスに加担して……。まあ、そんな場面があっても、それはドイツの圧力に屈してのことさ。ポーランドは大変なことになっているしね。僕一人が加わったところでどうにもならないのは分かっている。しかし、居ても立っても居られないんだよ」

ハールはテーブルを拳でゴツゴツとたたいた。

「それで、志願の手続きに行ってきたんだ」

「えっ？　やることが早いね、フランシスは。それで？」

「身分証明書の期限がちょうど切れてしまってね。ぷっつりと。これじゃあダメだと言われてさ」

ハールはコーヒーをすすって「ああ、おいしい」とつぶやいた。

「マンデリンは深煎りに限ります。しかし、この最高の焙煎をしてくれたモンパルナスの店は閉まってしまいました。店主はアメリカ人でしたが、三日前に帰国したそうです。このマンデリンが最後になりました」

ノッポは本当に寂しそうだった。

「ねえ、フランシス。もし君さえよければ、日本に来ないか。僕ら夫婦は十二月にマルセイユを発つつもりだ。君も奥さんを連れて日本で活動すればいい」

「シロー、そんなことができるの？」

「君の撮った写真をたくさん見せてもらっただろう？　フランシスは素晴らしい才能の持ち主だと確信したよ。ロバート・キャパにだって負けていない。きっと日本では高く評価されるよ。

そうだ、国際文化振興会に掛け合ってみよう。振興会の招待という大義名分ができれば、すんなりと日本に入国できるはずだ」

紫郎と智恵子、ハールの三人は一九三九年十二月一日、マルセイユ港から諏訪丸に乗り込んだ。ハールの妻アイリーンはしばらくパリに残り、年が明けてから夫に合流するという。日本人の多くはドイツのポーランド侵攻が始まった九月に帰国したが、この船も戦火を逃れて故郷に戻る日本人客でごった返していた。

昨夕、マルセイユのホテルに着く頃から冷たいミストラルが吹き荒れ、夜は雨になってさらに冷え込んだ。そのせいか、智恵子は熱を出してホテルで寝込んでしまった。ところが夜が明けてみるとミストラルのミの字も感じさせない快晴で、どこまでも青い地中海が三人を快く迎えてくれた。

「おお、地中海。ラピスラズリのような青。実に神秘的だ。コダクロームを買っておけば良かったよ。この青さをフィルムに収められないなんて残念でならない。それにしても穏やかな海だね。ヨーロッパが戦争になっているなんて信じられないよ」

ハールは湖や川なら何度も経験しているが、船で海に乗り出すのは初めてだという。

「ええ、平和そのものね」

すっかり元気を取り戻した智恵子がうなずいた。

「どうしたの。気分でも悪いの？」

ずっと黙ったままの紫郎の肩に智恵子がそっと手をかけた。

「い、いや、何でもないよ。確かに、今日の地中海はいつになく濃い青だな。カンヌやニースの沖で見てきたエメラルドグリーンとは違って、ちょっと不気味な感じがするね。この青……、群青《ぐんじょう》色と呼ぶべきかな」

紫郎はネクタイを締め直し、まぶしそうに目を細めた。

「群青って、紫の入った青のことね」

智恵子が紫郎の横顔を見上げて応えた。

「そうか、青と紫か。紫は何色を混ぜればできるんだっけ？」

「青と赤で紫になるはずよ。でも、青い絵の具に赤を混ぜても、なかなかこんな色にはならないわね」

「赤か」

紫郎はヴァレリーの講演録を思い出していた。解体されて地中海に捨てられたマグロ。コバルトブルーの海に赤黒い液体が混じっていく夢。

考えてみれば、ギリシャやローマの時代から、地中海を舞台に多くの戦いが繰り広げられてきたのだ。サラミスの海戦、アクティウムの海戦、レパントの海戦……。おびただしい数の船と人と馬と財宝が、この群青の海の底に沈んでいるはずだ。

諏訪丸が東に向かって旋回した。紫郎は西の方角を見て「向こうがスペインだ」と思った。富士子の姿が目に浮かぶ。船員たちの前に颯爽と立ちはだかった後ろ姿が。風になびく長い髪、純白のブラウス、真っ青のスカート、長い脚。

……と、そこでカシャリとシャッターの音がした。ハールのライカだった。紫郎の脳裏のスクリーンから富士子が消え、赤黒い液体の残像だけが残った。

「ああ、やっぱりシローは斜めから、チエは正面から撮るのがベストのようだね。シローは考え事をしている時の顔がいちばんハンサムに見えるぞ。ははは。よーし、今のツーショットはきっとうまく撮れているはずだ」

「もう、ハールったら、急に撮るんだから。油断も隙もあったもんじゃないわ。変な顔に写っていたら捨ててちょうだいね」

智恵子がむくれてみせると、ハールと紫郎は同時に笑った。

スエズ運河を通過している時、紫郎はデッキで懐かしい後ろ姿を見つけた。アグネス・ホーだ。

「やあ、アグネス。久しぶりだね。香港に帰るのかい?」

「あら、シローじゃないの。ええ、香港とパリのどっちが安全か微妙なところだけど。あなた、近ごろモンパルナスで見かけなくなったから、どうしたのかなと思っていたのよ」

背の高さ、髪の長さは、やはり初めて会った時の富士子を思い出させる。

「いろいろと忙しくてね」

「日本に帰るのね。フジコさんのお墓参りかしら」

「墓参り?」

「日本人はお墓参りが好きだって聞いたわ」

「いや、好きというわけでも……」

墓か。紫郎はどきりとした。そういえば富士子は誰が、どこに葬ったのだろう。日本大使館の参事官の娘、絹江が手配したのか。いや、彼女は父の転勤に伴ってカナダに行ったはずだ。あるいは富士子に言い寄っていた伯爵家の御曹司が手を回したのか。

彼らではなく、自分こそがやるべきではなかったのか。富士子のために。紫郎は今さらどうしようもないことで自分を責めた。


上海で元日を迎え、三人が神戸港に着いたのは一九四〇年一月五日の朝だった。諏訪丸は横浜港まで行くのだが、あえて途中で下船したのは挨拶しておくべき相手が神戸にいたからだ。三人は港からタクシーで御影《みかげ》に向かった。

山手の豪邸、伊庭簡一宅だ。伊庭家は一九三八年にカンヌからパリに移った後、翌年春に坂倉と同じ船で帰国していた。

人の背丈ほどの立派な門松を両脇に立てた玄関の呼び鈴を押すと、待ち構えていたかのように勢いよくドアが開き、懐かしい人たちが一斉に飛び出してきた。

「ご無沙汰しております、伊庭さん。あけましておめでとうございます」

「おめでとう。よく来てくれたね」

「こちらはハンガリー出身の写真家、ハールさんです」

紫郎はフランス語でハールを紹介し、続いて日本語で智恵子を紹介した。智恵子はパリで長男マルセルと次女シモンには会ったことがある。

「シロー、おチエさん、久しぶり。会いたかったよ」

マルセルが紫郎に抱き着いてきた。絹江との仲がうまく行かず、一時はずいぶん落ち込んでいたが、もうすっかり立ち直ったようだ。

「シロー、元気そうね」

「やあ、シモン。きれいになったなあ。もう十八歳だもんな」

「十九よ」

紫郎は彼女にお年玉を渡した。

「あ、ありがとう。でも、もう子供扱いしないでよね。お年玉はもらってあげるけど」

シモンが頬を膨らませると、みんなが笑った。

「タローはどうしたの？」

愛犬は病気がちで、今も姉のエドモンドが正月休み中の獣医に無理を言って診てもらっているのだとシモンが答えた。

「それは心配だね。そういえば、絵の上手なタローはまだパリに残っているよ」

紫郎が言うと、みんなに笑顔が戻った。

「さあさあ、みなさん、奥に入って。ゆっくりしてください」

簡一がフランス語で言った。ハールに気を使ってフランス語で通すことにしたようだ。

「わあ、パスティスだ。カンヌでよくいただきましたね。懐かしい。まさか日本でパスティスにありつけるとは。パスティスは夏に飲むのが最高だけど、こうして暖炉の前で飲むのも乙なものですね」

グラスに入った琥珀色の液体は、シモンが水を注ぐと乳白色に変わった。

「うわ、白くなった。マドモワゼル、あなたは魔法使いですか」

ハールがシモンの顔と乳白色の液体を交互に見て目を丸くした。

「ははは、フランシスはパスティスを知らないんだね。僕も最初は驚いたよ。ところで伊庭さんは昨年もベルリンに行ってこられたそうですね」

「今年だよ。ああ、いや、もう昨年の話になるか。ちょうどベルリンに着いた日に独ソ不可侵条約が結ばれたんだ。あれには驚いたよ。一週間後にはポーランドに侵攻してしまった。まさに電光石火の早業だった。英国とフランスが宣戦布告したけれど、明らかに後手に回ってしまったね」

「後手に回った？」

マルセルが身を乗り出した。

「あれは一昨年、一九三八年の出来事かな、ドイツがオーストリアを併合したのは。圧倒的な軍事力で威圧して、あっけなく併合した。明らかにヴェルサイユ条約違反だよ。歴史のある主権国家が消滅してしまったんだからね。しかし、英国やフランスをはじめ西欧諸国は形式的な抗議しかしなかった。あれでヒトラーは味をしめた。力で押していっても、英国やフランスは腰が引けて押し戻そうとはしてこないと分かってしまったんだ」

簡一が壁に掛かっている油彩の風景画を見ながら言った。手前に古代ギリシャかローマ時代の人物が数人、遠景には石造りの神殿が描かれている。作者はニコラ・プッサンだろうか。そうだとすれば複製画か。いや、伊庭家のことだからひょっとすると本物かもしれないと紫郎は妙なことが気になった。

「ムッシュー・イバ、次にヒトラーが狙ったのがチェコスロヴァキアのズデーテン地方でしたね。あそこは何度か行ったことがあります。ドイツ系の住民が多いのです。ドイツ系住民を保護するためというのがヒトラーの口実でした」

ハールがすかさず答えた。

「さすが、ハールさん。口実とおっしゃいましたね。その通りです。ヒトラーの目的はドイツ民族の統合と東方生存圏の獲得です。実際、ドイツ系住民を保護するという名目で、次々と東ヨーロッパの国を侵略していきましたね」

簡一はパスティスを一口飲んで言った。

「英国やフランスはズデーテン割譲をめぐるミュンヘン会談でヒトラーの要求を全面的に認めたのですよね。ズデーテンを譲ればヒトラーは満足して、これ以上、傍若《ぼうじゃくぶ》無人《じん》な侵略はしないとでも思ったのでしょうか」

紫郎が言った。

「あれはまずかったね。ヒトラーに宥和《ゆうわ》政策なんて甘すぎる。何も分かっちゃいないんだ。案の定、ヒトラーはチェコの西半分を保護領、スロヴァキアを保護国にしてしまった」

簡一は暖炉の横にあるキャビネットから地球儀を取り出してテーブルに置き、東ヨーロッパのあたりを指で追いながら言った。

「はい、ミュンヘン協定は意味をなしませんでした。あれで完全に風向きが変わりました。我が祖国ハンガリーもナチスの力を恐れ、ドイツにすり寄るようになりましたしね」

ハールが地球儀をのぞき込んで言った。

「ええ、ハールさん。その勢いの中でドイツはポーランドに侵攻しました。やはり口実の一つはポーランド国内で迫害されているドイツ系住民の保護でしたよね。続いてソ連もポーランドに攻め込みましたが、その侵攻理由も『ドイツに攻められて国家崩壊が差し迫ったポーランドにおけるウクライナ系住民とベラルーシ系住民の保護』でした。侵略者の口実はますます巧妙になっていくでしょう」

簡一が顔をしかめて首を振った。

「西からヒトラー、東からスターリンではたまったものじゃありませんよ。ポーランドは西半分をドイツ、東半分をソ連に取られて、国家として消えてしまいましたね。ソ連は今、フィンランドに攻め込んでいます。国際連盟はソ連を除名しましたが、ソ連は痛くもかゆくもないでしょう」

ハールが語気を強めた。一度はフランス軍に志願して銃を取ろうと考えたこともある彼は国際情勢を熟知しているようだ。フランス語も短期間でずいぶん上達した。

「伊庭さん、いったい日本はどうなるのでしょうか」

智恵子が泣き出しそうな声を上げた。

「今年が正念場だね。日本は昨年、一九三九年にソ連と戦って完敗しているんだ。智恵子さんもご存じでしょう」

「ノモンハン事件ですね。満州とモンゴルの国境あたりで戦ったと聞きました」

「その通りです。ソ連はノモンハンで日本軍と激戦を繰り広げている最中に、ドイツと不可侵条約を結んだわけです。しかもソ連は九月半ばに日本との停戦協定が成立した直後、間髪を入れずポーランドに侵攻している。スターリンという男は極めてしたたかで抜け目がない。今後もソ連には要注意だな」

簡一が地球儀をゆっくり回しながら言った。

「ドイツはどうなんです？」

紫郎が地球儀の一点を指さして簡一を見た。

「敵対したくはないが、味方にもしたくないというところかな。私のドイツの友人はそろって善良で優秀だが、ナチスは別だ。あくまでも個人的な意見だがね」

簡一はそう言って地球儀を勢いよく回し、妻のガブリエルが運んできたボルドーの赤ワインを一口飲んだ。

カラカラと乾いた音を立てて回り続ける地球儀をマルセルが止めて「えーっと、ヌーヴェルカレドニーはどのあたりでしたか」と言いながら南半球のオーストラリア付近を指でたどっている。

「ありました。ここです。オーストラリアの東、ニュージーランドの北に浮かぶ細長い島。日本の四国ぐらいの面積があります」

「ああ、日本ではニューカレドニアという英語名で知られている島だね。フランス領だったかな」

紫郎は地球儀に顔を近づけて小さな文字を読んだ。

「はい、フランス領です。私は春からこの島に赴任します」

マルセルがもう一度同じ場所を指さした。

「ええっ、こんな遠くの島に？　仕事で？」

紫郎はマルセルと簡一の顔を交互に見た。

簡一はマルセルを見て、目顔で「自分で伝えなさい」と言っている。

「はい、仕事です。シローにはまだお知らせしていませんでしたね。私は神戸にある帝国酸素に勤めているのです」

帝国酸素はフランスのエア・リキードと住友の共同出資で設立された会社だ。酸素製造の会社がニューカレドニアでどんな事業をするのか、マルセルは「まだ全く説明されていません」とこぼして、少し不安そうな顔をした。

「あのー、シロー。一つ質問してもいい？」

シモンがテーブルに指で「の」の字を書きながら言った。

「質問？　ああ、構わないよ」

紫郎も赤ワインのグラスを取った。

「智恵子さんをお嫁さんに選んだ理由を教えてほしいの」

「り、理由？　いやー、参ったなあ」

紫郎は頭をかいた。

「それ、私も知りたいわ。ねえ、シロー。どうなのよ」

智恵子がピアニストの力強いタッチで彼の肩をたたいた。

「結婚に理由なんてあるのかなあ」

「そりゃ、あるでしょう」

智恵子が新婚の夫に詰め寄った。

「そ、そういう運命だったんじゃないかな」

「なによ、それ。運命だから仕方なく結婚したみたいな言い方じゃないの」

「なんだか夫婦漫才みたいだな」

簡一の指摘に一同がドッと笑ったが、シモンだけは複雑な顔をしてうつむいていた。

紫郎たち三人は伊庭家で一泊した翌朝、神戸から特急「燕」で東京に向かった。

東京駅丸の内北口で小島威彦、井上清一、坂倉準三、丸山熊雄をはじめ、大勢の仲間や新聞記者が紫郎たちを迎えた。記者の目当ては帰国した名ピアニスト、原智恵子だった。

「僕が見つけておいた赤坂桧町《あかさかひのきちょう》の家、どうだった？」

紫郎は全員に一通りの挨拶を済ませた後、坂倉に尋ねた。彼は日清戦争直後に建てられた旧オーストリア領事館が空き家になっていると聞きつけ、坂倉に手紙で知らせていたのだ。陸軍歩兵第一連隊の近くにあるペンキ塗りの二階建て洋館で、一階に十五畳の部屋が二つ、二階には四つも部屋があった。

「大いに気に入りましたよ。ありがとう、シロー。早ければ再来週に引っ越すつもりなんですけどね、今の私にはいささか広すぎますな。坂倉建築研究所は今のところ一階だけで十分ですよ」

「二階の使い道は追い追い考えていこう。じゃあ、申し訳ないけどフランシスをよろしく頼むよ。帝国ホテルまで連れていってくれればいい。ちゃんと部屋を確保してあるからね」

紫郎は坂倉と握手してタクシーに乗り込んだ。すでに後部座席の奥に小島、助手席には智恵子が座っている。小島の発案で広尾の仲小路邸を訪ねることにしたのだ。

仲小路邸は有栖川宮記念公園近くの麻布台地に建つ和洋折衷の洋館だ。タクシーを降りて門をくぐると、何人かの書生が飛び出してきた。やけに物々しい雰囲気だ。仲小路の用心棒代わりを自負しているのだろう。彼らは小島の顔を見ると急に態度を変えて腰が低くなり、紫郎たちの荷物を持って邸内へと案内した。

「やあやあ、智恵子さん、紫郎さん、わざわざお寄りくださってありがとうございます」

仲小路は玄関の隣にある十二畳ほどの書斎で三人を迎えた。和洋折衷の屋敷の中で、ここだけ洋館の造りになっている。朝から自室にこもっているらしいのに、三つぞろいの背広を着て蝶ネクタイを締めている。肩のあたりまで伸びた長い髪は、白髪というより、銀髪と呼びたくなるような光を放っていた。

「紫郎さん、月刊誌『戦争文化』が創刊から九号で休刊に追い込まれたのはご存じですか」

仲小路はテーブルに積んでいた原稿用紙の山をデスクに移し、書生が運んできた紅茶を置くスペースを空けた。

「先ほど、威彦さんから車の中でおおよそのことはうかがいました。昨年十一月号が発禁になったのを機に休刊を決めたそうですね」

紫郎は「いただきます」と言って、砂糖やミルクを入れずに紅茶をすすった。「セイロンのウバでございます」と書生が小声で説明した。

「では、スメラ学塾の構想についてもお聞き及びでしょうか」

「スメラ？　いえ、初耳です」

仲小路は小島をちらりと見た後、また視線を紫郎に戻して話し始めた。

「今や雑誌は少しでも何かあれば揚げ足を取られて発禁になります。しかし、まだ手立てはあります。私たちは言葉による啓発と教育に活路を見いだすことにしました」

「言葉による、ですか」

紫郎はティーカップをテーブルに置いて、仲小路の説明を待った。

「ええ、言葉による。つまり講演です。その点、あなたの従兄の小島さんは哲学や歴史の知識はもちろんですが、雄弁ということにかけても右に出る者がいないほど素晴らしい才能をお持ちです。私たちの一派は、小島さんをはじめ、雄弁かつ有能なる識者たちによる講演、講座を定期的に持つことにしました。国民啓発のための学塾です。過日、スメラ学塾と名づけました」

仲小路は真っすぐ紫郎を見たまま視線をそらさない。

「ス、スメラとは、いったい？」

紫郎はその視線の圧力に息苦しくなった。

「あははは。よし、僕から説明しよう。シュメール文明から発想したのさ。シュメールやスメルはスメラミコトのスメラ、澄む、住む、統べるという言葉と響き合う。我々の学塾に打ってつけの名前だと思わないか？」

小島が場に似合わぬ陽気な調子で言った。

紫郎は仲小路の著書「図説世界史話大成」の一節「世界文明の根源としての日本神代史」を思い出していた。太古の日本民族が西へ渡り、チグリス・ユーフラテス川流域で古代シュメール文明を興し、それが再びペルシャ湾を出て東進し、インダス文明を経て日本に帰還する。つまり日本民族はあらゆる民族の根源をなすという話だった。かなり飛躍した異説で、紫郎は戸惑っていた。

「今は世界史の大転換の時を迎えています。もちろん誰も戦争などやりたくはありません。しかし、日本は世界戦争に巻き込まれようとしている。日本人が自らのエネルギーを結集し、最善を尽くして戦い抜く以外に未来を拓く道はないのです。いいですか、紫郎さん。そのために私たちは日本人を啓発し、歴史的運命を自覚させる必要があるのです」

柱時計がゴーンと鳴って半時を知らせたのを機に仲小路が言葉を切り、紫郎はゴクリと唾をのみこんだ。

「日本人の歴史的運命って、何ですか？」

智恵子が静寂を破るような甲高い声で訊いた。

「日本民族の源郷であるスメル文化圏の復興による人種平等、有色民族解放の達成です。まさに世界維新というべきでしょう。欧米の植民地侵略に対する最後の砦《とりで》としての日本人の結束と覚醒が必要なのです」

仲小路はそう言って、自分の弁に満足したように微笑んだ。

「つまりね、スメラ学塾は我々にとってのエピクロスの庭なんだよ」

小島が紅茶を飲み干して言った。

「エ、エピクロスの……庭？」

智恵子がまた甲高い声を上げた。

「エピクロスは古代ギリシャのヘレニズム期の哲学者さ。ああ、それは知っているね？　ヘレニズム期はアレクサンドロス大王と、彼の師匠アリストテレスが亡くなった後に始まるんだ。紀元前三二〇年頃の話さ。この二人の死で古典期のギリシャの文化と社会は終わった。以降のギリシャでは血なまぐさい抗争や略奪、虐殺が横行するようになる。そんな時代に現れた哲学者がエピクロスさ。彼は自分の庭に学園をつくったんだ」

小島が得意の雄弁を振るった。

仲小路は目を閉じて、時折うなずきながら黙って耳を傾けている。

「ああ、だからエピクロスの庭。つまり学校ということですね」

智恵子が相槌を打った。

「その通り。しかもエピクロスの学園は、当時の教育機関から排除されていた女性や奴隷も受け入れたんだ」

「へえ、知らなかった。それは素晴らしい。エピクロスの庭は現代から見ても理想的な学園ですね。スメラ学塾の開講が楽しみになってきましたよ」

紫郎が小島に向かって拍手すると、智恵子もそれに倣った。

「智恵子さん、紫郎さん、これがどこだかお分かりですか」

仲小路が大きな地図を広げた。

「ヨーロッパですね。いくつか書き込まれている青い矢印はナチスの動きでしょうか」

智恵子が即答した。

「智恵子さん、お見事。その通りです」

智恵子はうれしそうに頭をかいた。前の日に伊庭家で話題に上ったばかりだから、まだ記憶が鮮明だった。

「ご覧の通り、ポーランドまで来ていますね。さて、この矢印は今後どうなると思いますか」

仲小路が地図を指さしながら紫郎を見た。

「英国とフランスが宣戦布告していますから、ナチスの矢印は西にも向かうはずですが、今のところ停滞しています。やはりマジノ線の威力が大きいのでしょうか」

紫郎がドイツとフランスの国境線を指でなぞった。

「とても良い視点ですね。ただ、ドイツ軍が西に進軍するとして、あえてマジノ線の強固な壁を打ち破っていく必要があるでしょうか」

仲小路はマッチを擦って燭台《しょくだい》のろうそくに火を灯し、テーブルに広げた地図を照らした。

「マジノ線を迂回《うかい》して進軍すればいいという意味でしょうか。オランダやベルギーの方から回り込んでフランスに入る、と」

仲小路は紫郎の言葉を受けてペンを執り、青インクをたっぷりつけて大胆に矢印を書き始めた。

「まずヒトラーは北に行きます。デンマークとノルウェー。冬の間は寒すぎるから春の訪れを待つでしょう。続いてルクセンブルク、ベルギー、オランダ。そこまで行けばフランスも時間の問題になります。さて、東側の矢印はどうなるでしょうねえ」

矢継ぎ早に青い矢印を書き込んだ仲小路は再び紫郎を見た。

「ひ、東ですか。ポーランドの先はソ連の勢力圏になりますね」

紫郎が地図をのぞきこむと、ろうそくの炎が激しく揺れた。

「ヒトラーはナポレオンのような男です。必ず東に向かいます」

「しかし、独ソ不可侵条約を結んだばかりですよ」

紫郎は仲小路の眼鏡に映ったろうそくの炎を見つめた。

「ヒトラーやスターリンがそんな条約に縛られると思いますか」

「はあ……。ナポレオンはロシアを攻めて失敗しますね。ヒトラーも同じ道をたどるとお考えですか」

「とても良い質問ですね。しかし、その答えは保留にしておきましょう。それより、我が日本にとってもっと重要な懸念があります。見落としてはいけません」

仲小路の眼鏡の奥が鋭く光った。

「我が国はノモンハン事件でソ連の強さを痛感しました。それで北進論が衰退し、代わりに南進論が勢いづいています。東南アジアは石油やボーキサイトなどの資源が豊富ですからね。先ほど申しましたように、ヒトラーは近いうちにオランダを占領します。いとも簡単に。するとアジアの南洋に存在する広大なオランダ領はどうなりますか。蘭領を巡って、利害が衝突する国はどこでしょう」

「ええっと……」

頭を抱えている紫郎を見て、仲小路はろうそくの火を吹き消した。

「いいですか、紫郎さん。日本と英米が全面戦争になりかねません」

柱時計が五時を告げ、同時に窓ガラスがカタカタと震えた。どうやら外は冬の嵐になっているらしい。紫郎は隣で身動きもせずに黙っている智恵子の手を握った。氷のように冷たかったが、紫郎の手も同じくらい冷え切っていた。
仲小路の予言はことごとく当たっていくのである。

エピソード11　終戦　山中湖

先週までの蒸し暑さが嘘のように、さわやかな秋風が白山通りに吹き渡っている。紫郎は神田一ツ橋の学士会館前にそびえ立つ真新しいモダン建築、共立講堂の扉を押し開けた。

講義の開始時刻まで一時間以上もあるのに、もう大勢の塾員、塾生がロビーに押し寄せ、長机に山と積まれた「第一期スメラ学塾講義録」や仲小路彰の「世界興廃大戦史」、小島威彦の「独伊の世界政策」などをむさぼるように読んでいる。

紫郎は彼らの異様な熱気にたじろぎ、ハンカチで額をぬぐった。

第一期スメラ学塾はナチス・ドイツがパリを陥落させてから三日後の一九四〇年六月十七日に日本橋白木屋講堂で始まったが、入塾希望者は定員七百人の枠をはるかに超えてしまった。学塾の番頭役でもある小島は二カ月間の予定を半分に短縮して第一期学塾を打ち切り、定員を二千人に拡大して秋に改めて開講すると発表したのだった。

塾員、塾生が待ちに待ったこの日、一九四〇年十月十四日が第二期スメラ学塾の開講日である。九月二十七日に日独伊三国同盟が締結され、十月十二日には大政翼賛会が結成されていた。紀元二千六百年記念行事が全国各地で開催された年でもある。

「イノ、こうして改めて演壇を眺めるとなかなかの迫力だよな」

紫郎は最後列の真ん中に井上清一と並んで座った。

「そりゃそうさ。僕らが夜を徹して仕上げた力作だからね」

二人は広い演壇の後ろに高々と掲げられた塾章と巨大な世界地図を満足げに見つめた。塾章は神武天皇の東征に際し、熊野から大和まで道案内したとされる三本足の「八咫烏《やたがらす》」と日輪《にちりん》をあしらったデザインで、地図には太平洋の島々と大陸が立体的に描かれている。

万雷の拍手に迎えられた塾頭の末次信正海軍大将が短い挨拶を終えた後、純白のドレスをまとった三浦環がゆっくりと舞台に現れた。

オペラ「蝶々夫人」の主役として二千回以上もステージに立ち、国際的な名声を得た世界のプリマドンナも五十六歳になっていた。しかし気品のあるソプラノは決して衰えていない。智恵子のピアノ伴奏で「スメラ民《みたみ》の歌」を朗々と歌い始めた。仲小路作詞、作曲によるスメラ学塾の塾歌だ。

「スメラ御民　我等　学ぶ甲斐あり　とつくにの衰う時　世はいかに暗くも　人はいかに騒《さや》ぐも　万代《よろずよ》に　ただ一筋に……」

客席の塾員、塾生は全員起立して神妙に聴き入った。

「スメラクラブで練習していた歌だね」

井上が紫郎の耳元でささやいた。

スメラクラブは赤坂桧町にある坂倉建築研究所の二階に置かれた学塾関係者の文化サロンだ。

紫郎や井上、小島、智恵子、坂倉準三らはサロンの常連になっていた。

「そうそう、あの歌だ。仲小路さんが口ずさんだ旋律をチエが譜面に書き取ったんだよ。ドイツ歌曲風だけど、どこか日本調でもあるし……。不思議な音楽だよな」

「確かに」

井上もうなずいた。

続いて高嶋辰彦陸軍大佐が登壇すると、客席の塾員、塾生はそろって背筋を伸ばした。講座名は「皇道世界維新綱領」。

紫郎は後方の左端に立っている背広姿の二人が急にひそひそと話し始めたのに気づいた。

「シロー、やつらは憲兵隊だよ」

井上が小声で耳打ちした。

「け、憲兵だって？　この会場には塾員、塾生しか入れないんじゃなかったのか？」

「一応、そのはずなんだけど」

「しかし、イノはどうしてやつらの正体を知っているんだ」

「あれは半年くらい前かな。陸軍の間野少佐と一緒に大佐を東京駅まで見送りに行ったことがあるんだ。無事に見送った後、改札口前の公衆電話で仲小路先生に連絡しようとしたら、一足先に電話を使い始めた男がいてね。『ただいま高嶋大佐が石原中将に面会のため東京駅を出発しました』って早口で話していたんだ。大佐は尾行されていたんだよ」

「石原中将って、石原莞爾《かんじ》さんか？」

「もちろん、そうさ」

「電話をしていたのがあの二人のうちの……」

「背の低い方。西郷隆盛みたいな太い眉毛とギョロ目。間違いないよ」

憲兵隊が紛れ込んでいるとすれば、警察も来ているかもしれない。そう思って反対側を振り返った紫郎の目は背の高い男にくぎ付けになった。右隅の壁にもたれ、煙草をふかしている。紫郎の視線を受け止めた男はにやりと笑って軽く手を振ってみせた。

「特高も来ていやがる」

紫郎は口元を手で隠して言った。

「特高？　どこに」

「憲兵隊の反対側、右隅に立っている背の高いやつだ。僕がフランスから帰ってきた時にいきなり現れた小野寺っていう警視庁の警視だよ。そうか、威彦さんを監視しているんだな」

その小島威彦が登壇して「学塾の精神」を熱く語り始めた。

小島の論旨は明快だった。

まず日本がなすべきは中国を植民地化した列強に対抗し、中国を解放することであり、一刻も早く蔣介石と和平を結び、中国から撤兵すべきだと主張した。

さらにドイツがオランダを席巻している間に、オランダが支配していたインドネシアを英国やアメリカに奪われてはならないと語気を強め、我が国は一日も早く南方に進出して石油などの資源を確保し、今のうちに英国をたたいておくべきであると熱弁を振るった。

「諸君、ご存じの通り、アメリカは日米通商航海条約を一方的に破棄した。これは事実上の宣戦布告に等しい。アメリカは時間稼ぎをしながら、今も着々と戦争の準備を進めている。アメリカの戦力が整う前に、我が国は南方の資源を確保すべきなのだ。日本の使命はアジアの解放にある。これ以上、中国と戦ってどうする。国力をそがれるばかりで、英米の思うつぼではないか。特にアメリカの戦力が整ったら、やっかいなことになる。日独伊三国同盟がようやく締結された今こそ……、いや、これが最後のチャンスかもしれない。ぐずぐずしている暇はない。諸君、そうではないか?」

塾員、塾生が一斉に立ち上がって精いっぱいの拍手を送った。感極まって涙を流す者も一人や二人ではなかった。多くが紫郎と同じ二十代の若者である。

そのとき客席から一人の男が悠然と出てきてステージによじ登った。周りの客はあっけに取られて呆然と眺めている。

「コジマあ、貴様、それでも大日本帝国の国民か。何が即時中国撤兵だ。我が皇軍の方針を否定するつもりか」

小柄だが引き締まった体つきの男が叫び、上着からピストルを出した。

「コジマあ、天に代わって成敗し……」

と、その瞬間、騒然とする客席から疾風のように飛び出した影が男の腕を取り、あっと言う間に羽交い絞めにしていた。

ピストルは発砲されぬまま演壇の床に落ちてゴトリと音をたてた。まさに一瞬の早業だった。

「あ、あれは……。鮫島さんじゃないか」

紫郎が言った。

憲兵隊の二人が舌打ちをして演壇に走っていった。特高の小野寺はにやにや笑っている。紫郎はあわてて憲兵を追った。客席のあちこちで怒号が飛び交っている。

「バカヤロウ、面倒をかけやがって」

西郷に似た背の低い憲兵が羽交い絞めにされている男をいきなり殴った。黒縁の眼鏡が吹っ飛び、鼻と口から噴き出した血が男のシャツにしたたり落ちた。

「暴力はいけませんよ」

鮫島一郎が男を解放した。

「うるさい。貴様、何者だ」

「名乗るほどの者じゃございませんよ、憲兵さん」

「な、何だって？」

憲兵は狼狽して鮫島から目をそらした。

「この男、陸軍の少尉ですね？」

「き、貴様、なぜそれを。じゃ、邪魔だ、とっととうせろ」

憲兵が血相を変えた。

「はいはい、言われなくても消えますよ」

演壇からひらりと飛び降りた鮫島の肩を紫郎がつかんだ。

「鮫島さん、どうしてここに」

「やあ、川添君、久しぶり。ちょっと興味があってね、スメラ学塾に。ボスもいるよ」

鮫島が客席の中ほどにいる紳士を見た。紳士は軽くうなずき、右手を上げた。

「坂本さん？」

紫郎は演壇に群がる塾員、塾生をかき分け、坂本直道の席に駆け寄った。

「お二人そろって学塾にいらしていたのですか」

「私はパリが陥落して間もなく帰国したんだ。このままでは我が国と英米が戦争になってしまうと思って、軍や政界の要人にいろいろと進言して回っているのだが、なかなか難しいね。特にアメリカと戦争になったらえらいことになる。中国からも即刻撤兵すべきだと思う。その点に関しては、さっき熱弁されていた小島氏の意見とさほど変わらないな。まあ、おかげで官憲からマークされるようになったんだがね」

坂本は苦笑した。

「あのピストル男を連行していった二人は憲兵のようです」

「ああ、知っているよ」

「特高も来ています」

「ほお、それは気づかなかったな」

紫郎は客席の後方を見回したが、すでに小野寺は姿を消していた。

「それにしても鮫島さんの動きは素早かったなあ。ポン・ヌフ橋の下でファシストたちと決闘した夜を思い出しましたよ」

紫郎は鮫島の顔を懐かしそうに見た。

「ああ、あの眼鏡野郎は最初から挙動不審でね。嫌な予感がしていたんだ」

「なぜ陸軍の少尉と分かったんです？」

「拳銃だよ。あれは将校用の九四式《きゅうよんしき》だ。少尉というのは当てずっぽうだけどね。憲兵の顔を見ただろう？　図星だったようだ。はっはっは」

「さすが、鮫島さんだ」

学塾の講義は何事もなかったかのように再開され、三十分後に粛々と終わった。


「仲小路さん、大変なことになりましたね」

小島逮捕の知らせを受け、広尾にある仲小路邸の応接室に駆けつけた紫郎が言った。一九四二年五月八日午前のことだ。すでに主の仲小路をはじめ、小島の妻淑子、坂倉、井上らが集まっていた。重苦しい沈黙が続いた。

「淑子姉さん、警察は朝っぱらから何の前触れもなく家まで押しかけてきて、威彦さんを連行していったってことですか」

紫郎が沈黙を破った。淑子は紫郎の養父、深尾隆太郎の娘だ。

「そうよ、その通り。寝耳に水とはこのことね。でも、前触れがなかったわけではないわ。一昨年の暮れだったかしら、警視庁に呼びつけられて厳重注意を受けたことはあったのよ。でも、まさか今になって逮捕だなんて。先生、どうしたらいいのでしょう」

淑子は隣で腕組みをしたまま黙っている仲小路を見てハンカチで目頭を押さえた。

「大丈夫ですよ、淑子さん」

仲小路がようやく口を開いた。

「いいですか、皆さん。逮捕の容疑が何なのか、まだはっきりしませんが、恐らくどこかの演説で口を滑らせ、揚げ足を取られたのでしょう。肝要なのは四千人の塾員、塾生諸君に不安と動揺を与えないことです。血気にかられて軽はずみな行動に出られては困りますからね。紫郎さん、情報局に要請して、この件の報道を差し止めていただけませんか」

「は、はい。承知しました」

紫郎が神妙にうなずいた。

「当面は組織の防衛と小島さんの救出に全力を挙げましょう。レオナルド・ダ・ヴィンチ展の開会が間近に迫っていますが……。そうですねえ、二カ月ほど延期しましょう。それまでに小島さんの件は決着させます。皆さん、よろしいですね」

仲小路に異を唱える者はいなかった。


レオナルド・ダ・ヴィンチ展の話を持ってきたのは紫郎だった。

まだ真珠湾攻撃が始まる前の一九四一年秋、駐日イタリア大使館の友人、オッタビオ・ロンバルディから呼び出され、紫郎は久々に三田の大使館を訪れた。

「シロー、紹介するよ。こちらはミルコ・アルデマーニ情報官だ」

「初めまして、シローさん。お噂はかねがねうかがっています」

情報官によれば、イタリアのミラノで一九三九年に「レオナルド・ダ・ヴィンチ展」が開催された。評判を呼んだ同展は翌年、ニューヨークの万国博覧会に出展され、万博終了後も一年かけて全米各都市を巡回したという。

「先日、大盛況のうちに閉幕しました。展示品はこのままイタリアに送り返される予定ですが、もし日本にダ・ヴィンチ展を開催するご意思があるようなら、日本経由で送り返すこともできます。シローさん、いかがでしょうか」

紫郎は話を持ち帰り、すぐさま仲小路、小島、坂倉に相談した。アメリカと戦争が始まってしまえばダ・ヴィンチの名品を太平洋航路で運ぶのは難しくなる。

真っ先に賛意を示したのは仲小路だった。

「レオナルドは優れた画家でした。『モナリザ』は素晴らしい。それは誰でも知っています。しかし彼は画家や彫刻家であると同時に、傑出した科学者であり、哲学者でもあり、建築家、解剖学者、植物学者、様々な機械の発明家でもありました。いわば総力戦的な天才です。アメリカとの決戦が避けられぬ状況になってきた今、レオナルドの顕彰は極めて意義のあることといえます。紫郎さん、急いで大使館に受諾の返事をしてください。国家的な大事業にしましょう」

仲小路の発案を受けてすぐに小島が動き、あっと言う間に情報局、陸軍省、海軍省の後援を取りつけてきた。

レオナルド・ダ・ヴィンチ展準備委員会の名誉会長は駐日イタリア大使マリオ・インデルリにお願いし、会長は末次信正海軍大将（スメラ学塾塾頭）、副会長は三井高陽《たかはる》男爵、委員長は奥村喜和男情報局次長が務めることになった。

その下の準備委員にはアルデマーニ情報官の他、文部省国民精神文化研究所長、外務省欧亜局長、陸軍省報道部長、海軍省報道部長が名を連ねた。

仲小路の目論見通り、どんなイベントにも見劣りしない国家的事業の体裁が整ったのである。実質的に運営に当たる常任委員は小島と坂倉が務めることになった。

「アジア復興　レオナルド・ダ・ヴィンチ展」は当初予定から二カ月遅れの一九四二年七月十一日、上野池之端の産業館で開幕した。

逮捕された小島の名前は展覧会のパンフレットから抹消されている。


小島は六月三日以降、巣鴨の東京拘置所に移されていた。ノミやシラミに悩まされた警視庁の留置場から一転、待遇は劇的に改善された。義兄の左近司政三海軍中将、兄弟のように親しかった司法省の正木《まさき》亮《あきら》行刑局長らの計らいだった。かつて左翼活動で捕まった紫郎を救ってくれたのも正木である。

小島の容疑は「軍機漏洩《ろうえい》」だった。彼は和歌山県の教育会で講演した際にこう述べた。

「マレー沖海戦でイギリスの大戦艦プリンス・オブ・ウェールズと巡洋戦艦レパルスが日本海

軍航空隊に撃沈させられた。あれが時代の転機であった。もはや大艦巨砲主義は時代錯誤であり、大戦艦など造っても意味がない。飛行機を造るべきであろう」

折しも基準排水量六万四千トンの巨大戦艦大和が呉で完成し、同規模の二番艦武蔵も長崎で完成しつつあった。特高は小島の取り調べで「日本が七万トンの戦艦を造っていると話したのではないか」としつこく追及した。

「貴様、何万トンと言った？　正直に言え。おい、七万トンと言ったんだな？」

「七万トンだろうが十万トンだろうが、そんな数字はどうでもいい。巨大戦艦など造っても意味がない、飛行機を造れとは言ったよ。それが僕の信念だからね」

尋問ではそんなやり取りが繰り返されたという。

小島はまだ知らなかったが、日本海軍は一九四二年六月初旬、ハワイの北西に位置するミッドウェー島付近の海戦でアメリカ軍に大敗していた。日本軍は空母四隻、艦載機二百九十機を喪失。戦艦大和は初陣を飾れず、くしくも小島の唱えた「大戦艦など造っても意味がない」を証明する結果になった。

ダ・ヴィンチ展の会場計画は坂倉が担当した。場所は上野池之端の産業館。コンクリートブロックの通路とスロープを通って場内を回遊するなど、一九三七年のパリ万博で坂倉がグランプリを受賞した日本館をほうふつさせる設計になっている。

紫郎は坂倉の案内で会場を見学した。

「サカ、あの日本館以上だよ、この会場は」

「どうもありがとう。今回は絵画や彫刻だけじゃなくて、レオナルドが発明した大きな機械類もたくさん出展されているんですよ。こうしてスロープを上って高い位置から眺めると、ほら、下から見るのとは違った迫力があるでしょう」

眼下にはダ・ヴィンチのデッサンに基づいて復元された機械が整然と並んでいる。ミラノで開かれた際にはまだ作られていなかった機械、ニューヨーク万博では会場が狭くて展示されなかった大型機械なども網羅し、世界最大級の展示になっている。

「うわー、こいつはすごいね」

紫郎は高さ十五メートルの大揚水機を見て感嘆の声を上げた。会場に水路を設置し、モーターで急流を生み出し、実際に運転して高所まで水をくみ上げてみせるという圧巻の展示だった。

「会場に水路までつくるなんてカネと手間がかかりすぎるって、反対意見もあったんですがね。実際に動かしてみせなくちゃ、この機械のすごさは分かりませんでしょう？　これを五百年も前の男が考えたんですよ。しかも『モナリザ』を描いた男と同一人物なんですから驚きますよねえ。そうそう、あそこの刻印機も見逃しちゃいけません」

坂倉が重量ハンマーをロープで巻き上げている巨大な機械を指さした。

「コクインキ？　ああ、貨幣の刻印のことか」

スロープを下りてきた紫郎の目の前でハンマーがガシャンと打ち下ろされ、円盤状の金属が一瞬にしてコインになった。

「これを五百年前に考えたってわけか。確かにすごいな。日本はまだ室町時代だよね。ルネサンスの万能の天才を紹介すれば、日本文化の高揚につながるって仲小路さんが言っていたけど、いやはや、圧倒されっぱなしだな」

一九四三年に入ると戦況は目に見えて悪化した。まず二月一日に日本軍がガダルカナル島からの撤退を開始したが、これは太平洋の主導権が米軍に渡ったことを意味した。翌二日にはスターリングラード攻防戦でドイツ軍が降伏し、これを機に独ソ戦におけるドイツ軍の後退が始まった。

さらに同年十二月、米英中の首脳が「カイロ宣言」を発表する。いわば対日戦争の戦後処理案であり、日本の無条件降伏を前提として、満州や台湾の中国への返還、朝鮮の独立などを求める内容だった。

「ついに終戦を考えるべき時が来たようです」

一九四四年二月、自邸の応接室で仲小路が静かに言った。紫郎、坂倉、井上がソファーに腰かけてうつむいている。小島は釈放されたが執行猶予中で、スメラ学塾などの活動は自粛していた。

「日本の戦争の目的は欧米に植民地化されたアジアの解放でした。戦況は悪くとも、その目的は達成されました。いや、まだ道半ばかもしれませんが、道筋はついたといえるでしょう。これからは、いかに戦争を終わらせるか、最善の策を探っていかねばなりません。しかし、治安当局はますます言論統制の手綱を締めてくるでしょう」

仲小路は集まった三人の顔を順番に見た。

「先生、まさかスメラ学塾の活動をいったん停止するおつもりでは」

井上が口を開いた。

「スメラ学塾は解散します」

仲小路は一枚のわら半紙をテーブルに置いた。塾員、塾生に宛てた「スメラ学塾解散」を知らせる手紙の下書きだった。

「か、解散ですか……」

坂倉が絶句した。

無精ひげをはやした書生が「失礼します」と紫郎たちに一礼し、仲小路に耳打ちをした。

「よろしい。お通ししなさい」

二人の若い男がうつむきながら入ってきて、仲小路の前で直立不動の姿勢をとった。色白の優男と浅黒い柔道家風の男で、絵に描いたような好対照のコンビだと紫郎は思った。柔道家の方はスメラ学塾で見かけたことがあった。

「赤紙が届いたそうですね」

「はい。先生、最後のお別れに参りました」

柔道家が言った。

「最後のお別れ……ですか？」

仲小路の声の調子が変わった。紫郎はさっと姿勢を正した。

「はい、お別れに参りました」

今度は色白が声を詰まらせながら言った。

「そんな心構えではいけません。生きなければなりません。『神州不滅』とは生き抜くことではありませんか。必ず生きて帰ってきてください。生きている限り、希望はあります。いいですね？」

「せ、先生！」

柔道家が声を上げて泣き、優男は声を押し殺して、やはり泣いていた。


一九四四年春の某日、紫郎は仲小路から直々に「食事をしませんか」と誘われ、東京駅の精養軒に急いでいた。仲小路と差し向かいで食事なんて珍しい。いや、初めてのことだ。何事だろうか。冷たい雨に打たれ、満開だった宮城の桜がはらはらと散っている。

「お待たせいたしました」

仲小路は奥の席に座っていた。

「急にお呼びたてして申し訳ありません。さあ、何でもお好きなものを」

「は、はい。あ、あの、宮城の桜が散っておりました」

用件は何ですかとは訊けず、紫郎はとんちんかんなことを口走った。

「実は知人を通じて、赤松さんから依頼を受けましてね」

仲小路は紅茶をすすった。

「赤松貞雄さんですか。首相秘書官の」

赤松が仕える総理は日米開戦前から長期政権を続けている東條英機だ。東條は首相のほか陸軍大臣と参謀総長を兼務している。

「首相と私の会見を実現させたいとお考えのようです」

「東條との会見ですか。東條内閣の決戦非常措置はひどいものですよ。これでは国民は何もできない。いくら戦時下とはいえ、自由のじの字も……」

紫郎が思わず声を上げると、仲小路が目で制した。他の客から遠く離れた隅の席ではあるが、誰が聴き耳を立てているか分からない。

一九四四年二月に閣議決定された「決戦非常措置要綱」は学徒動員や女子挺身隊《ていしんたい》の強化、旅行の制限、高級享楽の停止など、国民生活にいっそうの窮迫を強いる政策だった。高級享楽の停止によって、待合、カフェー、遊郭、劇場は軒並み休業を余儀なくされ、芸妓らは女子挺身隊として各地の作業所に振り分けられた。

「この期《ご》に及んで、東條は先生に何を相談したいのでしょうか」

「会ってみなければ分かりません。いや、そもそも会うべきか否か。そこが問題です」

仲小路は腕を組んで目をつむった。外出嫌いの先生がこうして昼間から出てくるのは極めて珍しい。それに面会の要請は山ほどあるが、ほとんど即座に断っているのを紫郎は知っていた。

即断即決の異才がこれほど悩む姿は見たことがない。仲小路にとっても東條との会見は特別の案件なのだ。

沈思黙考する歴史哲学者の前で、紫郎は淡々と食事を済ませ、一人で紅茶を飲んだ。昼食に訪れていた他の客はすべていなくなったが、先生は全く動かない。眠ってしまったのだろうか。そろそろ声をかけるべきかと紫郎が気をもみ始めた頃、仲小路の目が急に開いた。

「やめましょう」

「はあ……。東條との会見は断ると？」

「はい。会見はしません」

「理由をうかがってもよろしいでしょうか」

紫郎はティーカップをテーブルに戻し、仲小路の答えを待った。

「首相が私の意見を全面的に受け入れるのであれば、何の心配もありません。しかし、そうでない場合、私たち同志は一網打尽に逮捕されるでしょう」

仲小路は給仕が何度か取りかえた紅茶を飲み干し、安堵の表情を浮かべた。小島をはじめ、多くの知識人が弾圧されている状況を考えれば賢明な判断だった。それにしても、なぜ自分が呼ばれたのか、自分はいてもいなくても同じではなかったかと紫郎は思ったが、ともかく結論が出て良かったと素直に喜ぶことにした。

いよいよ東京が危なくなった一九四四年晩秋、智恵子は二人の幼い子供を連れて山中湖畔に疎開した。長男象郎《しょうろう》はもうすぐ四歳、前の年に生まれた光郎はよちよち歩きを始めたばかりだった。

三浦環と仲小路も相前後して山中湖畔にやってきた。

「象《しょう》ちゃん、ほら、富士山が雲の間からお顔を見せてくれたわよ」

「うん、さすが日本一だね。てっぺんが白くて、仲小路のおじちゃんみたいだ。ははっ」

「こらっ、失礼なこと言うんじゃないの。先生、申し訳ございません。象ちゃんったら、もう」

智恵子が象郎の頭をぺしゃりとたたいた。

「い、痛いなあ。おじちゃんも富士山と同じ。日本一じゃないか」

「ほお、それは光栄ですねえ。象ちゃんはとても頭がいい。お利口さんだ」

仲小路が象郎の頭を撫でているところに紫郎がやってきた。東京に残って仲小路一派の連絡係を務めていたが、この日は智恵子に頼まれた乳母車を運んできたのだった。

「環先生も一緒じゃなかったの？」

紫郎が光郎を乳母車に乗せながら智恵子に訊いた。

「あっちよ。もうすぐ始まるわ」

「始まる？」

五十メートルほど先にある釣り舟用の桟橋を女性がゆっくりと歩いている。桟橋の突端で止まり、澄んだソプラノで歌い始めた。

「天照らす　御光りの　清らけく　明きらけく」

日本が世界に誇るプリマドンナの美声が周囲の山々にこだましている。

「清らなる　乙女の願い　永遠《とわ》に　清かれ　乙女の願い　永遠に清かれ」

まるで湖面に舞い降りた天女が朗詠しているように見える。仲小路が作詞、作曲した「永遠なる女性《おみな》」だ。

「そこの釣り宿が私たちの溜まり場でね、みんなで『龍土軒《りゅうどけん》』って呼んでいるの。グランドピアノを入れたのよ。ねえ、仲小路先生」

智恵子が水色のペンキで塗られた木造の建物を指した。龍土軒は仲小路一派が愛用した東京最古のフランス料理店で、赤坂桧町のスメラクラブから歩いてすぐの場所にあった。

「ええ、東京の龍土軒にあやかりましてね。三浦環さん、智恵子さんと三人でいろんな音楽を作曲しています。夢を見ているような日々ですよ」

仲小路が象郎を抱きあげながら、にこやかに言った。まるで好々爺《こうこうや》だな。まだ四十代のはずだが……と紫郎は思ったが、分厚い眼鏡の下の生気に満ちた目を見て、すぐに考えを改めた。やはり仲小路彰はただ者ではない。この人は微塵も諦めてはいないのだ。

「申し訳ありませんが、至急上京していただけませんか」

半年後の一九四五年五月上旬、紫郎は山中湖にいる仲小路を呼び出した。小島から頼まれたのだ。逮捕の一件以来、小島と仲小路の関係は少々ぎくしゃくしていたが、そんなことを気にしている場合ではなかった。

四月に成立した鈴木貫太郎内閣の左近司政三国務相が、義弟の小島に「最も信頼できる哲学者で、歴史の目を持つ人物である、と君が高く評価していた仲小路彰さんは今どうされている」と尋ねてきた。「山中湖に疎開しています」と答えると「是非とも会わせてくれ」と頼まれたという。

左近司は川添紫郎、智恵子夫妻の仲人でもある。小島が紫郎を連絡係に選んだのは自然な成り行きだった。

仲小路と紫郎は築地の料亭、錦水《きんすい》に向かった。二カ月前の東京大空襲で都心は大きな被害を受けたが、このあたりは戦災を免れ、ひっそりとしていた。

「あそこにアメリカ系の聖路加病院がありますね。それで築地近辺は爆撃対象からはずされたのだと思います。米軍は東京を占領したらあの病院を接収するつもりなのでしょう」

仲小路が発した「占領」「接収」という言葉に紫郎はドキッとしたが、現実味の伴わない夢の話のようにも思えた。

約束の時間の正午ちょうどに到着すると、奥の座敷で左近司と小島が待っていた。隣の部屋に左近司の秘書が控えていたが、一般客は一人も入れていないようだった。

「仲小路先生、わざわざ遠方からお越しいただき恐縮でございます」

左近司が深々と頭を下げた。

「いえいえ、大臣、恐れ入ります。早速ですが、お急ぎのご用件とは……」

仲小路は分厚い座布団の上に正座し、左近司の目をじっと見た。仲小路の横に座った紫郎の手はさっきから震えている。これから始まる会談がこの国の命運を左右するかもしれない。そんな予感があったからだ。

「まあ、早い話が終戦工作ですよ」

左近司の隣に座った小島が歌うように言った。国務大臣は義弟の口調の軽さをたしなめるように一つ咳《せき》をして「まあ、そういうことです」と言った。

「四月の末にヒトラーが自ら命を絶ち、ドイツは無条件降伏しましたね。米英は最後の敵となった日本にも無条件降伏を要求するでしょう」

仲小路はそう言ってお茶をすすった。

「はい」

左近司がうなずいた。

「問題はソ連の動向です。対日包囲網をどうするか、恐らくこれから米英と最後の詰めに入るでしょう。いや、もうすでに彼らの間で秘密会合が開かれ、話はついている可能性もありますが。もしそうでないとすれば、日本が先手を打つチャンスかもしれません」

仲小路は必要なことだけを選んで冷静に話した。

「つまり日ソで秘密協定を結ぶと？」

小島が身を乗り出した。

「いや、もうその余地はないでしょう。陸海軍の意見が一致するならばの話ですが、アジア太平洋からの全面撤収を覚悟して、講和への道を開くべき時だと考えております」

左近司がきっぱりと言った。

「つまり無条件降伏を受け入れるということですか」

紫郎が思わず口をはさんだ。

「無条件っていうけどさ、条件らしい条件は一つも付けられないってことなのかね？」

小島がまた軽い調子で言った。仲小路はグラスに注がれたビールの泡をじっと見つめたまま十秒、二十秒と沈黙した後、急に顔を上げた。よほど眼光が鋭かったのだろう。左近司も小島も一瞬たじろいだ。

「国体の護持。それだけが絶対条件となります」

銀髪の歴史哲学者は表情を変えず、きっぱりと言った。

「国体の護持、つまり天皇陛下の地位と権威、それに天皇制そのものを守るということですね。全くの無条件ではなく、それだけは条件として出すべきである、と？」

紫郎が訊いた。

「東京大空襲の激しさは遠く山中湖からも分かりました。東の空が赤く燃えていましたからね。アメリカ軍による無差別爆撃はまさに残虐非道で、明らかに国際法違反です。即刻、この戦争を終わらせなければなりません。宣戦の詔勅《しょうちょく》によって始められた戦争は、終戦の詔勅によって終結させる必要があります。内閣はそのための準備を急ぐべきです。陸海軍の反対に遭うかもしれませんが、最終的には陛下のご聖断を仰ぐことです。それが軍を説得するカギになるでしょう」

仲小路はそこまで話すと腕時計を見た。これ以上、申し上げることはないという意味だった。

「先生、お説をうかがわせていただき、大変ありがたく思っております。本日は遠方までお運びいただき誠にありがとうございました」

黙って聞き入っていた左近司が再び深々と頭を下げ、会談はお開きになった。


「大変ですよ、これは米英による最初で最後の終戦条件の提示です」

一九四五年七月末、山中湖の通称「龍土軒」で仲小路が言った。

米英中の三国がベルリン郊外のポツダムで共同宣言を出したニュースは山中湖にも伝わっていたが、仲小路一派の中岡弥高《やたか》陸軍中将と深尾重光が東京から持参した同盟通信海外ニュースによって、仲小路は初めてポツダム宣言の全文を熟読したのである。

「さて、どういたしましょうか？」

中岡と深尾を出迎えた紫郎が言った。

「一刻も早く宣言を受諾すべきです。今すぐ関係各所に伝えてください。ソ連が参戦する前に。急いでください」

仲小路はいつになく厳しい口調で言った。

「は、はい。中岡さん、重光さん、すぐに発ちましょう。細かい話を電話で伝えるのは難しいし、それに今は電話がつながるまで三十分、いや一時間はかかってしまいます。ここから東京に出るのも木炭バスと列車を乗り継いで一日がかりですけどね。さあ、急いで」

「ポツダム宣言、受諾すべし」と記した仲小路の手書き原稿は、中岡、深尾、紫郎によって広尾の仲小路邸に持ち込まれ、すぐに和文タイプで清書、印刷された。

主だった相手には中岡と深尾が直接届け、紫郎がお供をすることになった。

中岡が木戸幸一内相に面会できたのは八月六日午前。すでに広島に新型爆弾が落とされていた時間だったが、まだ二人とも知らなかった。

二日後の八月八日には、ようやく高松宮殿下にお目通りがかなった。中岡と深尾が宮邸に入り、紫郎は外で待っていた。

「時すでに遅しだな」

宮邸を出てきた深尾がぼやいた。

「やるだけのことはやった。後は祈るだけだ」

中岡が深尾の肩をたたき、紫郎に「待たせたね」と声をかけた。

「殿下は何と仰せられましたか」

「我々がいろいろと申し上げるまでもなかったよ」

中岡がうつむいて、足元の砂利を蹴った。

「当然、すべてをお見通しでいらっしゃる。しかし……、ということですね。でも、希望はありますよ。左近司さんがいる」

紫郎が明るく言った。

「左近司政三国務大臣か。あの人は鈴木総理の信任が厚いからな。小島さんの義理のお兄さんに当たるんだよな」

「ええ、僕の仲人でもあります。今年五月に左近司さんと仲小路さんが終戦工作について話し合われました」

「ほお、先生は大臣に何とおっしゃった？」

「国体の護持を唯一の条件として、無条件降伏を受け入れるべきである。軍が反対した場合、ご聖断を仰ぐこと。それで軍を抑えられる、と」

中岡と深尾は大きくうなずいて「さすがは先生だ」と感心した。


八月十日、山中湖に戻った紫郎に小島から電話があった。

「ああ、紫郎君。やっとつながったな。かれこれ一時間近く待たされたよ。いつ切れるか分からないから要点だけ言うよ。左近司の義兄《にい》さんから聞かされたんだけどね、昨夜から今日の未明まで御前会議があったんだ。義兄さんが米内《よない》海軍大臣にご聖断を仰ぐしかないと耳打ちし、米内さんが鈴木首相にそれを告げると、首相は『よし』とうなずいたそうだ。結果、陛下のご聖断でポツダム宣言の受諾が決まったらしい。きっと、あの築地の会談が……」

そこで通話は途切れたが、紫郎はすべてを悟った。彼は小躍りしながら釣り宿「龍士軒」に急ぎ、仲小路に報告した。

八月十五日正午、紫郎たちは「龍土軒」の一階にあるラジオで玉音放送を聴いた。

放送が終わるやいなや、付近の住民がぞろぞろと集まってきた。

「先生、今の放送は何だったんです？　あれが天皇陛下のお声ですかい？　何のことやら、よく分からねえなって……。なあ、みんな」

「ああ、ちっとも分からねえ。戦争が終わりましたってことなのか、まだまだドンパチやれってことなのか。どうなんですか、先生」

「皆さん、戦争は終わりました。終わったんですよ」

「や、やっぱりそうか」

「先生、日本は負けたってことですか」

素朴な質問に、紫郎はハッとした。もうすぐ二歳になる次男の光郎が「おしっこ」と泣き出した。

「象ちゃん、光ちゃんを頼むよ」

「うん、分かった。ねえ、日本は負けちゃったの?」

四歳半の象郎も子供なりに心配なのだ。紫郎は仲小路を見た。彼だけでなく、全員が銀髪の歴史哲学者の答えを待っていた。

「日本は欧米の世界侵略に対するアジアの防衛と自存自衛のためにやむなく戦ったのです。この戦争の目的は、アジアの復興と防衛、植民地の解放にありました。勝った、負けたにかかわらず、その目的はすでに達成されているのです。ですから、我が国の行動は成功したと言っていいでしょう」

仲小路は周囲を見渡した。次々と集まってきた住民の全員が次の言葉を待っていた。

「我が国には原子爆弾が二度も投下され、広島と長崎は地獄さながらの修羅場と化しました。欧州戦線も悲劇的な結末を迎えています。人類と国家をこれ以上荒廃させるのは、そもそも大東亜戦争の目的にかないません。すでに沖縄の人々を悲惨な目に遭わせてしまいました。何としても本土の戦場化は避けなければなりません。さもなければ、我が民族は壊滅させられ……」

「先生、つまり日本は負けたっつうことですな」

仲小路より年配の住民が声を上げた。

「新しい日本を建設するために、ここはあえて負けを甘受するということですよ」

紫郎がたまらず口をはさんだ。仲小路が横でうなずいたので、彼はほっとした。

二階から智恵子のピアノが聞こえてきた。紫郎の好きなブラームスの間奏曲だ。ブラームスは十九世紀のドイツ人だが、この曲を聴くとなぜかパリのモンパルナスを思い出す。智恵子も同じことを言っていた。カフェで出会った人たちはどうしているだろう。

「川添さん、神戸から電話です」

釣り宿の主人が言った。伊庭家の次女シモンからだった。ずっと涙声で、なかなか要領を得なかったが、長男マルセルがフィリピンで戦死したと分かった瞬間、紫郎は衝撃で何も言えなくなった。ちょうど通話もそこで途切れてしまった。

目の前の山中湖が地中海に見える。ぎらぎらと照りつける太陽。地中海のセミとはまるで違う声だが、アブラゼミとミンミンゼミが競うように鳴き、時折、ヒグラシが悲しい声を響かせている。

紫郎は久しぶりにポール・ヴァレリーのマグロの話を思い出した。マグロの血で赤く染まった地中海。ああ、人懐こく、優しかったマルセル。カンヌの海で一緒に泳いだマルセル。君は日本兵として戦い、フィリピンの海で散ってしまったのか。

マルセルは死に、自分は富士山のふもとでのうのうと生きている。

仲小路の言葉にあった「大東亜戦争の目的」「アジアの解放」といった言葉がなんだか白々しく感じられた。歴史哲学者の言いたいことは頭では分かる。しかし、実際に多くの命が失われた。仲小路邸に挨拶にきた柔道家も色白の優男も南方の海で尊い命を散らしてしまったではないか。

目の前の山中湖はきらきらと輝き、セミたちは誰に遠慮することもなく奔放に鳴き続けている。

「自由だ」

紫郎は湖に向かって言った。弟を連れて戻ってきた象郎がきょとんとした顔で父を見上げた。

「何よりも大切なのは自由だ。僕たちはこの自由を守らなければならない。なあ、象ちゃん。君たちが大きくなる頃には、きっと何でも自由にやれる世の中になっているぞ。そういう日本と世界をつくるのがパパたちの役目なんだ」

紫郎は智恵子のピアノを聴きながら、象郎と光郎の頭を撫で続けた。

終戦から三年後の一九四八年七月三日、日比谷公園は早くもニイニイゼミの鳴き声に包まれていた。交差点の向こうにGHQ（連合軍最高司令官総司令部）本部が見える。屋上で誇らしげにはためく星条旗を横目に、川添浩史は有楽座（現在の日比谷シャンテ）に向かって歩を速めた。

浩史がプロデュースする舞踊詩劇「静物語」の公演が初日を迎えるのだ。

熊崎健翁《けんおう》の姓名学に傾倒して彰から明良《あきら》と改名した仲小路の影響で、川添紫郎も浩史《ひろし》と名乗るようになっていた。

仲小路一派は終戦直後から立て直しを図った。終戦工作の具申を通じて、高松宮殿下の知遇を得たのが大きかった。浩史は一九四五年九月以降、仲小路の提言を携えて何度も殿下の御前に参上した。日本の目指すべき道は世界平和のための「文化建設」である。それが仲小路の考えだった。

戦後、高松宮邸本館は「光輪閣《こうりんかく》」という名の迎賓館になり、殿下の平和活動の拠点となった。殿下の幼名「光宮」と地名「高輪」からの命名である。光輪閣の総務に浩史を推薦したのは仲小路だった。以来、浩史は名実ともに殿下を補佐する秘書役として存在感を高めていく。

日本舞踊の吾妻徳穂《あづまとくほ》に「静物語」の上演を持ちかけたのも浩史だった。仲小路が義経記に基づいて書いた全三幕の舞踊詩劇だ。

浩史は進駐軍に接収されて「アーニー・パイル劇場」と名を変えた旧東京宝塚劇場の脇を抜け、有楽座の楽屋に入った。稽古《けいこ》の最終仕上げの時間だった。ぎりぎりで刷り上がってきた公演パンフレットをスタッフから手渡され、彼は満足げにうなずいた。そうそうたる名前が並んでいる。

静御前・吾妻徳穂、源義経・藤間万三哉《まさや》（徳穂の夫）、源頼朝・初代中村吉右衛門、北条政子・六代目中村芝翫《しかん》（六代目歌右衛門）、小野小町・小夜福子《さよふくこ》、幕前の語り・五代目市川染五郎（初代松本白鸚）……。

音楽は宮城道雄と原智恵子が担当する。演奏は笛、鼓、筝、尺八などの和楽器団に、智恵子のピアノが加わる。写真はフランシス・ハール、美術は藤田嗣治だ。フジタの参加は浩史の依頼で実現したのだった。パンフレットの装丁、意匠もフジタが手がけている。

「これ以上は望めないほど豪華な布陣になった。後は存分に舞ってくれればいい」

浩史は稽古を終えて楽屋に戻ってきた徳穂に声をかけた。

「何もかも川添さんのおかげです。ありがとうございます。ああ、緊張してきちゃった」

徳穂がぶるぶると震える手を見せて笑った。

「大丈夫だよ。君は吾妻流宗家を継いだ立派な舞踊家なんだから、自信を持って堂々と踊ればきっとうまくいくさ」

浩史は彼女の肩をポンとたたいて客席に向かった。

開演まで一時間近くあるのに早くも満員になっている。

隣の席にはこの日のために山中湖から上京してきた仲小路が座っていた。湖畔の生活がよほど体に合ったのか、近年は以前にも増して執筆に力が入り、長く伸びた銀髪もますます輝いている。

「いよいよ初日ですね」

「良い機会をいただいて感謝しています。吉右衛門さん、芝翫さんをはじめ、当代を代表する方々に演じていただけるのですからね」

仲小路は珍しく興奮していた。


幕が上がった。徳穂演じる白拍子《しらびょうし》の静御前が、平安京の神泉苑で「雨乞の舞」を舞う。彼女の清楚な舞いは静御前のイメージにぴったりだ。バレエやギリシャ古典劇を取り入れ、スポットライトなどを駆使した和洋折衷の演出が続く。こんな舞台は見たことがないが、むしろ欧米人には分かりやすいかもしれない。

鮮烈な印象を与えたのが音楽だった。中でも宮城道雄が箏曲に編曲したショパンの「前奏曲第六番」はまさに和洋折衷の極みで、宮城の箏に智恵子のピアノが絡み、不思議なムードを醸し出していた。

幕あいに坂倉準三がやってきた。

「仲小路さん、いやはや実に野心的な舞台ですな」

「楽しんでいただけていますか」

「ええ、驚きながら拝見しています。この『静物語』は白と黒、善と悪の対比が強調されていますね。静と義経が白、頼朝と政子は黒。現在の世界情勢そのものですな」

「坂倉さん、その通りです。今やアメリカとソ連という二大強国の対立が冷たい戦争として東アジアにまで波及しようとしています」

「おっしゃる通りですな」

「日本は三年前の終戦でようやく終末戦争から抜け出したのですから、今後は第三次世界大戦に巻き込まれる危険をいかに回避するかを考えねばなりません。憲法で宣言した戦争放棄を再認識し、国民の平和への切望を舞踊詩で表現できたらいい。そう考えました」

いつの間にか演劇評論家や演劇記者たちが仲小路と坂倉を囲み、彼らの言葉をメモしていた。ところが後日載った劇評は「新しい演劇を創造しようとする意気込みは素晴らしい」としながらも「肝心の脚本が生硬《せいこう》」「演出も統一されず」「舞踊詩劇という名にははなはだ遠い」と手厳しい内容だった。

新しい試みは必ずしも最初から理解されるわけではない。いずれ評価される日が来る。仲小路も浩史もそう考え、酷評も意に介さなかった。

一九五三年暮れ、浩史は新橋の料亭Kの奥座敷にいた。相手は数年前から懇意にしている芸者の菊乃だ。一年半前の一九五二年四月二十八日にサンフランシスコ平和条約が発効して日本は独立を取り戻していたが、同時に発効した日米安全保障条約によってアメリカ軍の駐留は続いていた。

「昨晩、シローさんの夢を見ましたのよ」

「どんな夢だったの」

「オーケストラの指揮をしていらしたわ」

「マルティノンみたいに？」

浩史は菊乃を連れて、フランスの指揮者ジャン・マルティノンが指揮するＮＨＫ交響楽団を聴きにいったばかりだった。

「どういうわけか、演奏している曲が『フランチェスカの鐘』でした」

「参ったなあ。僕の指揮で二葉あき子が歌っているのかい？」

「ううん、歌手は出てこないの。演奏だけ。豪華なオーケストラだけど、どこか和風の音楽でした」

「それは夢にしては理にかなっているな。実際、マルティノンというフランス人が指揮しただけでＮ響の音がいつもと違ってフランス風に聴こえただろう。僕が指揮すればきっと和風になるのさ」

「シローさんは半分フランス人みたいなものだから、もっと西洋風に聴こえるんじゃないかしら」

「しかし、夢に出てくるようじゃあ、僕もまだまだってことだな」

「あら、どうして？」

「夢に見るよじゃ、惚《ほ》れよが薄い、真に惚れたら、眠られぬ……っていうだろう？」

浩史が節をつけて言った。

「都都逸《どどいつ》ね。今どき都都逸をうなるような粋人《すいじん》は少なくなりましたね」

「今どきって、昔を知っているみたいな言い方だなあ。君はまだ二十歳《はたち》そこそこだろう」

「もう二十二ですわ」

菊乃が笑いながら浩史の盃に酒を注ごうとした時、障子戸《しょうじど》がガラリと開いた。背の高い白人が棒立ちになっている。

「オー、ソーリー。オヘヤ、マチガエマシタ」

浩史が驚いた顔をして立ち上がった。

「ミスター・マックギル？ イッツ・ア・プレジャー・トゥ・シー・ユー・アゲイン」

「オー、ミスター・カワゾエ。オヒサシブリデス」

浩史が菊乃に「ＧＨＱとアメリカ大使館を行ったりきたりしていた謎の男だ」と説明すると、マックギルは「謎の男」という日本語を理解したらしく、高らかに笑ってそそくさと去っていった。

「ずいぶん大きな方でしたね」

菊乃が大きな目をさらに大きくして言った。

「ああ、たぶん千代の山よりでかいぞ。体だけじゃない。恐らく相当な大物だ」

「恐らく……って、正体は不明ということですか？」

「まあね。仲小路グループを代表して、僕がダレス特使宛ての文書をアメリカ大使館まで持っていった話はしただろう？」

「去年だったかしら。日米何とか交渉の時ですね」

「安保条約や行政協定に関する日本の要望をアメリカに伝えたわけさ。仲小路グループの英知の結晶だ。ああ、これは他言無用だよ」

「心得ております。これでも新橋芸者の端くれですからね。その時に横綱より大きなあの白人さんがいらしたわけですね」

「まあ、そんなところかな」

浩史は障子戸の向こうの中庭を見た。

「何を考えていらっしゃるの。お智恵さんのことでしょう」

菊乃が彼の腕を軽くつねった。

「雪が降っている」

「あら、いつの間に。これじゃあ、帰れませんね」

「タクシーを呼ぶさ」

「お智恵さん、評論家連中に意地悪されているんでしょう？　音楽通のお客さんがおっしゃっていましたわ」

「演奏会をやればことごとく酷評、海外で活躍したら今度は黙殺だからね。ひどい話さ。芸大教授の口を断ったのも主流派に嫌われる一因になったんだろう。若いうちは教職に就くより、演奏家として一線に立ち続けたい。だから断ったと言っていたけど、ああいう性格だからね。誤解されやすいのさ」

「最大の理解者なんですね」

「彼女は芸術家だ。僕とは違う。芸術の道を突き進んでくれればいいと思っているよ」

浩史は一気に盃を干し、手酌《てじゃく》で酒を注いだ。

「あら、私がやります」

「いいんだ」

「僕とは違うって……。そりゃ、シローさんはピアニストではありませんものね」

「指揮者はいいよな。自分次第でオーケストラの音が良くも悪くもなるんだからさ」

「指揮者になりたいのですか」

「まさか。インプレサリオさ」

「インプレ……さん？」

「英語でいえばプロデューサーかな。徳穂さんと『静物語』をやっただろう」

浩史はまた手酌で酒を足した。

「私と知り合う前の話ですね」

「そうだったかな。吉右衛門さんや芝翫さんのような歌舞伎界の大物が出てくれて、美術は藤田嗣治先生、音楽は宮城道雄先生……」

「すべてのお膳立てをしたのがシローさんということですね。インプレさんは舞台のお膳立てをする人？」

「その通り。君は理解が早い。さすが、僕の見込んだ新橋芸者だ」

菊乃は手酌で酒を足そうとする浩史の手を「飲みすぎです」と押さえた。

「近いうちに徳穂さんたちを連れてアメリカで公演することになっているんだ」

「アメリカで？　日本舞踊を見せるんですか？」

「うん。ソル・ヒューロックというインプレサリオの親玉みたいな人と組んでやるんだ。吾妻流の日舞をアメリカ人にどう紹介するのか。世界の技を盗んでやろうという魂胆さ」

「そうですか」

「おやおや、あまり興味なさそうだな」

「海外で活躍されている奥さまを意識なさっているんでしょう？」

「あれ、大雪になってきたぞ」

「また、そうやってはぐらかすのですね。去年だったかしら、コルトーさんが来日されましたね。『智恵はコルトーの演奏を聴いてから目つきが変わった』。シローさん、そうおっしゃっていたじゃありませんか」

今度は菊乃が盃を干した。

「コルトーは彼女のパリ時代の恩師だからね。その恩師が『ピアノは指で弾くのではありません。魂と心で弾くのです』と言ったそうだ。いかにも智恵に響きそうな言葉だよ。彼女のピアノはまさに魂のピアノだからね。それでパリに飛んでいった。自己実現のために。息子たちを知人に預けてね」

「あら、奥さまの自慢なのか、批判なのか分からないおっしゃり方ね。先週、新聞で読みました。『原智恵子さん、パリで気を吐く　シャイヨー宮演奏会で激賞の的』という見出しでしたわ」

中庭でカラスがカアと鳴いた。

「こんな夜中にカラスが鳴くのか。寒いんだろうな。中に入れてほしいってことか」

「カラスではなく、奥さまの話です」

「読んだよ。しかし、毎日新聞だけだろう。他の新聞や雑誌は黙殺だ」

「別居なさっていたくらいだから、もう奥さまには関心がないのかと思っていました」

「成功してほしいと思っているよ。ピアニストとしてね」

「あら、本当に大雪になってきました。朝までやみそうにありませんわね」

一九五四年一月、浩史は懐かしいモンパルナス通りを歩いていた。プラタナスの枯葉と新聞紙が風に舞っている。ラ・クーポール、ル・ドーム、通りを渡った先のル・セレクト、ラ・ロトンド。カフェのたたずまいもほとんど変わっていない。

二月からニューヨークで吾妻徳穂一座による日本舞踊の公演が始まる。その前に彼の原点となった街を訪れたのだった。

智恵子のアパルトマンは交差点のすぐ近くにあった。かつて藤田嗣治が住んでいたアパルトマンの隣だ。

「やあ、元気かい」

浩史はコートを椅子の背に掛けた。

「順調よ」

智恵子はそう答えたが、少し疲れているようにも見える。

「あら、その茶色の革靴、今も履いてくれているのね」

「もちろんさ。二年前だったかな。誕生日に贈ってくれたのは」

「三年前よ。そうそう、暮れにルクセンブルクで演奏したの」

「ほお、活躍しているんだな。その前にシャイヨー宮でもリサイタルをやって大成功だったらしいね。おめでとう」

「ええ、ありがとう。毎日新聞を読んだのね。書いたのは欧州総局長の板倉さんよ。この部屋も板倉さんが手配してくださったの」

浩史は智恵子がすき焼きをつくってくれた日を思い出していた。もう二十年近く前になるのか。あの頃は彼女といれば何もかもがうまくいくと信じていた。

「すっかりお邪魔しちゃったね。そろそろ行かなくちゃ」

浩史はワイングラスを置き、立ち上がってコートを手に取った。

「えっ、昼に来たばかりじゃないの」

「ニューヨーク行きの切符を手配してあるんだ。徳穂さんたちを待たせちゃいけない。君もピアノの練習があるんだろう?」

浩史は部屋の半分を占領しているグランドピアノをポロンと鳴らしてドアに向かった。

「じゃあ、元気で」

「うん。徳穂さんによろしく。アメリカ公演の成功を祈っているわ」

「ありがとう。君も頑張って」

階段を下りていく途中で、ピアノの音が聴こえてきた。彼の好きなブラームスの間奏曲だ。

「そういえば山中湖でも弾いてくれた。ちょうど戦争が終わった日だったな」

浩史はつまずいて転びそうになった。固く結んでいたはずの靴ひもがほどけていた。


浩史がホテルからマグナム・フォトのパリ支社に電話をかけると、若い女性の事務員がぶっきらぼうに応対した。「シロー・カワゾエ」と名乗ると驚きの声を上げ、急に態度を変えた。どうやら主宰者のロバート・キャパは古い友人の話を社員に何度も聞かせているようだ。残念ながらキャパはスイスに出かけていて不在だった。

キャパに会えなかった代わりに、ニューヨーク行きのエール・フランスの機中で思わぬ人物と乗り合わせた。キャパと一緒にマグナム・フォトを旗揚げしたデヴィッド・シーモアだ。キャパやゲルダと一緒にラ・クーポールやル・ドームで朝まで語り合ったこともある。彼はポーランド出身の白人だが、浩史より背が低い。広すぎるくらいだった額はさらに後退している。間違いない、シムだ。

「シム、シムじゃないか。君はデイヴ・シーモアだろう?」

「おお、シロー。懐かしいなあ。何年ぶりだろう。僕も人のことは言えないけど、モンパルナスの色男もすっかりおじさんになったな」

シムは機中で自分の撮った大量の写真を浩史に見せて「ニューヨークに着いたらアンドレの弟を訪ねるといい」とアドバイスした。


コーネル・キャパはマグナム・フォトの入口で浩史を温かく迎えてくれた。太くて濃い眉、人懐こい笑顔。兄のロバート・キャパこと、アンドレ・フリードマンにそっくりだ。コーネルは「あなたは兄の恩人で、我々家族の恩人でもあります」と繰り返し語った。

浩史はこれからソル・ヒューロックのプロデュースで日本舞踊の全米公演を始めると打ち明けた。

「それは実に興味深い試みです。ヒューロックが付いていれば心配ないでしょうけど、私に恩返しをさせてください。一緒についてきていただけますか」

コーネルは浩史を連れ、ニューヨークにある新聞社やラジオ局、雑誌社を回った。彼自身も「ライフ」誌の写真家として活躍しているが、ロバート・キャパの威光は絶大のようで、どこに行っても幹部の部屋にすんなりと通された。

「やあ、コーネル。元気かい」

「ええ、社長。相変わらず調子が良さそうですね。日本から来た友人を紹介しましょう。ミスター・カワゾエ。私たち家族の恩人です。兄弟のような存在ですよ」

兄譲りの人懐こさがコーネルの武器のようだ。

「パリで食い詰めていたアンドレ・フリードマンに生きる力を与えた日本人というのはあなたでしたか」

無理やり背広を着せたビヤ樽のようなN新聞社長が立ち上がり、浩史に握手を求めた。

「私はアンドレというユニークな男と妙に馬が合って一緒に遊んでいただけですよ」

「戦前のモンパルナスは世界の芸術の中心でしたからなあ」

「はい。今や世界の中心はここニューヨークですね」

浩史がそう言うと、社長は丸い顔を赤らめてうれしそうに笑った。

「ミスター・カワゾエ、何でも協力しましょう。ジャパニーズ・ダンスのステージとなれば、アメリカ人も興味津々のはずです」

翌日からニューヨークの各紙に相次いで前触れ記事が載り、著名人たちがラジオで「これは必見だ」と好意的な発言を繰り返した。集客に影響がないわけがなかった。

浩史はブロードウェイ近くにある古いビルの一室に入った。ヒューロックを交えた打ち合わせが始まる時間だった。

「あら、川添さん、いいところにいらっしゃったわ。どうにかしてくださいよ」

徳穂が浩史の腕をつかみ、悲鳴にも似た声で言った。

「いったい、どうしたんだい？」

「これですよ、これ」

彼女は壁に立てかけられた公演の大看板を指さした。タイトルがローマ字ではなく、カタカナで大書されている。

「へえー、アヅマカブキか」

「感心している場合じゃありませんよ。私たちがやっているのは歌舞伎ではなく、日本舞踊、日舞なんです。歌舞伎と書かれたのでは困ってしまいますわ。私の知らないうちに、こんなチラシまで作られてしまって」

徳穂がテーブルに積まれたチラシの束を指さした。英語で「ジ・アヅマカブキ　ダンサーズ・アンド・ミュージシャンズ」と記されている。

腕組みをして部屋の隅に立っていたヒューロックが肩をすくめた。日本語は分からないが、徳穂が何を訴えているのか想像はついているようだ。

「ミスター・カワゾエ、アメリカの知識人はカブキなら知っていますが、ニチブでは通じません。ジャパニーズ・トラディショナル・ダンスでも分からなくはないが、インパクトに欠けます。お分かりでしょう？」

浩史はうなずき、徳穂のために通訳した。

「ええ、それは先ほどもうかがいました。しかしねえ、歌舞伎というのは……」

「トクホサン、カブキを始めたイズモノオクニという人は女性だと聞きました。それで『オクニカブキ』と呼ばれるそうですね。あなたも女性ですから『アヅマカブキ』で何の問題があるでしょう」

ヒューロックの言葉を浩史が通訳すると、徳穂は観念したようにうなずいた。

「仕方がありませんね。日本に帰ったら何と言われるか分かりませんけど、ここはアメリカですものね。郷に入っては郷に従えと言いますし」


アヅマカブキは尾上《おのえ》流の家元菊之丞《きくのじょう》、花柳流の花柳若菜、藤間流の藤間秀斉《しゅうさい》をゲストに迎え、演奏にも長唄の杵屋《きねや》勝東治《かつとうじ》（三味線、若山富三郎と勝新太郎の父）、松島庄三郎（唄）、藤舎呂船《とうしゃろせん》（鼓）という豪華な面々が参加している。

しかし、ヒューロックの指示には容赦がなかった。

「長すぎます。もっとコンパクトに。これではアメリカ人は退屈しますよ」

彼が注文をつけるたびに、すったもんだが起きる。

「ねえ、川添さん、何とか言ってやってくださいよ。これを十五分に縮めろなんて簡単に言われましてもね、踊りにはちゃんと物語ってものがあるんです。起承転結の承や転を削ってしまったら、何がなんだか分かりませんよ」

共演者たちの不平とヒューロックの注文との板ばさみになった徳穂が不満をぶつけられる相手は浩史しかいなかった。

「気持ちは分かるよ。しかし、ミスター・ヒューロックの言うことにも一理ある。退屈されたら見てもらえないだろう。まずは彼の言う通りにやってみようよ」

浩史はヒューロックの目の付け所の良さに舌を巻き、ここは何としてでもヒューロック流を貫くべきだと確信していた。

アヅマカブキの公演は「三番叟《さんばそう》」「土蜘蛛《つちぐも》」といった分かりやすい踊りをアメリカ人向けの早いテンポで次々と披露する舞台になった。会場には毎回「ワンダフル」「ブラボー」の嵐が巻き起こり、ブロードウェイ公演は予定を変更して一週間延長した。ニューヨーク・タイムズやヘラルド・トリビューンなどが絶賛の劇評を載せるなど、上々の滑り出しとなった。

ニューヨーク公演の後、フィラデルフィア、ワシントンDC、シカゴ、ロサンゼルス、サンフランシスコなど、一九五四年六月まで計七都市を回ることになっているが、浩史は途中でツアーを抜け出し、急きょ四月初旬に帰国した。写真雑誌「カメラ毎日」の創刊を記念して、毎日新聞がロバート・キャパを日本に招待することになったからだ。


一九五四年四月十三日夜、羽田空港のロビーには多くの報道陣が駆けつけていた。お目当ては人気歌手ジョセフィン・ベイカーと世界的な報道写真家ロバート・キャパだ。

折からの雨でわずかに残っていた桜も完全に散ってしまった。雨はますます激しくなり、滑走路は白く煙っている。報道陣の一団から少し離れたベンチに腰かけた浩史は浮かない顔をしていた。

「どうしたんです。川添さん、キャパさんに会えるのを楽しみにしていたのに」

通訳と案内役を兼ねて「カメラ毎日」から派遣された編集者、金沢秀憲が声をかけた。

「彼とは戦争前にパリで別れたきりなんだ。向こうはアメリカ、こっちは日本。敵同士になってしまった。ノルマンディー上陸作戦を撮ったピンぼけの写真を見たことがあるだろう？」

「ええ、もちろん。これでも毎日新聞の写真部にいたんですよ」

「写真部か。今や空前のカメラブームだもんなあ」

「あっ、出てきましたね」

金沢の声を聞いて浩史はさっと立ち上がり、報道陣の群れを器用にかき分けて最前列に躍り出た。

「ハーイ、シロー！」

キャパはすぐに彼を見つけ、満面に笑みを浮かべて帽子を振った。

目の前にキャパがいる。左右の眉毛がつながった懐かしい顔……。浩史はキャパに駆け寄った。

二人は固く抱き合い、しばらく動かなかった。

報道陣も遠慮して遠巻きに見守っている。互いに背中をポンポンとたたき合っているうちに、長い時間をかけて固まった氷が解けていくのが分かった。二人を引き裂いた戦争は終わった。

もうアメリカも日本もない。ここにいるのはモンパルナスで夢を語り合ったアンドレとシローだった。

翌日からキャパは精力的に都内を歩き回り、シャッターを切り続けた。公式に付き添っているのは「カメラ毎日」の金沢だが、浩史も常に同行し、朝と夜は必ず食事を共にした。

キャパは銀座や浅草、新橋を丹念に見学した。映画の看板に見とれる学生、おみくじを引く老人、白衣の傷痍《しょうい》軍人、背負った赤ん坊の上に「ねんねこ半纏《ばんてん》」を羽織った女性などを興味深く見つめ、無造作にシャッターを切った。構図や露出などはお構いなしのように見えた。

新橋演舞場の撮影を終えて出てくると、どこで聞きつけたのか、世界的な報道写真家を一目見ようと大勢のカメラ愛好家が集まっていた。その一群に菊乃もいて、通りの向こうから盛んに手を振っている。

「シロー、きれいな女性だね。君の恋人かい？」

キャパが浩史の顔をのぞき込むようにして言った。

「新橋の芸者だよ。今は洋装だけどね」

「オー、ゲイシャ・ガール。ワンダフル！」

キャパとは英語で話した。公式の通訳として金沢が付き添っている以上、フランス語で話すわけにはいかなかった。

「あの大きな瞳はどこかで見たことがあるなあ。そうかフジコに似て……。あっ、ごめん。つらい出来事を思い出させてしまったね」

キャパが暗い顔をして謝った。

「いや、構わないよ。もう遠い昔の話だ。言われて気づいたけど、似ているかもしれないな。目と口元あたりが。背丈は違うけどね。そういえば、君こそイングリッド・バーグマンとの仲はどうなったんだ？」

「もう遠い昔の話だ」

キャパが浩史の口調をそっくりまねて答えると、横にいた金沢がプッと吹き出し、釣られて浩史もキャパも笑いだした。向こうで菊乃がきょとんとしていた。


「どうだい、アンドレ。温泉は」

「オンセン、サイコー」

キャパに一日だけオフが与えられるというので、浩史は彼を熱海に連れてきた。相模湾を望む源泉かけ流しの露天風呂でゆっくり語り合った。

「日本滞在中のスケジュールはガチガチに決められているんだよな？」

「ナラ、キョート、ヒョーゴ、オーサカ。それからトキオに戻ってメーデーを撮ってくれと言われているよ」

「奈良や京都はもちろん見る価値があるけど、本当は広島と長崎を撮るべきなんだよ」

「オー、ヒロシマ、ナガサキ。僕は心配で仕方がなかった。シローがきのこ雲の下にいるんじゃないかと思ってね」

キャパは夕日に赤く染まった海を見つめたまま言った。

「そうだ、ビキニの灰を撮るといい」

「ビキニの？」

「今年の春、太平洋のマーシャル諸島にあるビキニ環礁でアメリカが水爆実験をやったのは知っているだろう？」

「もちろん。日本の船が巻き込まれたんだったね」

キャパの目の色が急に変わった。

「第五福竜丸という木造のマグロ漁船だ。多量の死の灰を浴びた」

「死の灰？」

「英語ではフォールアウト（放射性降下物）だったかな」

「オー、フォールアウト。アイ・シー」

「乗組員二十三人は全員、フォールアウトを浴びながら長時間作業したそうだよ。第五福竜丸は自力で母港の焼津まで戻ってきたんだ」

「ヤイヅ？　ヒロシマやナガサキより近いの？」

「熱海からだったら、あっと言う間さ」

キャパはスケジュールの変更を要請し、焼津に向かった。翌朝一番の列車で「カメラ毎日」の金沢もやってきた。

「いやあ、急に予定を変更したいって言いだすから驚きましたよ。川添さん、あなたの入れ知恵ですね」

金沢は東京から持参したこうもり傘を浩史に渡した。

「さあ、どうかな」

雨が激しくなってきた。

「第五福竜丸か。いいアイデアだったと思いますよ、川添さん。結果論ですけど」

キャパは傘も差さず、黙然とマグロ船を見つめている。

「こんな小さな木造船が太平洋の彼方までマグロを獲りに行っていたんですねえ」

金沢が言った。

またマグロか……。浩史の脳内を様々なイメージが駆け巡る。ポール・ヴァレリー、マグロ、血、地中海、山中湖、太平洋、マルセル、アンドレ、血。浩史は妙な胸騒ぎを覚え、気づいた時にはその場にしゃがみ込んでいた。

「シロー、シロー。アー・ユー・OK?」

さっきまで呆然と立ち尽くしていたキャパが飛んできて浩史を抱きかかえた。

「あ、ああ、大丈夫だ。少しめまいがしてね。疲れているのかな」

「川添さん、雨も強くなってきたし、どこかで休みましょう」

金沢に促され、浩史とキャパは焼津港を後にした。

東京に戻ったキャパは天皇誕生日の一般参賀を取材した。

「おい、アンドレ。いったい、どうしたんだ。朝からずっと浮かない顔をして」

浩史がキャパの背中を小突いた。

「うん、あのね……。い、いや、何でもないんだ」

横にいた金沢がキャパをにらんだ。

「ミスター・キャパ、まだ川添さんに話していなかったのですか？」

「えっ、何の話だ？」

浩史はキャパと金沢を交互に見た。

「キャパさんは東京でメーデーの取材を終えたらインドシナに飛ぶそうです」

金沢が肩をすくめた。

「な、なんだって？　ベトナムとフランスがドンパチやっている真っただ中じゃないか」

浩史がキャパに詰め寄った。

「ごめん、隠すつもりはなかったんだ。昨夜、急に連絡があってね。『ライフ』との契約は一カ月だから、すぐ日本に戻ってくるよ」

キャパは頭をかきながら、しきりに弁解した。

「マグナム・フォトの連中に行けと言われたのか？」

「いや、彼らは無理して行く必要はないと言ってくれたよ。僕が行くと言ったんだ」

「なぜだ？」

「うーん、何となく行ってもいいかなと思ってね」

キャパはしどろもどろになった。

「日本は写真の天国だって言ってくれたじゃないか。日本にいるのが嫌になったのか」

「いや、そうじゃない。その反対だよ。日本は本当に写真の天国で、とても楽しかった。日本に来たおかげで、これまでよりもっと写真が好きになったんだ」

「行くな、アンドレ。行っちゃいけない。今のインドシナ戦争はベトナムの独立をかけた戦いだろう?」

浩史の剣幕に押され、キャパはたじたじになった。

「アンドレ、君の行くべき戦争じゃない」

浩史は重ねて言った。なぜこれほど強く、激しく反対するのか、自分でも分からなくなっていた。

一九五四年五月一日、キャパは毎日新聞の依頼でメーデーの取材をした。二年前の同じ日、皇居外苑でデモ隊と警察が衝突して「血のメーデー」と呼ばれる事件になった。その後の状況を世界的な報道写真家に撮らせたかったのだろう。キャパはトラックに乗せられ、半ば義務的にシャッターを切り続けた。

「シロー、一九三六年のメーデーを覚えているかい」

キャパが叫ぶように言った。デモ隊と警官隊が巻き起こす地鳴りのような音にかき消され、すぐ近くにいるのに声が聞き取りにくい。

「ああ、君が毎日新聞から借りたライカを壊してしまった日だろう?」

「そうか、そうだった。ライカを壊したのがメーデーの日だった。だとすると、その二日後だ」

またキャパが叫んだ。

「五月三日のレピュブリック広場か。忘れるもんか。大勢のパリジャンが『ファシストを追い詰めろ』と叫んでいた。君はゲルダと一緒にカメラを構えていた」

「そこでシローはフジコと再会した」

「そうだ、その通りだ」

「もう遠い昔の話だ」

キャパがまた浩史の口調をまねて言った。

「遠い昔だが、忘れられない一日だ」

浩史が叫んだ。

「ああ、それにしても日本にメーデーは似合わないな。日本の新聞は、僕がこんな被写体を好むと思っているらしい。困ったもんだ。僕の好きな日本はここにはないよ」

キャパはそうぼやいてトラックから降りた。そろそろ羽田に向かう時間だった。

バンコク行きの便は二時間後に出発する。仏領インドシナに入るには、まずバンコクでビザの発給を受ける必要があった。

キャパは「まだ少し時間があるから」と浩史や金沢たちを空港のレストランに誘い、ウイスキーを振る舞った。

「ミスター・キャパ、そろそろ出発です」

金沢がそう告げると、キャパはしぶしぶ腰を上げた。

「シロー、きっとすぐに帰ってくる」

キャパはひどく深刻な顔をしていた。

「うん、分かっている。君の荷物は全部うちで預かっておくからさ。僕のおかげで君はほとんど手ぶら同然でインドシナに行けるわけだ」

「カメラとフィルムは持ったよ」

「当たり前だ」

キャパは搭乗口の前で急に立ち止まり、見送りの人々に背を向けたまま、自分の頭をたたき始めた。

「ああ、僕はバカだ、バカだ。なぜインドシナに行くなんて言ってしまったんだろう」

「おいおい、そんなにたたいたら本当に頭がおかしくなっちまうぞ」

浩史の声に反応して、キャパが振り向いた。うっすらと涙を浮かべている。ウイスキーを飲みすぎたのだろうか。彼が日本に来て以来、ほとんど毎晩酒を酌み交わしてきたが、いつも愉快な酒だった。少なくとも泣き上戸《じょうご》ではなかった。

「アンドレ、ボン・ボヤージュ！」

浩史が握手を求めて手を差しだすと、キャパは抱きついてきた。浩史が戸惑うほどに固く、長い、長い抱擁だった。

ロバート・キャパこと、アンドレ・フリードマンは一九五四年五月二十五日、仏領インドシナで死去した。享年四十。稲田を進むフランス兵の一団を撮影するために土手を駆け上がり、窪地に下りてカメラを構えようとした時、彼の足は地雷を踏んでいたのだった。

エピソード13　梶子

第二回アヅマカブキの一行三十五人を乗せた旅客機は一九五五年七月二十七日に羽田を発ち、香港、バンコク、カルカッタ（コルカタ）、デリーなどを経由して、三十日に北イタリアのミラノ空港に到着した。

今回はヨーロッパ各国を回った後、全米で公演することになっている。翌年四月まで九カ月間に及ぶ欧米ツアーの始まりだ。

一行がタラップを降りてくる。先頭は吾妻徳穂、続いて夫の藤間万三哉。ギラギラと照りつける太陽がまぶしいのか、徳穂は目を細めてうつむいている。記者団が一斉にシャッターを切った。

「あなたが川添さん？　川添浩史さんですね」

浩史が汗を拭きながら空港のロビーに入ってくると、ベージュの開襟シャツを着た東洋人が日本語で声をかけてきた。豊かな黒髪にちらほらと白いものが交じっている。自分と同年配だろうと浩史は思った。

「ええ、川添です」

「村上と申します。大使館の使いで、お約束のナレーターをお連れしました」

村上の後ろに隠れるように立っていた若い女性がぺこりとお辞儀をして、浩史の目をじっと見つめた。心の奥を探るように。

アヅマカブキの舞台にイタリア語の解説を付けようと考えた浩史は、ローマの日本大使館にナレーターを紹介してほしいとリクエストを出していた。条件は二つ。イタリア語が堪能で、しかも日本文化に造詣の深い人物。できれば女性。

「岩元と申します。岩元梶子です」

若い女性が抑揚のない声で挨拶した。

「ど、どうも。川添です」

梶子はまだ二十代半ばぐらいだろう。一回り以上も若い相手なのに、いつになく緊張している自分に気づき、浩史は頭をかいた。

「川添さん、岩元君は二科展に入選したこともある気鋭の彫刻家でしてね。戦後の早い時期からイタリアに留学して、エミリオ・グレコに師事していました。グレコは今やイタリア現代彫刻の旗手になっていますが、戦前は私と机を並べて彫刻のイロハから勉強していたんですよ……。ああ、失礼。私とグレコの関係はさておき、彼女のイタリア語は完璧です。教養も申し分ない。今回のお役目にぴったりだと思います」

「それは心強い。どうぞよろしくお願いします」

浩史が右手を差し出し、握手を交わした。梶子の手はどきりとするほど冷たかったが、ノースリーブの白いワンピースから突き出した二の腕は妙になまめかしかった。

「ところで川添さん、私はその昔、カワゾエと名乗る面白い男に会ったことがあります」

村上が言った。

「ほお、あまり多い名字ではありませんが」

浩史は何かを思い出そうとするように目を細め、村上の顔をしげしげと眺めた。

「その男とはマルセイユ行きの船で知り合いました。ちょっとした事件がありましてね。その後、ジェノヴァ行きの列車でも一緒になり、彼はカンヌで降りました。以来、一度も会っていません。一九三四年の夏だから、もう二十年余り前の話になりますが、今もはっきりと覚えています。彼はシローと名乗った。年齢は私と変わらなかった。ひょっとして、あなたのご兄弟ではありませんか」

浩史は目を見開いたまま「あ、あ、あの……」と声にならない声を出した。

「ぼ、僕がそのシロー、川添紫郎だよ。すると君はあのときの村上……」

「アキラ。明るいと書いて村上明」

「そうだ、覚えているよ。忘れるわけがない。そういえばイタリアで彫刻を勉強すると言っていたね。ああ、それでエミリオ・グレコと机を並べたってわけか」

「うん、パレルモの美術学校でね。そうか、君があの足の速い川添君か」

二人は固く抱き合い、再会を心から喜んだ。

浩史は一年前に再会し、間もなく逝ってしまったロバート・キャパを思い出していた。ああ、懐かしい男、村上。富士子を知っている男、村上明。何という巡り合わせだろう。君はアンドレのように急にいなくなったりしないでくれよ。なぜか涙があふれてきた。

梶子は二人の中年男の抱擁をぼんやりと眺めていた。


アヅマカブキのツアーは一九五五年八月三日、ジェノヴァ近郊のネルヴィで開かれる恒例のダンスフェスティバルに参加する形で初日を迎えた。会場はネルヴィ公園の野外劇場だ。ステージの背後には地中海が広がり、舞台下のオーケストラボックスの周りにはアジサイが咲き乱れている。最新型の日本舞踊が見られるとあって、欧米各国から訪れたダンスファンが客席に詰めかけ、会場は開演前から華やかなムードに包まれていた。

「シニョーリ・エ・シニョーレ……」

紅袴を胸高に締め、平安時代の女官か神社の巫女《みこ》のような姿をした女性がマイクの前に現れてイタリア語で語り始めた。浩史が日本から用意してきた装束は、梶子の体に不思議なくらいぴったりと合い、着付けを手伝った徳穂が驚いていた。

梶子の長い黒髪が潮風に揺れている。地中海の青と紅袴の赤のコントラストがぞっとするほど美しかった。

「静寂《しじま》を破ってトンと鳴る足踏みは人生の調べをつたえ、雪のように白い足袋は清らかな人々の心を意味します。日本舞踊は神々への奉納としての起源を持ち、この浄《きよ》められた舞台はそのまま祭壇であり、この芸術はわれわれの祖先から贈られたものであります」

浩史は客席の最後列で腕組みをして梶子のナレーションに聴き入った。

「見事なナレーションだね。本番までほとんど時間がなかったのに、格調の高いイタリア語に訳している。それに大きなノートを手にしているけど、さっきから一度も目を落としていない。すべて暗記しているんだな」

隣に座った村上がしきりに感心した。

「ありがとう、良い人を紹介してくれたね。それにしても君が大使館の嘱託になっていたとは、まさに天の配剤だな」

「グレコが取り持ってくれた縁だよ」

「グレコと君は彫刻学校のクラスメイトだったんだよな？」

「最初はライバル同士だった。しかし戦争が始まって、俺は帰国したんだ。戦後、またイタリアに戻ったんだが、もう彫刻家としては歴然とした差がついていてね。もともとの才能が違ったんだな。俺は大使館に拾われるまで、しばらくグレコの助手のようなことをやっていたんだ」

「そこに梶子さんがやってきた」

「そういうことさ。グレコは岩元君にぞっこんでね。彼女をモデルにいくつも作品を残している」

周囲の観客は梶子のナレーションに魅了されている。時折、どっと笑い声が上がるのは、演目の概要をイタリアの風俗になぞらえ、分かりやすく解説している証拠だ。

「グレコは僕らと同年配だろう？　不惑の男が若い女性に惑わされたってことか」

「ははは、中年男だって恋はするさ。しかし結局、グレコの思いは届かなかった。彼女はグレコ門下の若い彫刻家と結婚したんだ」

「へえ、若い彫刻家ねえ」

「うん。俺も知っている男だ。典型的なイタリア男って感じのやつでね。彼女よりいくつか年下だったな。娘さんが一人いる」

「もう子供までいるのか」

「ああ、まだ一歳……。いや、もうじき二歳になるのかな」

「へえ。幸せの絶頂というやつだな」

浩史がそう言うと、村上は顔を曇らせた。

「どうした？」

「い、いや、何でもないよ」

本編はこれからだというのに、客席から盛大な拍手が巻き起こった。立ち上がって歓声を送る客に向かって梶子が深々と頭を下げている。ナレーション作戦は大成功のようだ。

終演後、浩史と村上はホテルのバーで乾杯した。梶子は出演者たちの宴会に合流している。

「川添君、例の富士子さんは気の毒だったな」

「し、知っているのか」

「帰国した時、神保町で彼女の兄貴に偶然会ったんだよ。スペインで亡くなったそうだね。旧華族のボンボンが彼女にご執心で、執事に後を追わせて結婚を迫ったらしい。執拗にね。富士子がカメラに夢中になったのは、そのボンボンから逃れるためだった、だからそのボンボンに殺されたようなものだと兄貴は怒っていたよ」

村上はロックアイスを指で回しながら言った。

「執事か。船で彼女を見張っていた痩せぎすの男はその執事だったんだな」

「恐らくそうだろう。ところで君は富士子さんとはどういう関係だったんだ」

「何もなかったよ」

「何も？　本当か？」

浩史はピアニストと結婚して息子が二人いると打ち明けた。村上も原智恵子の名は知っていた。彼は今も独身だという。

「ところで岩元君をどう思う？」

村上はグラスを置き、浩史の顔をのぞき込んだ。

「どう思うって？」

「背が高くて、西洋人のような目をした富士子さんとはずいぶんタイプが違うけどさ」

そこに梶子がやってきた。顔が赤い。少し酔っているようだ。

「フジコさんってどなた？」

彼女は浩史と村上の間に座った。

「遠い昔に亡くなったカメラマンさ」

浩史は冷たい水の入ったコップを梶子に差し出した。

「あら、私も飲むわ」

梶子は栗色の髪のバーテンダーに「彼と同じものを」とイタリア語で注文した。

「遠い昔に死んでしまっても、こうして二人の男性に思い出話をしてもらえるなんて、よほど素敵な女性だったのね。どうせ私が死んだって……」

「おいおい、岩元君。また……」

村上が困ったような顔をして浩史に助けを求めた。

「梶子さん、今日のナレーションは素晴らしかった。あなたには才能がある。その才能を生かせば、きっと何でもできると思いますよ」

梶子の肩にそっと手を置いて浩史が言った。彼女の背中は小刻みに震えていた。


アヅマカブキはネルヴィで一週間公演した後、フランスとの国境に近いサンレモに移動して二日間の舞台を終えた。梶子のナレーションは日を追うごとに練度が高まり、徳穂をはじめ、出演者たちの評判も上々だった。

これから一行はイタリアを離れ、コペンハーゲン、ストックホルムを巡演する。寸暇を惜しんで観光に訪れたサンレモのロシア正教会の前で、梶子を送る即席の会が催された。

「梶子さん、もうミラノに戻られるのよね。これでお別れだなんて残念だわ。あなたにずっとナレーションをやっていただけたらいいのだけど、そういうわけにもいきませんものね」

徳穂が名残惜しそうに言った。

「そうおっしゃっていただいて光栄です」

梶子はしばらくうつむいていたが、すっと顔を上げ、独特の低い声で話し始めた。

「最初は不安もありましたが、だんだん舞台に上がるのが楽しくなりました。良い経験をさせていただき、ありがとうございました。これでお別れだなんて、私、本当に寂しくて……。皆さん、この後も長い旅になるでしょうが、公演の成功をお祈りいたしております」

梶子の挨拶が終わるのを待っていたかのように、教会の鐘が鳴り始めた。

浩史は徳穂たちの後ろに立ち、黙って彼女を見つめていた。この一週間余りで梶子の肌は小麦色に焼けていたが、寂しげな目は初めて会った時から変わっていないと彼は思った。

「岩元君、そろそろ時間だ」

村上に促され、梶子は駅に向かった。

村上が振り返って「駅まで一緒に来ないのか」と目顔で訊いている。浩史は右手を上げて「いいんだ、行ってくれ」と合図を送った。梶子はずっと下を向いて歩き、一度も振り向かなかった。


コペンハーゲンとストックホルムの公演を無事に終え、一行は英国のエディンバラに到着した。エディンバラ国際演劇祭に参加する形で公演するのだが、同時に開かれているエディンバラ国際映画祭で大映の「雨月物語」（溝口健二監督）がゴールデン・ローレル賞に輝き、アヅマカブキ一行も記念上映会に参加することになった。

大映の代表として訪英している大映専務で作家の川口松太郎が会場に姿を現した。

「先生、お久しぶりです。こんな異国の地でお会いするなんて、不思議なご縁ですわね」

徳穂が声をかけた。川口とは旧知の仲だという。

「ご紹介いたしますわ。川添さんとおっしゃるの。あの後藤象二郎さんのお孫さんよ」

「川口と申します。後藤猛太郎氏の息子さんですな」

「は、初めまして。川添浩史と申します。父をご存じで？」

「私が社会に出た頃には亡くなられていましたが、新橋や赤坂、神楽坂あたりの古株芸者から何度も武勇伝を聞かされましたよ。豪快なお方だったそうで。そういえば日活の初代社長もお父上でしたな」

「は、はあ。恐縮です。『雨月物語』は川口先生が依田義賢《よだよしかた》さんと共同で脚色されたそうですね」

浩史はパンフレットを繰りながら訊いた。

「ええ。ご存じの通り、原作は江戸後期に上田秋成が書いた怪異小説ですが、その『雨月物語』から『浅茅が宿《あさじがやど》』と『蛇性の婬《じゃせいのいん》』の二編を抜き出し、さらにモーパッサンの短編小説を取り入れて、脚色といいますか、かなり大胆に翻案したわけです。大胆にね。わははは。どうぞ、ゆっくりとご覧ください」

浩史は徳穂と並んで鑑賞した。世は戦国。琵琶湖のほとりに住む貧しい陶工が陶器を売りさばくため妻子を村に残して町に出た。そこで妖艶な女と出会い、女の屋敷で饗応を受ける。やがて彼は悦楽の日々から抜け出せなくなり……。

浩史はだんだん恐ろしくなってきた。妻子を残して村を出て、女に溺れる男の姿が自分と重なってくるのだ。京マチ子演じる妖艶な女は梶子その人に見えてくる。ああ、うれしくもあり、恐ろしくもある。この不思議な感情は何なのだろうか。

「いつの世も男はみんな似たり寄ったりね。泣くのはいつも女なのよ」

終演後、徳穂がぽつりと言った。浩史は返す言葉がなく、唸るしかなかった。


「コペンハーゲンとストックホルムで痛感しました。イタリア公演の時のようにナレーションが必要です。観客の反応がまるで違いましたからね」

エディンバラのエンパイア・パレス・シアターでリハーサルを終えた後、楽屋に呼び出された浩史は、徳穂ら出演者たちの訴えに耳を傾けていた。

「なんだ、まるで労使交渉だな。分かった、分かった。じゃあ、僕がやるよ。僕の英語はイギリス式じゃないけど、ちゃんと通じるからね」

浩史が中小企業の社長のような顔をして言った。

「言葉が通じればいいってものじゃありませんよ。いえ、川添さんの英語ではダメとか、そういう意味ではなくて。簡単に言ってしまえば、みんなが望んでいるのは梶子さんなんです。彼女は英語もペラペラですしね」

「今から彼女を呼べ、と？」

「はい。もし可能であれば」

まさに渡りに船ではないか。小躍りしたくなるような喜びと言い知れぬ不安が浩史の胸の中で交錯した。「雨月物語」の京マチ子の妖艶な姿態が脳裏にフラッシュバックし、その顔がすぐさま梶子の白い顔に置き換わった。

「もしもし、村上君か。先日はありがとう。助かったよ」

浩史は翌朝、ローマの日本大使館に勤める村上を呼び出した。梶子の連絡先を聞くチャンスを逃したからだった。

「どういたしまして。あの依頼を引き受けなければ、君との奇跡的な再会もなかったわけだからな。運命のいたずらってやつは面白いね。これだから人間はやめられない」

「忙しいところ申し訳ないんだが、君に頼みがあるんだ」

「何でも言ってくれ。俺に遠慮は無用だ」

浩史は英国のエディンバラとロンドン公演のナレーションを梶子に任せたい、本来は在英邦人に頼むのが筋かもしれないが、出演者全員の強い希望であると畳みかけた。村上は「任せておけ」と快活に笑い、ビザの取得や飛行機の手配に便宜を図っておく、ロンドンの日本大使館にも仁義を切っておくから心配するなと言った。

梶子は夕方にはビザを取り、空路でエディンバラに急行した。浩史はバラの花束を持って彼女を出迎えた。

九月十日までエディンバラで公演したアヅマカブキは十二日、ロイヤル・オペラ・ハウスでロンドン公演の初日を迎えた。管弦楽団による「君が代」と「ゴッド・セイヴ・ザ・クイーン」の演奏で幕を開け、続いて登場した梶子によるウイットに富んだ英語のナレーションに観客は喝さいを送った。

彼女の完璧な英語力に舌を巻いた浩史が、どうやって身につけたのかと尋ねると、梶子はぽつりぽつりと昔話を始めた。

初等科から通った聖心女子学院は同級生の過半数が在日外国人で、授業は英語で受けた。疎開先ではあまりにも言葉が流暢だからという理由で「アメリカのスパイ」と噂され、本当に嫌だったと真顔で語った。卒業後は進駐軍に接収されたアーニー・パイル劇場（東京宝塚劇場）で米軍将校の秘書をしていたが、自分に秘書の仕事は向いていないと悟り、日本を飛び出してイタリアにやってきたという。

浩史は彼女の話に耳を傾けながら、どこか自分に似ていると親近感を覚えた。

ロンドン滞在中に二人の仲は急接近していったが、あっと言う間に十月一日の最終日を迎えた。この後、アヅマカブキはオランダ、ベルギー、ドイツを巡演する。すでに徳穂が各大使館を通じて現地のナレーターを確保しているから、梶子を引き留める合理的な理由はなくなってしまった。ミラノに戻る朝、彼女は泣いた。

一九五五年十一月初旬、ミラノ。梶子は自宅にいる。一週間前に夫が兵役から帰ってきた。彼は妻が日本人と連れだって旅をしたことが気にくわない。浮気をしているのではないかと疑い、何度も梶子に詰め寄った。

今のイタリア人は戦前の日本人より封建的で、男尊女卑の古い考えから脱していない。梶子はそう思った。髪をつかんで引き倒され、腰を蹴られても必死に耐えてきたが、平手で思い切り頰を打たれ、ついに悲鳴を上げてしまった。唇から血がしたたり落ちている。

もうすぐ二歳になる娘のマルタが泣きだした。夫が怒鳴りつけると、泣き声に火がついた。隣に住んでいる夫の母親が飛んできて金切り声で梶子をなじった。彼女は耳をふさいでうずくまることしかできなかった。

翌朝、浩史から国際電話がかかってきた。パリ公演のナレーションをやってくれないか、ホテルを取ってある、パリに来てほしい、と。地獄で仏に会ったよう、とはこのことだ。

梶子は電話口で狂喜した。積み木で遊んでいたマルタが珍しく笑っている母を見上げてきょとんとしている。幸いにも夫は出かけていた。

梶子は決心した。今夜だ、と。

彼女は夕方になるまでずっとマルタを抱きしめていた。涙はとっくに涸《か》れてしまった。

外は冷たい雨が降っている。梶子は寝息をたてているマルタにそっとキスをして、窓から庭に飛び降りた。怪しまれないように大きな荷物は持っていない。

街灯の明かりで鈍く光る舗道を全力で走り、タクシーを拾ってミラノ中央駅に急いだ。パリ行きの寝台列車の時刻は調べてある。早く、早く。もう夫に気づかれているかもしれない。

列車に乗り込み、とりあえず人心地がついた。しかし、もし夫が捜索願を出したら。チップは多めにはずんだが、あのタクシー運転手が「駅で降ろした」と証言したら。二度と見たくない夫の顔と、最愛の娘の顔が浮かんでは消える。

早く国境を越えたい。捕まったら夫のもとに連れ戻されるに違いない。国境の駅まであと何駅だろう。車窓に打ちつける雨粒を見つめながら、いつしか梶子はうつらうつらと寝てしまった。ここ数日、ほとんど眠れなかったのだ。

「お休みのところ申し訳ございません。パスポートを拝見いたします」

梶子はハッと目を覚まして身構えた。ロひげを生やした太った男がにこやかに「すみません」ともう一度イタリア語で言った。税関吏のようだ。

梶子は男にパスポートを見せた。日本を出る際にGHQに発行してもらった仮パスポートだ。「オキュパイド・ジャパン」と記され、マッカーサーのサインがある。名義は独身時代の「カジコ・イワモト」のままだ。

「グラッツェ、シニョリーナ」

あっさりと去っていった税関吏の背中をぼんやりと見送り、梶子はフーッと息を吐いた。肺にたまった空気と一緒に、夫にまつわる記憶をすべて吐き出そうとするかのように。

翌朝、リヨン駅に到着した。十一月のパリはもう寒い。軽装で飛び出してきた梶子は手に息を吐きかけながらタクシーに乗った。行き先はフーケ。シャンゼリゼ通りとジョルジュ・サンク通りの交差点にある老舗のカフェだ。

「戦争が終わったらフーケで会おう」

昨日、浩史は電話でそう言った。

「映画のセリフね。イングリッド・バーグマンとシャルル・ボワイエの『凱旋門』だったかしら。シャンゼリゼ通り側か、ジョルジュ・サンク通り側か。そう尋ねるシーンがあったわ」

「僕はどっちで待っていると思う？」

「ジョルジュ・サンクね」

「ご名答」

梶子は電話のやり取りを反すうした。きょとんと自分を見上げていたマルタの顔を思い出し、また涙がこみ上げてくる。

フーケのトレードマークになっている赤いひさしが見えてきた。

「ここで降りるわ。どうもありがとう」

ジョルジュ・サンク通り沿いのテラス席に浩史の姿を見つけた梶子は涙をぬぐって彼に駆け寄った。

浩史が立ち上がる。やはりバラの花束を持っている。梶子はバラの垣根を突き破る勢いで彼の胸に飛び込み、そのまましばらく泣き続けた。

最愛の娘を手放してしまった悲しみと、夫との「戦争」が終わった安堵のどちらが大きいのか、梶子には分からなかった。今はただ泣くことしかできない。涸れていたはずの涙はまだたくさん残っていた。

「ずいぶん薄着で来たんだな。体が冷え切っているじゃないか」

浩史が梶子を強く抱きしめながら言った。

「こうしていると温かいわ。生き返った気がする」

梶子は自分の言葉を聞いてハッとした。今まで懸命に守り抜いてきた良妻も賢母もミラノに捨ててきた。私は一度死んだようなものだ。もう一度、生きられるだろうか。生き返れるだろうか。

テラスの前の歩道で、中年男の弾くアコーディオンに合わせて若い女が歌い始めた。

「ああ、パルレ・モア・ダムール。僕の好きな歌だ」

「あなたの好きな歌？」

「シャンソンだよ。邦題は『聞かせてよ愛の言葉を』。好きな歌というより、懐かしい歌かな」

「聞かせてよ……、愛の言葉を」

「ねえ、梶子さん。徳穂さんたちがお待ちかねなんだけど、君は相当に疲れているようだね。しばらくホテルで休んでいるといい」

「ええ、早くホテルに連れていって」

梶子は浩史の胸に顔をうずめたまま言った。もう自分は母親でも妻でもない。一人の若い女に戻って、この大人の男に甘えたかった。

「今夜の舞台開きのセレモニーにはコクトーが来てくれることになっているんだ。それまでに君の体力が回復してくれるといいんだが。僕は若い頃、コクトーに会ったことがあるんだよ。今回は彼のために連獅子《れんじし》の衣装を用意したんだ。きっと喜んで着てくれると思うな。そうだ、その前に藤田先生にご挨拶しておかなくちゃ」

梶子は彼の言葉をぼんやりと聞いていた。コクトー？　まさか、あのジャン・コクトー？　藤田先生って、あのフジタ？

梶子は自分が人生の岐路に立っていると直感した。この人についていこう。それ以外に自分の生きる道はない。

彼女はいつの間にか浩史の胸の中で眠っていた。

エピソード14　ＹＭＯ　一九七九年八月

アルファレコード本社は国鉄田町駅の芝浦口からすぐの交差点にあった。裏を流れる運河を渡って、潮の香りの交じった生ぬるい風が吹いてくる。運河の先を走っているのは、羽田に向かうモノレールだ。

一九七九年八月二日夕刻、僕は本社ビル四階の社長室に戻ってきた。かつてこのビルは二階から四階まで吹き抜けになっていて、映画の撮影スタジオがあった。僕は建築家の坂倉竹之助に頼んで四階に二十坪ほどの部屋をつくってもらった。竹之助は川添浩史さんの親友、坂倉準三さんの息子だ。

無理やり増築したため、窓があるのは一面だけで、昼でも薄暗かった。コンクリート打ち放しのロフトのような部屋だった。

坂倉さんの師でもある近代建築の巨匠ル・コルビュジエがデザインしたダイニングテーブルを社長室の事務デスクにした。書類やＬＰレコード、楽譜などをたくさん広げられるから、作業にはとても都合がよかった。

アルファの誇る最新鋭のレコーディングスタジオ「スタジオＡ」はこの社長室の真上にあっ

た。

僕の到着時刻を正確に知っていたかのようにデスクの直通電話が鳴った。

「もしもし、クニ？」

ロサンゼルスに出張している川添象郎からだ。僕は象ちゃんと呼んでいる。向こうは午前三時過ぎのはずだ。

象ちゃんは二十歳そこそこで渡米し、ラスベガスの現場で舞台芸術とショービジネスを学んだ。スペインでフラメンコギターを弾いていた時期もある。帰国後は反戦ミュージカル「ヘアー」を日本に持ち込み、プロデューサーを務めた。僕はアルファレコードの制作担当役員に彼を迎えていた。

「やったぜ、大受けだよ。グリークシアターは満員でさ、スタンディングオベーションの嵐になったんだ」

この日はイエロー・マジック・オーケストラ（YMO）のロサンゼルス公演の初日だった。僕は東京に残り、現場の仕切りは象ちゃんに任せていた。

「そんなに受けたの？」

「受けたなんてもんじゃないよ。アメリカ人が熱狂しているんだ。男も女もね」

「彼らにとっては、初めて聴くテクノポップだからね」

「うん。それもあるし、俺の作戦も当たったんだよ。彼らに『余計なトークはいらないから、黙々と演奏してりゃいいんだ』と言ったわけ。細野も教授も幸宏も英語なんてろくにしゃべれないからね。三人とも『そいつは気が楽だ』とか言って喜んじゃってさ。例の制服を着て黙々と演奏したんだ。無表情でね。いかにもアメリカ人の考える日本人だろう？」

「そうだね。彼らの目には神秘的に映る。それに加えて日本の得意なエレクトロニクスを前面に打ち出した音楽だからね」

「そうそう、ハイテク先進国のイメージも手伝って、どんぴしゃでハマったんだ」

やはり現場を象ちゃんに一任したのは正解だった。九年前に亡くなった彼の父、川添浩史さんの遺伝子を感じた。

「グリークシアターのステージは三夜連続だから、今から準備すれば最終日のステージを映像に収められる。金はかかるけど、やってもいいかな？」

僕は迷うことなくゴーサインを出した。


僕は細野晴臣と初めて会った日を鮮明に覚えている。広尾にあった川添さんの自宅で、細野は象ちゃんのギターを借りて弾いていた。ほんの八小節聴いただけで、すごい才能の持ち主だと分かった。

アルファミュージックの第一号契約作家「ユーミン」こと、荒井由実のデビューアルバムを企画していた僕は、演奏とアレンジを細野に依頼することにした。彼は松任谷正隆や鈴木茂、林立夫といった腕利きのミュージシャンを連れてきて「ひこうき雲」という美しいアルバムに仕上げてくれた。ユーミンの繊細な感性がキラキラと輝き始めた。

細野は大瀧詠一、松本隆、鈴木茂と組んだバンド「はっぴいえんど」で日本語ロックを確立した一人だが、その後は沖縄音楽やインド音楽など、新しい分野を開拓し始めた。「無国籍音楽」と呼ぶ評論家もいた。

僕は細野の気持ちがよく分かった。日本人が西洋音楽を探究していくと、結局はアイデンティティーの問題に突き当たる。自分の音楽が外国でどう受け止められるのか、どうしても知りたくなる。

僕は細野をアルファのプロデューサーとして迎え、日本人の作るポップスを世界で成功させようと考えた。それは細野の夢でもあった。振り返ってみれば、川添さんの夢にもつながっていた。

僕らは夢を共有したのだ。

やがて細野は坂本龍一と高橋幸宏を連れてきてYMOを結成し、僕らの夢はYMOに託されることになった。

アルファの社長室に置いた接客用の椅子は、ル・コルビュジエと並び称される巨匠ミース・ファン・デル・ローエが一九二九年のバルセロナ万博のために作った「バルセロナ・チェア」の復刻版だった。壁にはサイ・トゥオンブリーのドローイングとコンセプチュアルアートの作家リチャード・ロングの作品を掛けていた。

試聴に最適なバランスのいいスピーカーと再生装置、さらにソニー製の大画面テレビを備え、アルファから発売するレコードはすべてこの社長室で僕が試聴した。

海外の著名なアーティストやレコード会社の幹部たちが頻繁に訪ねてきた。アルファと提携したA&Mレコード共同会長のハーブ・アルパートとジェリー・モスをはじめ、クインシー・ジョーンズ、ピーター・フランプトン、ポリス……。彼らはほとんど例外なくこの部屋を気に入り、感嘆の声を漏らした。自分が日本で契約しているアルファレコードはなかなかスタイリッシュな会社じゃないかと思ってくれたかもしれない。そうなれば僕にとっても都合が良かった。

実際、この社長室はとても居心地のいい場所だった。僕はここでパリやロンドン、ニューヨーク、ロサンゼルスのミュージシャンや業界人と国際電話で話した。欧米とは時差があるから、しばしば午前零時頃まで執務することになった。


象ちゃんの電話から数日後、一本のビデオテープが届いた。

僕は早速、ビデオを再生した。

「皆さん、こんばんは。ようこそグリークシアターへ」

ソニーの大画面テレビに司会者が映し出された。

「昨夜も、その前夜もチケットは完売。一つ言っておこう。これはただのコンサートではない。一つの事件だ。さあ、日本から来たアメリカ初のサウンドを温かい拍手でロサンゼルスに迎えよう。イエロー・マジック・オーケストラ！」

幕が開いた。細野晴臣、坂本龍一、高橋幸宏の三人は、例によってそろいの赤い服を着ている。松武秀樹が巨大なシンセサイザーの前に陣取り、渡辺香津美がギター、矢野顕子はキーボードで参加している。

オープニングは「ビハインド・ザ・マスク」だ。人民帽をかぶった幸宏が正確なビートをたたき出す。彼のドラムは機械のように律儀だが、機械にはない人間的なグルーブも兼ね備えていて、バンド全体に素晴らしい躍動感を与えている。

教授がボコーダーを通した機械的なボーカルを入れ、顔の上半分を覆う黒いマスクをつけた細野がシンセサイザーで淡々とベース音を鳴らす。松武が操作する巨大なシンセサイザーにはクリスマスツリーのような電飾が張り巡らされ、東京のネオン街のようにピカピカと光っている。まさに東洋の神秘を思わせるステージだ。

派手にギターを弾きまくる香津美と紅一点のアッコちゃんの存在は、黙々と仕事をこなす四人と好対照をなし、絶妙なアクセントになっている。

さらに「中国女」「ライディーン」……。何度も客席を映しているのは象ちゃんの指示だろう。観客の反応は最高だ。

本来はザ・チューブスというバンドの前座なのだが、象ちゃんの作戦で「スペシャル・ゲスト・フロム・ジャパン」と紹介させている。音響や照明など、現地の担当者にも袖の下を渡し、前座とは違う特別扱いをさせたようだ。国際文化交流プロデューサーとして一時代を築いた川添さんの薫陶と、象ちゃん自身の経験が見事に生かされていた。

僕は一九七一年のカンヌを思い出していた。最愛の夫を失ったショックから立ち直れずにいるタンタンを連れてカンヌに出かけた。花田美奈子さんも一緒だった。

あの旅の後、タンタンは少しだけ元気を取り戻したように見えた。千葉の館山の先にある荒れ果てた海岸に土地を買い、誰かに運転を頼んで何度も足を運んでいた。僕は忙しくて一度も付き合えなかったが、タンタンはその景色が好きだったようだ。イタリアの海に似ていたのだろうか。残してきたマルタを思っていたのかもしれない。

ユーミンの第二作「MISSLIM」のジャケット撮影のために、アパートの部屋を開放してくれたこともあった。川添さんが亡くなった後、タンタンは青山にあるアパートに移っていたのだ。

このジャケットのユーミンはイヴ・サン＝ローランのプレタポルテ「リヴ・ゴーシュ」の衣装を着ている。モノクロ写真だから黒いイブニングドレスのように見えるが、カットソーとサテンのマキシスカートだ。スタイリストはサン＝ローランの日本代表でもあったタンタン自身が務めた。しかし、彼女は「MISSLIM」の発売を見ることなく、一九七四年五月に逝ってしまう。

タンタンは亡くなるまでマルタを思っていた。自分の遺産となるキャンティの株の一部をマルタに送ってほしいと、光ちゃんこと光郎に言い残していたのだ。

光ちゃんはイタリアに飛び、実母の原智恵子さんの通訳でマルタと話し合った。キャンティの実質的な経営者になっていた彼は、株式を自分に譲ってほしいと頼み、マルタが望む対価を支払った。彼女は現金で遺産を受け取ったわけだ。

幼い自分を置いて家を出てしまった母親に対する感情は複雑だったかもしれないが、亡くなるまで自分を案じてくれていたと知ってマルタもうれしかっただろう。実際、彼女の息子、つまりタンタンの孫はそれを機にしばしば来日し、やがて日本で仕事をするようになる。

原智恵子さんは川添さんと別れた後、一九五九年にチェロの巨匠ガスパール・カサドと再婚した。夫であり、師でもあるカサドを通じて西洋音楽の神髄に迫ることができて、原さんも満足していたに違いない。

象ちゃんの言った通り、グリークシアターの観客は熱狂していた。YMOが演奏を終えても拍手は鳴りやまない。ついに司会者に促されてアンコール演奏が始まった。「東風」だ。

これはニュースではないか。僕はそう思った。

「日本のバンドがアメリカを席巻」

そんな見出しまで浮かんだ。

「よし、NHKに売り込もう」

僕はすぐに受話器を取り、NHKの知人を呼び出していた。即断即決。川添さんもキャンティで雑談している最中にアイデアがひらめくと、すぐに誰かに電話をかけてその場で話を進めていた。川添さんをはじめキャンティに集った人たちから学んだことは計り知れない。

そんなことを考えていたら十年余り前の光景が脳裏によみがえってきた。

キャンティが開店九年目を迎えた一九六八年九月、僕はザ・テンプターズに提供した「エメラルドの伝説」のヒットで急に忙しくなっていた。

都内各地を勤勉に走り続けてきた路面電車が相次ぎ姿を消していった時代だが、四谷三丁目と浜松町一丁目を結ぶ「都電三十三系統」はまだ何とか命脈を保っていた。四谷三丁目、左門町、信濃町、権田原、青山一丁目、新坂町、竜土町、六本木、三河台町。

次が飯倉片町の電停だった。

この付近は路面電車が終電を迎える時刻にはひっそりと静まり返り、暗闇に包まれる。それからが象ちゃんの出番だった。店の前に椅子を持ち出してフラメンコギターを弾き始めるのだ。彼の背後には、タンタンの手よる流麗な筆記体で「ＣＨＩＡＮＴＩ」と記されたプレートが光っていた。

「いいねえ、やっぱり象ちゃんのギターは最高だよ」

僕はここで彼のギターに耳を傾けるひとときが好きだった。

「ありがとう、クニ。今のは『ファルーカ』っていう曲でね、サビーカスから教わったんだ」

店の窓から漏れる明かりが彼の横顔を照らしていた。

「フラメンコはいいよね。奥に深い悲しみがあって、胸にしみてくる」

九月も後半だというのに残暑が厳しい。

「うん。情熱的だけど、その裏に哀愁があるんだ。俺がニューヨークでサビーカスに教わった後、スペインのマドリードでロマの人たちと一緒に演奏していたって話はしただろう？　それでさ、フラメンコがどうしてこんなに情熱的で、こんなに哀愁があるのか、その理由が分かった気がするんだ」

「理由？」

「言っておくけど、分かったたっていっても言葉では説明できないよ」

彼はそう言って、ギターを激しくかき鳴らした。

「そうだね。言葉にできないからこそ、僕たちは音楽をやっているんだ」

僕は飯倉の向こうにそびえ立つ東京タワーを眺めながら言った。

キャンティの前に白い外車が停まった。ポルシェ９１１だ。川添さんとタンタンが出てきた。

「お帰り。ずいぶん遅かったたね。仲小路さんのお宅に行っていたんでしょう？」

象ちゃんが言った。

「ああ、山中湖から真っすぐ戻るつもりだったんだが、ちょっと熱海に寄り道をしてきてね。しかし、このポルシェはよく走ってくれるよ。東京まではあっと言う間だった。村井君、少し重いんだが、これを店に運んでくれないか。十月に地球文化研究所から出る仲小路さんの新刊だ。とりあえず五冊持ってきた。君に一冊あげるよ」

川添さんが言った。

「はい、ありがとうございます。『未来学原論』。ついに完成したのですね。いつだったか、山中湖に連れていってもらった時、書斎のデスクにゲラが山積みになっているのを見ました」

僕は本を胸に抱えながら言った。

「仲小路さんのために地球文化研究所を設立してから、もう二十年近くになるな。あの人の集大成ともいえる大著だよ。ああ、さすがに腹がへったな。村井君も一緒にどうだい」

キャンティの店内では岡本太郎さんと坂倉準三さんがテーブルで話し込んでいた。川添さんの盟友井上清一さんや作曲家の黛敏郎さん、建築家の村田豊さんもいる。

「やあ、シロー。遅かったなあ。さっき村田君から富士グループの案を見せてもらったよ。こりゃ、とんでもないパビリオンだな」

川添さんの姿を見て、すかさず岡本さんが言った。彼は一年半後に迫った大阪万博のテーマプロデューサーに選ばれ、メインゲートの正面に巨大な像「太陽の塔」を建てると発表している。

「天下のタロー先生から『とんでもない』なんて言ってもらえて光栄だな。会場のいちばん目立つ場所にあんな土偶のオバケを突き立てようとしているタローの方がよっぽどとんでもないと思うけどね」

富士グループの総合プロデューサーを任された川添さんは、キャンティの常連でもある村田さんのアイデアによる前例のないエア・チューブ構造のパビリオンを構想していた。キャンティをオープンする際には内装の設計も村田さんに任せている。よほど厚い信頼を寄せていたのだろう。

「ねえ、村田君。エア・チューブ構造を素人にも分かるように説明してもらえませんかね。模型の写真を見ましたけどね、巨大な幌馬車か、モスラの幼虫にしか見えないんですよ」

ル・コルビュジエ門下で村田さんの先輩に当たる坂倉さんが言うと、みんなが笑った。

「直径四メートル、長さ七十八メートルのチューブを十六本つなげ、内部に空気を送り込む。それでドーム状の空間、いわばエアドームができるわけです。空気膜構造と呼んでいます。鉄骨やコンクリート、木材などは一切使っていないのに、ドームの中には十階建てのビルがすっぽり入るんですよ。しかも秒速六十メートルの台風が来たってびくともしません」

村田さんが解説すると、みんなが口々に「ほお」「すごいね」と感嘆の声を漏らした。

「そうしますと、もっと巨大なエアドームを造って、その中にすっぽりと野球場を入れれば、台風が来ても試合ができるって寸法ですかねえ？」

坂倉さんが冗談めかして言うと、村田さんはあっさりと「そうです。その通り。いずれエアドーム球場ができるでしょう」と答えた。

全員が「いやあ、参ったね」と唸った。

「ドームの内部を映画のスクリーンに見立てて、映像を投影するつもりなんだ。音楽は彼に頼んでいる」

川添さんが隣のテーブルにいる黛さんを指さした。

「もうほとんどできていますよ」

黛さんは自信たっぷりに言った。

「やはり電子音楽ですか？」

僕はそれまで黙って聞いていたが、じっとしていられなくなって黛さんに質問した。

「その通り。富士グループ・パビリオンのテーマは『二十一世紀へのメッセージ』だからね。電子音楽がふさわしい」

川添さんはブランケット・ド・ヴォー（仔牛のクリーム煮込み）に舌鼓を打っている。フランスの家庭料理なのにキャンティのメニューに載せたのは個人的な好みを反映させたのだろう。キャンティの名物シェフ、佐藤益夫さんは在日フランス大使館やイタリア大使館で調理人を務めたベテランで、川添さんがスカウトした。佐藤さんをはじめ、キャンティのコックたちにイタリア料理を教えたのはタンタンだった。

そのタンタンの前にフィレステーキが運ばれてきた。彼女は一度凝り始めるとずっと同じものを食べ続ける癖があった。一時期はキャビアばかりだった。この頃は食事のたびにステーキ、ステーキと呪文のように繰り返していた。

「そういえばサカのやっている電力館のテーマは何だったかな」

井上さんが訊いた。坂倉さんは電気事業連合会のパビリオン「電力館」を設計している。

「人類とエネルギーですよ。高さ四十メートルの鉄柱を四本立てて本館を宙吊りにするんですが、少々やりすぎかもしれませんねえ。イノに手伝ってもらった日本館が懐かしいですよ」

坂倉さんがスパゲティー・バジリコをほお張りながら応えた。

「サカがグランプリを獲った一九三七年のパリ万博か。ああ、本当に懐かしいねえ。ドイツ館とソ連館が向かい合っていて、スペイン館にはピカソの『ゲルニカ』があってさ。『ゲルニカ』は素晴らしかったよ。あの時代の叫びのようだったな」

岡本さんが天井を見上げながら、唸るように言った。吊るされているランプシェードはすべてタンタンがデザインし、自ら布を縫い上げて作ったものだ。

「あの時代の叫び。なるほど、すると『太陽の塔』は今の時代の叫びですか」

僕は「鶏のメキシコ風」を口に運ぶ手を止め、岡本さんに訊いた。タバスコの入った辛いソースが僕のお気に入りだった。

「今の時代の叫び？　ああ、その通りだよ。僕がずっと『べらぼうなものをつくりたい』と言ってきたのは村井君も知っているだろう？『太陽の塔』は全くもってべらぼうだ。何がべらぼうって、言葉では説明できないからべらぼうなんだ。もう叫ぶしかないんだな。僕はね、人間の生きる喜びを直観的に訴えたいの。説明するんじゃなくてね。それが芸術なんだ。『芸術は爆発だ』って言ったら、みんな驚いてたけど、当然のことじゃないかっ！」

岡本さんが丸い目を大きく見開いて本当に叫んだ。

「サカさん、タローさん、イノさん、それにシロー。一九三四年にモンパルナスで出会った日本の若者四人が一九三七年にパリ万博の会場を一緒に歩いた。そんな素敵な昔話をシローから聞きました。それでまた三十年以上の時を超えて、日本で初めて開かれる万国博覧会にそろって深くかかわることになるなんて、なんだか不思議な縁ね」

タンタンが落ち着いた声で言った。

「それって運命よね」

いつの間にかタンタンの隣に座っていた作詞家の安井かずみがポツリと言った。

「なるほど一九三四年にモンパルナスで出会った四人の若者ですか。うれしいことを言ってくれますねえ、タンタンは。まったくシローは良い女性に巡り合ったものですよ。中年男と若い女性の恋なんて、最初はどうなることやらと思っていたのですがね。ああ、失礼。ご本人の前で」

坂倉さんは少々ワインを飲みすぎているようだが、口調はいたって滑らかだ。

「いいえ、サカさん。そうおっしゃっていただいて光栄です」

タンタンが微笑んだ。

「僕たちはみんな日本文化の神髄を世界に伝えるべく奮闘してきたんだ。やり方はそれぞれ違っていても、根っこは同じだっ」

岡本さんも飲みすぎのようだが、酔っても言うことは一貫している。

「日本の文化を世界に、か。僕はまだ道半ばで、ここにいる若い人たちに期待しているんだけどね」

川添さんが言った。

そこに福澤幸雄《さちお》が颯爽と現れた。店に残っている若手に声をかけて回っている。

「よう、象ちゃん。スピードに行かないか。ミッキーやムッシュも一緒だ。マチャアキ、順、トッポ、麗子、知子。あと何人か先に行っているよ。クニも来ないか。最近はずいぶん忙しそうだな」

彼は福澤諭吉のひ孫で、パリ生まれのレーサー兼ファッションモデル。キャンティに集まる若者の中でも傑出して目立つ存在だった。スピードはキャンティから六本木方面に数分ほど歩いた先にできた最新のディスコだ。光ちゃんが盟友の馬忠仁と組んで経営している。

「ごめん、今夜は遠慮しておくよ」

僕はきっぱりと断った。日本の文化を世界に発信してきた先達の話をこのままずっと聞いていたかったからだ。「ここにいる若い人に期待している」という川添さんの言葉がグルグルと脳裏を駆け巡っていた。


僕はスタジオAでシーナ&ザ・ロケッツのレコーディングをチェックした後、社長室に戻ってソニーの大画面テレビをつけた。

そろそろNHKの夜のニュースが始まる時間だった。

「日本のバンドが快挙。アメリカのロサンゼルスで……」

短い時間だったが、YMOの演奏と熱狂する観客の姿が全国放送で報道された。

「やりましたよ、川添さん」

僕は入院中の川添さんに会いに行った日を思い出していた。

大阪万博の開幕を二カ月後に控えた一九七〇年一月九日の午後、僕は芝の慈恵医大病院を訪ねた。朝方は氷点下まで冷え込んだが、冬晴れの穏やかな日和になっていた。

「川添さん、あけましておめでとうございます」

「やあ、おめでとう」

川添さんがベッドから半身を起こして言った。窓から見える街路樹はすっかり葉を落としていた。

「アルファミュージックと提携しているバークレイのジルベール・マルアニが東京に来ているんですが、会っていただけますか」

僕は用件だけを事務的に述べた。

「入院先まで来てもらうのは申し訳ないが、僕は構わないよ」

「ありがとうございます。日程が決まったらお知らせします。では、今日はこれで」

「ああ、村井君。ちょっと」

帰ろうとする僕を引き留めるなんて、川添さんにしては珍しいことだった。

「はあ、なんでしょう」

「いいことを教えてやろう」

川添さんは僕の目をじっと見てしばらく黙った。

「美は力だよ、君」

フランシス・ベーコンの「知は力なり」のもじりだとすぐに分かったが、川添さんの目はそれ以上の何かを語ろうとしていた。

前にも見たことのある目だった。川添さんに連れられてブロードウェイ・キャストの「ウエスト・サイド物語」のリハーサルを日生劇場まで見にいったことがある。あの時の目だ。演出と振付を手がけるジェローム・ロビンズとキャンティで食事をして、いろんな話を聞いた。川添さんとタンタンも一緒だった。

「よく見ておきなさい」

「よく聞いておきなさい」

川添さんの目はそう語っていた。

「美は力。はい、ありがとうございます」

気がつくと、僕は川添さんの手を握っていた。手は冷たかったが、あんなに柔和な川添さんの表情は初めて見た。

思い返せば、僕がアルファを旗揚げして「国際的な音楽ビジネス」を目標に掲げたのも川添さんの影響が大きかった。会うたびにいろんな話をしてもらったが、最も心をひかれた話はアヅマカブキの欧米ツアーだった。

「村井君、もう一つ、いいことを教えてやろう」

川添さんが姿勢を正して言った。その声は少しかすれていた。

「は、はい」

「この病院の隣にある蕎麦屋はうまいぞ」

それが最後の言葉になった。

川添さんは一九七〇年一月十一日午前に息を引き取った。五十七歳の誕生日まで、あと一カ月だった。

ＹＭＯの成功を伝えるニュースが終わった後、社長室の直通電話はずっと鳴りっ放しだった。相手は判で押したように「ＮＨＫを見たよ」と叫んだ。僕はついに受話器を取るのを放棄して会社を出た。行き先は決まっている。


カーラジオからシャンソンが流れてきた。

「聞かせてよ愛の言葉を」

川添さんの好きな歌だった。

僕はキャンティの前で車を停め、ハンドルを握ったままつぶやいた。

「川添さん、ＹＭＯは僕にとってのアヅマカブキなのです」

それが何かの呪文だったかのように、キャンティのドアが音もなく開き、川添さんが現れた。

僕の目に浮かぶ涙が時空を歪めてしまったらしい。

ああ、タンタンもいる。坂倉準三さん、川端康成さん、三島由紀夫さん、福澤幸雄……。かつてキャンティに集った人たちが次々と現れ、祝福してくれた。

僕の涙が涸れ果てるまで、それは続いた。

主な参考文献

「百年目にあけた玉手箱」（小島威彦著、全七巻、創樹社）
「情報と謀略（下）」（春日井邦夫著、国書刊行会）
「一九三〇年代のパリと私」（丸山熊雄著、鎌倉書房）
「キャンティの30年　1960〜1990」（長澤潔・野地秩嘉編、春日商会）
「キャンティ物語」（野地秩嘉著、幻冬舎文庫）
「裏ばりのない鏡」（今井洋子著、文芸雑誌「海」一九八〇年六月特別号、中央公論社）
「ちょっとピンぼけ」（ロバート・キャパ著、川添浩史／井上清一訳、文春文庫）
「ロバート・キャパ／ゲルダ・タロー　二人の写真家」展図録（横浜美術館／マグナム・フォト東京支社／隈千夏編、マグナム・フォト東京支社）
「ゲルダ・タロー　ロバート・キャパを創った女性」（ジェーン・ロゴイスカ著、木下哲夫訳、白水社）
「踊って躍って八十年」（吾妻徳穂著、読売新聞社）
「高松宮日記　第8巻」（高松宮宣仁親王著、中央公論新社）
「人生は映像とともに」（フランシス・ハール著、便利堂）
「坂倉準三〈パリ万国博覧会日本館〉」（J.SAKAKURA ARCHITECTE PARIS-TOKYO実行委員会編、建築資料研究社）
「建築家　坂倉準三展図録　モダニズムを生きる／人間、都市、空間」（神奈川県立近代美術館）

「未来学原論　21世紀の地球との対話」（仲小路彰著、国書刊行会）
「巴里物語」（松尾邦之助著、社会評論社）
「原智恵子」（寺崎太二郎著、冬花社）
「国際文化振興会と日本映画『五人の斥候兵』のベネチア受賞を中心に」（古賀太著、岩本憲児編「日本映画の海外進出　文化戦略の歴史」所収、森話社）
「オーギュスト・ペレとはだれか」（吉田鋼市著、王国社）
「ポール・ヴァレリー　精神の誘惑」（マルセル・レイモン著、佐々木明訳、筑摩書房）
「ヒトラーとは何か」（セバスチャン・ハフナー著、瀬野文教訳、草思社文庫）
「薔薇色のイストワール　ナチ占領下、パリを震撼させた舞踊家・原田弘夫の92年」（養道希彦著、講談社）
「ふらんす物語」（永井荷風著、新潮文庫）
「パリからの旅　パリとフランスの町々」（堀内誠一著、マガジンハウス）

主な協力者
川添象郎、川添隆太郎、田中保範、末永航、安倍寧、ミッキー・カーチス、細野晴臣、松任谷由実、辻芳樹（順不同、敬称略）

本作は、Ｗｅｂサイト「リアルサウンド」にて２０２１年１月１日から２０２２年12月25日にかけて連載された小説『モンパルナス１９３４〜キャンティ前史〜』に加筆修正を加えている。史実を基本にしながら創作を交えた歴史フィクションである。

村井邦彦（むらい・くにひこ）
作曲家、編曲家、プロデューサー。米国ロサンゼルス在住。1945年東京生まれ。慶應義塾大学卒。69年に音楽出版社アルファミュージック、77年にレコード会社アルファレコードを設立し、赤い鳥、荒井由実、吉田美奈子、イエロー・マジック・オーケストラ（YMO）などを世に送り出した。代表作に「翼をください」「虹と雪のバラード」（札幌オリンピックの歌）など。著書に「村井邦彦のLA日記」がある。

吉田俊宏（よしだ・としひろ）
日本経済新聞社編集委員。1963年長崎市生まれ。神奈川県平塚市育ち。早稲田大学卒。86年日本経済新聞社入社。奈良支局長、文化部紙面担当部長などを経て、2012年から現職。長年にわたってポピュラー音楽を中心に文化、芸術全般を取材している。

モンパルナス1934

二〇二三年五月二十六日　第一刷発行

著　者　村井邦彦　吉田俊宏
発行人　神谷弘一
編　集　松田広宣
発行所　株式会社blueprint
〒一五〇-〇〇四三　東京都渋谷区道玄坂一-二二-七-五／六階
電話　〇三-六四五二-五一六〇（代表）
装　丁　川名潤
印刷・製本　中央精版印刷株式会社

ISBN　978-4-909852-38-0 C0093